郁笛·作品

郁笛 著

名家新疆丛书

新疆文化出版社

石头上的毡房

图书在版编目(CIP)数据

石头上的毡房 / 郁笛著. -- 乌鲁木齐 : 新疆文化出版社, 2016.5
(名家新疆丛书)
ISBN 978-7-5469-8535-0

Ⅰ. ①石… Ⅱ. ①郁… Ⅲ. ①游记 - 作品集 - 中国 - 当代 Ⅳ. ①I267.4

中国版本图书馆 CIP 数据核字(2016)第 124408 号

书　　名　石头上的毡房
著　　者　郁　笛
出　　版　新疆文化出版社(www.xjdzyx.com)
地　　址　乌鲁木齐市经济技术开发区科技园路 5 号(邮编 830026)
选题策划　于文胜　王　族
责任编辑　王　族　王　荣
封面设计　李瑞芳
责任印制　刘伟煜
发　　行　全国新华书店
网　　购　当当网、京东商城、亚马逊、淘宝网、天猫、读读网、淘宝网·新疆旅游书店
制　　版　新疆读读精品网络有限公司数字印务中心
印　　刷　北京新华印刷有限公司
开　　本　787 mm×1 092 mm　1/16
印　　张　17.5
字　　数　170 千字
版　　次　2016 年 10 月第 1 版
印　　次　2017 年 1 月第 2 次印刷
书　　号　ISBN 978-7-5469-8535-0
定　　价　52.00 元

网络出版　读读网(www.dudu-book365.com)
网络书店　淘宝网·新疆旅游书店(http://shop67841187.taobao.com)

目 录

contents

第一卷　路途上的风景

海流滩，往事与传说

这是一个草原上的传说，也是一段惊心动魄的往事。在经历了将近一个世纪的时光之后，透过这一百年的沧桑岁月，海流滩草原仿佛陷入了漫长的回忆，在绿草和山花间，便有一种不可移动的肃穆和庄严，静静地等待着，某种不可预期的结果的到来。一年又一年，海流滩都在借助于光阴的魔力修复自己，来自草原深处遍体的伤痕。

海流滩草原距布尔津县城约 80 多公里，面积约 147 平方公里，海拔高度为 1200 米，是布尔津县主要的夏牧场之一。现实的草原，在夏季到来之时绿草如茵、野花烂漫、牛羊成群、毡房点点，蓝天与草原相映相融，一派宽敞而迷人的草原风光。

海流滩蒙古语称“哈路特”，意思是白鸟聚集的地方。传说在很久以前，海流滩的水比现在丰美得多，吸引了大量的天鹅在此停留。天鹅洁白的羽毛，优雅的体态，深受人们的喜爱。被牧民们视为神鸟。他们认为这里之所以水草丰美、六畜兴旺，全是得益这神鸟的保佑。

与海流滩一山之隔有一片草原叫白碱滩。那里住着另外一支部落，他们听说海流滩上有神鸟，便起了偷猎之心。当时海流滩部落的首领叫巴尔勒拜，他察觉到了白碱滩部落的偷猎行动，便组织牧民们全力保护神鸟免受伤害，双方由此而发生了多次战争，各有死伤，但幸运的是，海流滩上的草原部落，在首领巴尔勒拜的率领下，终于通过战争的方式，保住了神鸟未被猎走。

而巴尔勒拜却在最后一次战斗中,受了重伤不治而亡。

他临死前,要求部落里的人们将他葬在一座名叫白格托别的小山包(刚进海流滩路左边的一座圆形小山包)顶上。他说,他死后也要每天看到神鸟优雅的身姿,听到那神鸟动听的歌声。后来不知怎么回事,海流滩的水越来越少,草也越来越少了,美丽的天鹅,不知什么时候,悄然地飞走了。

白格托别山每年都在升高,想是已故的部落首领巴尔勒拜,希望站得更高以寻找他心目中的神鸟吧。草原上的牧民只要在海流滩举行赛马活动,都以白格托别为起点。

为什么会这样? 是想快马加鞭追上逝去的神鸟也说不定。

这是充满了英雄崇拜的草原民族,一个古老而又美丽的传说。故事的真实性无法考证,也无须考证。因为这样的故事在阿勒泰草原上,几乎每一个山前平原上,都能够听得到。

而当地人提供的资料显示,大约在公元前 3 世纪或者更早的时期,海流滩一带就已有了人类活动的凭证。他们的证明就是在海流滩一带发现了大量公元前 3 世纪以前的草原石人,据考古专家的证明,当时生活在这里的应是突厥部落中的索虏人(也有人说是塞族人)。从石人的形态上看,都是中长的头颅,深陷的眼窝,高直的鼻梁,上翘的胡须,脑后梳着多股辫状披发。而且石人都刻成左手执杯状物,右手执兵器,腰上系有长短不一的兵器及一些常用工具。这些特点与其他地区发现的索虏人的石人雕像完全一致。

但目前这些石人由于多种历史和人为的原因,大多已经去向不明,均不在原处了。

现在生活在海流滩草原上的牧民,主要是哈萨克族。他们于 19 世纪开始游牧于此。在这之前,据说海流滩的牧民都是蒙古图瓦人,他们早在哈萨克牧民到来之前,就已零零散散地分布到了禾木、喀纳斯、白哈巴及哈萨克斯坦一带了。

让我感兴趣的是，在海流滩草原，目前还保留有白俄时代的村庄和木屋。据说，这都是俄罗斯人 1955 年—1963 年移居加拿大和澳大利亚之后留下来的。

这些移居他乡的俄罗斯人，是在 1914—1917 年间，从俄罗斯大量流散此地的，他们主要定居于禾木草原、海流滩草原和冲乎尔盆地东南端的山前平原和河谷里。

据说，当时迁入禾木、海流滩及冲乎尔的俄罗斯人，主要是受到宗教迫害的异教徒以及俄国十月革命前后逃出的沙皇贵族。他们都曾受过高等教育并且家境富裕，曾在海流滩建立过一所学校，教育他们的孩子。至于他们后来匆匆离去的原因，有人说是俄国的政策好了，因此他们就回去了。

但据考证，这些人中只有一小部分人回到俄国，大部分人都移民去了澳大利亚和加拿大等国家。

20 世纪 80 年代末，布尔津县旅游局接待了一位澳籍俄罗斯人伊万诺维奇，据说他是到海流滩去为他的父亲上坟。而伊万诺维奇说出的一段惨烈的历史，或许是这些俄罗斯人匆匆迁离的重要原因吧。

他说，那是在 1942 年。当时只有 20 岁的伊万诺维奇，称父母定居海流滩时才生下了自己，而只比他大一岁的沙皇尼古拉二世的小孙女达列涅娃，随其叔叔安德烈就住在禾木草原。

达列涅娃出生时，其母因难产而死，因此其叔父安德烈就像对亲生女儿一般对待她。

21 岁时，达列涅娃已经是一位非常漂亮的俄罗斯姑娘了。她的叔父便想给她找一位小伙子，但达列涅娃两年前偶然遇见了也住在禾木草原的一位名叫托合达尔的哈萨克猎人。当时托合达尔已经 38 岁了，但他那强健的体魄、幽默的谈吐以及成熟男人的魅力，一下子就迷住了达列涅娃，而达列涅娃的美丽也让托合达尔心驰神往。几次约会后，两人便瞒着家人私订了终身。

达列涅娃离家出走后，便跑到了托合达尔家。

常言说，没有不透风的墙。托合达尔所在的草原上的人们，听说了托合达尔家有一位俄罗斯姑娘上门，就将其视为给草原的哈萨克人带来了天大的灾难。托合达尔年迈的父母，也被托合达尔和达列涅娃的事情吓坏了，这天恰巧托合达尔外出狩猎未归，老夫妇一看这位找上门来的漂亮姑娘，便猜到了她是谁，他们一边客气地将达列涅娃让进毡房，一边又派人去通报巫师。

不一会儿，巫师带了许多人凶神恶煞般地冲了进来，不由分说便把达列涅娃抓走了。他们凶残地将达列涅娃反绑双手扔进了禾木河。而托合达尔此时正在山中狩猎，家里发生的事他做梦也没有想到。

达列涅娃被扔进河里后不久，即被叔父派出找她的人救起，达列涅娃醒后向叔父哭诉了一切。

叔父安德烈听后勃然大怒，发誓要为这个可怜的姑娘报仇。

恰好第二天便是古尔邦节，安德烈借口向那个部落的人祝贺节日，便邀请了40户120余名那片草原上的人（其中包括托合达尔的亲人）到他家做客。他用掺着迷药的酒灌晕了这些哈萨克人后，便派人将他们全部杀死，然后扔进了禾木河。

一时之间河水都被染成了红色，血腥味在禾木草原上经久不散。

托合达尔狩猎回家途中恰好发现了这一幕惨剧，红着双眼怒吼着冲了上去，手起刀落，一气砍死了十几个俄罗斯人，但托合达尔也浑身浴血，拼着最后一口气逃走了。

他跑回海流滩休养了几天后，又纠集草原上的牧民马队杀奔禾木草原……

伊万诺维奇说，战争断断续续地进行了20年，双方死伤非常惨重。俄罗斯人越来越少，而哈萨克人却越来越多，从1955年到1963年间，不断有俄罗斯人偷偷迁走，最后终于全部走完了。

据说，当年托合达尔在争战中曾经遇见了达列涅娃。他质问达列涅娃，俄罗斯人为什么要屠杀他的族人，达列涅娃向他讲述了事件发生的原因后，也自知前因后果皆因她而起，便在托合达尔的马前撞岩自杀了。

以后的故事怎么发生的就不得而知了，只听说托合达尔于 1983 年在禾木深山里郁郁而终。

比较起那个远古的关于神鸟的传说，这一段似乎就发生在当代的“往事”或者传说，应该不会离我们太遥远。只是，这个裹挟了爱情的当代传说，拥有太过血腥的战争和仇杀。且不说故事的真实性，在多大程度上体现了历史的原貌，我想，在海流滩草原的记忆深处，一定还保留着她自己的诉说，不管那些记忆有多么久远。

我们无法移动一片真实的草原，那些血腥的屠杀和惨烈的战争也不能够。

这就是万古不变的历史的法则，人与自然的永恒的法则。这个故事，只是我在来到这里采风时，偶尔采集到的，关于草原的一个微小的细节。我把这些故事和传说，近乎完整地呈现在这里，是因为我希望能够有更多的人，通过它们来打开一片高山草原的神秘面纱。

因为，一片陌生的草原，生长在阿尔泰的千山万壑间，生长在旅人的记忆之外，这片草原的名字，叫海流滩。

尘土后面的禾木

对于来喀纳斯旅游的人来说，除了沿途风光的点缀之外，另一个地方是不可不去的，那便经嘉登峪下山，行约 50 公里山路的禾木草原——只有两个行政村的禾木喀纳斯蒙古乡所在地的禾木村。

其实，大多数人慕名前来，在踏勘了长期以来远在深山人未知的禾木草原风光之余，更多的人还有另外一重心理的期待，禾木村上居住着神秘而古老的部落——图瓦人。这里是中国图瓦人除了喀纳斯村、哈巴河县白哈巴村之外的另一个主要聚居地，由于地处偏远、交通闭塞，图瓦人一直保留着古老的生活传统，守望着原始的文化和习俗。

2004 年 7 月，“喀纳斯风韵”笔会的行程表里，便有从喀纳斯返回途中，经嘉登峪前往禾木去的计划安排。

这是一次浩荡着烈日与尘土的山地旅行。进山的公路显然还正在修建中，一些远景中的旅游规划项目，看来，还仅仅只是在规划当中。于是，这样的原始形态的森林和草原，便拥有了一种原汁原味的古朴气息，远比那些已经开发和装点出来的风景游览区，更具有“观赏”的价值。所以我在禾木之行中，所感受到的视觉中的冲击，是在喀纳斯旅行的意料之外的。

正因为整条进山的路，有大部分还处在柏油路面的建设之中，所以，进山的汽车，多数情况下是在一些尚未完成的路基或者便道上行驶的。有一些沿途未动工的路段，则保持了原始山路的颠簸和坎坷原貌，车行其上，不时引来年轻女士们的一声声夸张得尖叫声。而在我看来，这些纤弱的尖叫，正是对这条山路的由衷赞美和感叹。

行驶在这样的山路上，尘土自然是不可或缺的一道风景。烈日下的酷热，急急地奔赴而迟迟无法抵达的焦虑与兴奋，风光的延展和变化，一次次在人们的脸上呈现出复杂的表情来。而两辆受了莫名的委屈却无法言传的小型面包车，也只有默头赶路的份儿了。至于车速的急缓徐行，完全是根据了山路的脸色行事，不管车上的这些客人们发出了怎样的尖叫与怒吼，对于坚守于山路上的汽车而言，那是一些无法动摇的原则。

山路难行，而风景绝佳。这是一个矛盾的混合体。随着进山的时间持续下去，车子上地喊叫声慢慢地小了。我注意到那些犹如谁在无意中打开的一幅幅画卷，那些已经怒放或者行将枯萎下去的草地上、山坡上的各色草木花阵，黄红橙紫、白蓝青绿，那样丰富的色彩经过调染一般，铺展在如此阔大的山坡和草地之上，而绝少的人迹和房舍，少量的牛和马，完全可以忽略不计的数量少得可怜的羊群，是这些色彩和画卷中的绝佳搭配。那些山艾和野菊据说都是上等的草药，只可惜这些赤野百里的广大山坡上，它盛开得过于浓烈，你无法甚至还来不及发出一声对她们的赞美和感叹，就又被另外的一片奇异的色彩击中了视野。

是的，在进入禾木的尘土弥漫的山路上，禾木就是用这些视觉的盛宴来吸引游客。

当然，在这样的盛夏时节里，禾木还会以草原、峡谷、油画般的森林效果来减缓你的旅途疲劳。而毫无遮拦得金色阳光是她们肆意挥霍的原材料，有了阳光的涂抹，在那些山林和花草的浓淡处，在一袭袭纷披的浓绿山坡上，从千万年的森林里，伸出了一条季节的小腿，它们把自己的身体之美，一览无余地展示在世界的面前！其实，说是世界，在这里，也只是你的一双小小的眼睛而已。

只是因为，养在深山人未识吗？

古老的禾木显现了现代人的审美缺失。这些多少年的阳光和雨水湿润的山林与草地，在大山的荫护下，多么完整地保持着自己的生态系统，免遭了人类的干扰和破坏。这些洁净的植被处在一个庞大的净化器里，就连一些被车轮碾压过的尘土，也都泛起了乳白色的汽沫，仿佛是对这个尘俗世界的有力抗争，是否也是对于怀着各种心态进山来的人们，一个小小的警示呢？

我注意到有三五头在路边停歇的牛，大半都没有很用心地去啃食已经伸到嘴边的青草，而是或举目凝神，或卧地反思。由于距离的原因，我无法看清楚，这些无法预知自己命运的牛们的眼神里，拥有一种多么泰然若之的神态。我知道就在我们的这次行程中，几乎每一餐的饭桌，都少不了的牛羊肉，想到这些似乎是无家可归，更不知命系何处的路边的牛啊，在多么荒远的时空里，它们哲学般的沉思，是否早就在预习着自己的命运？

我想，牛的命运也罢，还是人类自身的命运也罢，归结到禾木草原这样的远古自然面前，都会获得一种无须解答的终极性的答案——那便是在时间的残酷性现实面前，一切对于我们自己生命的判断，都必须回到大自然的根本性上来。

进入林区的途中，不时有一些怀抱着相机的人们一次次要求停下车来，他们或许是发现了一处绝尘的风景，或是在路边的森林中，听到了一声稀世的鸟鸣，循迹而去，除了阳光下大片的森林里无声的喘息，那一树又一树的垂挂和纷披，进入摄影者们镜头的，往往只剩下一个短暂的瞬间了。即便如此，兴奋异常的摄影者们，也仿佛获得了至宝一样地返回到车里，复又睁大了好奇的眼睛，像一位并不熟悉环境的偷猎者，带着几分惶恐和喜悦的心情，厮守着自己手中的快门。

而我们此行真正的目的地，禾木乡所在地——禾木村的突然呈现，便显得有些突然和意外了。

原来，这个人口不足两千人的民族乡，却分别与哈萨克斯坦、俄罗斯和蒙古国毗邻，地处欧、亚两个大陆板块的腹心地带，拥有像友谊峰冰川、喀纳斯湖、吉克普木大草原和苏尔乔胡大草原等绝世风光。我们在喀纳斯湖、月亮湾、卧龙湾等风景处的停留与驻足，都没有越过禾木乡的边界。禾木村，即禾木乡政府所在地，坐落在一片开阔的山间平地上，现在已经成为了旅游接待站。在这个村子里居住的，多为蒙古族图瓦人，他们世代因袭的图瓦木屋，正在被专门用来接待游客的新木屋所淹没。那些建筑风格相同但却簇新的图瓦式木屋，显然不是用来当地居民居住的，而是一些山外的投资者们在此建立的木屋旅馆。

在这里，我还有一种隐隐的担忧，就是这样的有规模的旅游开发，在多大程度上是合理的，是可以被这片脆弱的生态环境能够接受的。这样的情况，似乎我们在喀纳斯湖边的喀纳斯村里见到过，那些样式古老而陈旧的图瓦民居里，大多都已经被投资者们在内部动了手脚。他们从居住于此的图瓦人手里租下或者买下了房屋，外观保持原状，在内部略加改造，在夏秋相连的两个旅游季节里，接待来自国内外的游客。而这时的村民们则转移到了另外的地方居住，或者赶着他们的牛羊，进到夏牧场去了，也有年轻的图瓦小伙子和姑娘们，就地成了投资者们的雇员，成为喀纳斯旅游接待的一部分了。我曾经不止一次地在喀纳斯图瓦村子里，听到"空壳村"一说，而那些用电脑喷绘制作的现代化广告牌上写着的"图瓦风情""图瓦文化"等。其实，真实而古老的图瓦文化正在悄悄地离我们而去。

这样的担忧，我想不止我一个人这样想过。后来，在与当地政府领导的交流中，他们也注意到了这一点，表示将在以后的旅游开发和原住居民生态保护中，研究一条可行的方案出来。

而这样的关切，在禾木草原的纵深，在以禾木为中心的山峦和草地间，都有一种挥之不去的思绪萦绕在脑际，只不过在禾木图瓦村里，再一次强烈地感触到了这一点而已。

来到图瓦村里，是不得不访图瓦人家的。在禾木乡有关领导的安排下，我们先后采访了一位曾任布尔津县政协副主席的达合迪。63 岁的达合迪曾在禾木乡当过党委书记，2001 年从政协副主席的位子上退下来后，回到禾木村里，是图瓦人中职务最高的一位了。据说，63 岁的达合迪，还是这个村子里三个在世老人中年龄最长的一位了。在达合迪家里，我看到木板屋的墙壁上，成吉思汗的画像旁边还有班禅大师的画像。作为蒙古族的一个支系，图瓦人的历史，见诸文字最多的，是成吉思汗西征时留下的一支后勤供给部队，或者是一群受伤的士兵，经过几百年的繁衍生息，遂有了今天的图瓦人村落。而达合迪老人的讲述，似乎又与这样的历史表述有很大的差异。达合迪说，图瓦人在约五百年以前，生活在今天俄罗斯的伏尔加河流域的图瓦共和国，因为种族战争，而迁徙此地定居的。

为了证实自己的说法，达合迪老人还举证说，早在 20 世纪的 80 年代，前苏联图瓦共和国的一位新闻记者或学者，曾经来到过禾木图瓦村里进行学术调查，他所使用的图瓦语言，禾木村中的老人大多都能够听得懂，只是现在生活环境不一样了，古老的图瓦语言已经很少有年轻人所掌握了。今天的图瓦人大多使用蒙古语，又因为生活中与哈萨克人打交道比较多，多数图瓦人既能够熟练地使用蒙古语，又能够非常流利地使用哈萨克语。讲到图瓦人自己的语言，老人开始担忧起来，他说图瓦人口少，已经没有了自己的文字，如果连自己的语言也丢失了，那是不可想象的后果。

在禾木村里行走，有一条宽敞笔直的街道贯穿东西，街道两旁是一些高不过一米左右的木栅栏，稀蔬松散的木质栅栏围着的是一户户图瓦人家。这里远离闹市，民风淳厚，村人之间互不设防，随意散开的院落里，大多是房门洞开的人家，而主人未必都在家里。在这样的图瓦人村子里，有一样东西也是不可不品尝的，这便是图瓦人的奶酒。图瓦人制作奶酒，几乎成为一种惯常的生活内容，与哈萨克人的马奶酒不同，这里的奶酒原料，大多取自于牛奶。奶酒可用大碗来喝，初入口，感觉尚不明显，但几碗下肚之后，酒力便开始发作了。在这个村子里，男女皆善饮。当晚在乡里举行的宴会上，不胜酒力的客人们很快就见识了禾木人豪爽畅饮的动人风采。这一天晚上，采风团的好几位年轻人都喝醉了。传说，在禾木村里每到晚饭后，常有醉酒者东倒西歪在村街路旁，成为一道别样的风景。

饭后，在禾木村里与一年长村民闲聊，问及“禾木”一词的来历和原意，年长称，“禾木”，乃蒙古语“熊油”的意思。他说，早在几百年前，有蒙古猎人来到禾木这片山林里狩猎。他们为了炫耀自己的战果，便把猎杀后的熊油涂抹在路边的松树上，以表明这块地方曾经有猎人狩猎成功。后来，人们便将这片山林以及以此为中心的广大地区，称之“禾木”了。

不过，这位村民的讲述与我在《布尔津县志》上看到的文字解说，略有差异。县志上说，“禾木”系卫拉特蒙古语，意为“洪水期水浪翻滚，似骆驼的肩肌肉”。意为猛烈的洪水常在这里泛滥。

不管村民的传说，还是县志上的表述，也不管图瓦人是蒙古人的后裔，还是来自于遥远的伏尔加河畔的图瓦共和国，对禾木村来说，这一切的一切，都已经成为了遥远的记忆。静立在现实中的禾木村，地势平坦，四周山峦叠翠，不远处的一条河提供着世代饮用不尽的水源，而离开村子“几步之遥”的山林里，有取之不尽的生活必需品。甚至，你用不着去放牧自己的牛羊，这些对周围环境异常熟悉的家畜，会自己按照主人的意愿，自由往返于山林和圈棚之间。

这样的生活，已经持续了几百年，而即将来到的旅游和观光业的浪潮，是否会打破这个小小村庄的宁静，也是一件未置可否的事情。在经历了一个季节的尘土和泥泞之后，禾木村清秀的脸庞连同她谜团一样的历史，已经构筑了这个夏天里最动人的风景。

我们离开的那个上午，太阳越过了青翠的山峰，把一层河水般清冽的阳光，均匀地泼洒在了禾木村的一片草地上，大家席地而坐，依照阳光的秩序，松松散散地留下了一张合影照，作为留念，还是永久的保存，禾木村在这群山外来客的记忆里，被异样的心情定格了。

我在此时此刻，能够说的只有：祝福你，尘土后面的禾木！

白哈巴村里的一夜豪雨

按照计划中的行程，从阿勒泰市往哈巴河县。

从阿勒泰市区出发，途经布尔津县城，行程约两个小时，于上午五十分左右抵达哈巴河政府大院。哈萨克族副县长巴合提一行，已经在院子里等候多时了。稍事寒暄之后，由县委的小刘等人带队，径直去了拥有“西北地区第一桦林”之称的桦林公园。在哈巴河谷深处的这片天然桦林，绵延长 30 余公里，平均有 2 到 3 公里纵深宽度，其间有纵横交错的河水穿桦林而过，空隙处若干木屋尖顶红漆，作为一座县城公园“桦林”的美誉，早已淹没在一座边远小城的现代审美意识里了。县里安排我们一行来这里的午餐，也算是煞费苦心了。

午饭之后，李广智先生要返回哈巴河县城里去，并在那里等待我和王族与第二天返回。我和王族，前往下一个目的地——白哈巴村。

司机师傅说，去往白哈巴村还有一百多公里的路程，需要三个多小时。事实上，从桦林公园一路出发，去往白哈巴村的路，正是从哈巴河县城去往喀纳斯的另一条山路。由于布尔津县那边的柏油路面早已修好，而这一条路多数还是泥石老路，所以现在人们上喀纳斯，多数都是走的布尔津那条线路，这条曾经无比繁忙的山路，现在倒显得寂寥和荒僻了。

不到 6 点钟，车便到达了白哈巴村。不巧的是，还在路上的时候，天空中便下起了小雨，虽然山里的天气像小孩子的脸，说变就变，但毕竟这是一条上山之路，若是雨下得太大，还是会影响上山的。好在这场小雨时停时歇，倒没有怎么影响我们的行程，原计划也是要到白哈巴村住上一晚上的，第二天早晨，再从白哈巴村出发，前往大山更深处的那仁牧场。我在这一路上担心的是到了白哈巴村，去不了那仁牧场，那将会留下多么大的遗憾啊！

王族是白哈巴村子里的常客了，他这次到白哈巴村里，一是要拍一些照片，二是要看望自己的老朋友索伦格。

没想到，县里安排我们在白哈巴村的住宿地点，正是由索伦格与朋友合伙经营的“图瓦人风情园”里。同禾木村里的达合迪老人一样，索伦格也是白哈巴村里图瓦人的代表人物。已经是退休好几年的索伦格，曾经担任过哈巴河县的教育局局长。因而作为这个村子里的文化人，索伦格同样关心自己作为图瓦人的历史。我们一进他的家，索伦格便拿出了一部外文书籍，称这是一部外国学者关于图瓦人历史和语言的书。

显然，索伦格对图瓦人的历史研究要深入一些。他说，大约是1460年左右，那时候，中央政权元朝的统治刚刚结束，而明朝的统治力量还没有到达这里的时候，图瓦人便从遥远的图瓦共和国迁到了这里。为了更形象地说明这个问题，索伦格还将自己分别用汉文和蒙文绘制的一张“中国图瓦人简历图”，拿来给我们看。索伦格在这张地图上，详细地标注了图瓦人祖先一路迁徙过来经过的大致路线和地点，很有说服力的样子。

和索伦格交谈了一阵子，离晚饭的时间还有一阵子，这时候，雨停了，我和王族便趁着天空放晴的机会，赶紧来到外面拍了些照片。

也利用这个空隙，我让县委的小刘陪着我来到一家图瓦人家里做客，并在大街上随便访问了几位年轻的村民。人们对这几年夏秋季节里，来村子旅游的人，大多已经习惯了，在村子的马路两旁竖立着各种各样旅店、餐馆的招牌，大多打着“图瓦人”的名义。有些招牌显然是城里制作的，非常时尚，也非常现代。

晚饭后，与王族相约，到他曾经采访过的白哈巴村子旁边的边防站去串门。正巧，遇见了几位兰州军区的部队作家，谈到山上的事情，大家都非常感慨。一个部队的边防站与白哈巴村相邻为伴，隔着一条界河，对面的山上是哈萨克斯坦边防部队的营房，站在高处，就可以隐约看得见。一样的山水，异国的风情，不知道这边一个下午的雨水，是否也同样淋湿了对面的山冈。

由于海拔的原因，也由于下午刚刚下过雨，伴随着夜色的降临，还有一阵紧似一阵的寒冷。上山时穿得一身短袖衣衫，显然抵抗不住这边的山风吹送过来的寒冷空气了。回到住处，我赶紧从行李包里取出从乌鲁木齐的家中带来的棉衣裹在身上。

一路的奔波，加上天冷夜黑，困倦袭来时，我已是哈欠连天了。

小刘带我们来到了一间图瓦人的木屋，屋里分成两排放了有六七张床，我选择了一张靠近窗户的木床躺下。床板是由锯成条状的木板制成，所以人躺在上面，有一种睡在弹簧上的感觉。这些被锯成片的木条，会随着人身体重心的转移而凹陷下去，并不时发出一些笨拙而坚硬的木头的吱嘎声来。因而，躺在这样的床上，翻动身体时，要显得格外小心一些，怕这些身体下的异样声音，影响了旁边床上的人。

好在困倦已极，很快便香甜入梦，已经无法预知睡梦以后的事情了。

不知时间过去了多久，似乎还在梦中，隐约感到腹部不适，有压迫感，愈益强烈，乃至疼痛难忍，醒来。

幸亏晚上睡觉前穿好了睡衣，赶紧披上棉衣，踏上鞋子，来到院子里，天空中还有丝丝的小雨在飘着，正发愁如何到河对面的厕所去解决问题时，借着微弱的灯光，见索伦格朝我走来，我以为他在巡夜呢，不料他却说，见我从客房里出来，是专门过来照应我的，让我好不感动。他说自己也要去方便，便让我随他一同去解决腹部的问题。

回到床上，又觉难忍，复两次，稍有缓解，雨水之下，草地上的湿滑，也全然没有影响我这样一个异地生人急急地奔了夜雨中去……

想到自己的腹痛，便使我一下子想到了下午到一图瓦人家里去，喝了一碗冰凉的奶酒，又加以一杯热的奶茶，大概是它们在腹中发生了化学反应吧。这样的情况，在图瓦人那里，是决然不会发生的，因为他们熟悉这些饮食的习俗，那些习惯是不可更改的；又因为像我这样一个不善于观察和留心的人，仅凭着自己的经验和判断，自以为是得“胡吃乱喝”，遇到这样的情况，似乎是不可避免的了。好在这样的经历于我而言，是一次不好，也算不上是坏的教训啊！

几次反复之后，倒也一夜相安无事。只是睡眠中被一个又一个梦追赶着，仿佛做了一夜事，没有睡过似的。

至天亮时，竟听见了窗外的阵阵雷声，雨点把窗子拍打得啪啪直响，一阵又一阵的雨声大作。

我终于忍不住了，要披衣去院子里看一看这久违了的山野之雨，是如何滂沱了一座宁静的塞外山村。

小刘见我起床，便轻声喊道，郁老师多睡一会儿嘛，下这么大的雨，哪里也去不成的。

我说到外面看一看就回来。

雨一直在下，不敢在外面久留。

只是亏了这山色美景，几乎所有的人都习以为常了，天色微蒙，雨声急催，一条宽阔马路牵引着白哈巴村在雨声和泥泞里，显得异常安静和整洁。

如此山雨，无法移动的山川美景，一年又一年在这里生长、发育，然后消失，一点点地耗尽在自己无垠的历史之中去。

而我却无奈，我只是一位尊领了某种使命的旅行者。

我的身份让我自己产生了怀疑，在白哈巴村这条被雨水冲洗着的马路上，一个寂静无人的早晨，我的行走有些缓慢，拖泥带水，被毫不留情的雨追赶着，心中不禁惶然。

我知道我稀疏的头发，正在被雨水浇灌，我的脖子里，也正被一些冰冷的液体灌溉进去。这些天外之物呀，多么陌生的问候，又如此亲切。

天底下的雨，都是裹挟着乡愁的。你看雨色苍茫里，多么像我童年的那一片天空呀，这些清亮的水滴，又多么像我故乡的一滴雨！那么千万里的阻隔，那么久远的岁月里，深入中亚的一次远行，却也无法阻挡我与这一滴雨水的相遇。

呀，这是一些怎样的雨水呢？

我赶在村子的人们还没有从雨水中醒来的时候，偷偷地溜出了低矮的木屋，满面泪水的巨大天幕上，是一副无法再干净的脸庞。一行清泪自天流，无边清凉从地生。是这连天的雨挂，遮蔽了村庄的黎明，还是已经习惯了被时间遗忘的图瓦人，沉浸在雨水浇湿的梦中无法自拔？只听得见雨水击打着地面的声音，和远处的树叶上的沙沙声。

已经不远了，雨水中的明亮异常清晰，高处的山峦，低处的房舍，正在渐渐显露出雨水背景下，大山水和小村庄的寂寥轮廓。

这是我一个人的寂寞行走，在白哈吧村，在图瓦人高高低低的木屋和栅栏深处，一夜豪雨，修筑了一条寂寞的旅途。

那仁,短暂的季节和遥远的牧场

断断续续,一夜的山雨,竟在早饭以后,突然停了下来。

天空中露出了太阳的微笑,原来担心无法成行的下一个目的地那仁牧场,在司机师傅脸上的表情里,有了一丝希望的曙光。哈萨克族驾驶员赛力克,几乎每年都要开着自己的这辆越野车带人去那仁牧场,所以他对山路的判断和把握,是带有其他人无法比拟的经验。

从白哈巴村去往那仁牧场的路,用翻山越岭来形容,是一点也不为过的。汽车在山路上行驶,会遇到各种各样的"情况"。行驶在谷底,刚刚被雨水冲刷过的山坡上,随时都会有坍塌下来的泥石流挡住去路,甚或不巧会把整个小车淹没进去的可能也不是没有;而爬上了山坡,在陡峭的山路上行驶,又会遭遇到大雾和山岚的袭扰,至浓雾缭绕处,竟至不能行车,只有停下来,等这铺天盖地的浓雾岚气自己消散开去,方可以重新上路。车辆进入原始林区,因为这里只有夏秋两个季节可以通车,就连牧人们转场都异常艰难的牧道上,车辆行驶的困难是可想而知的。在经过了三个多小时的艰难跋涉之后,从一面山坡上下来,眼前,便是一片开阔的高山牧场了。

都说风景如画,我不知道世间哪里能够有这等如画的风景,可以径直进入我们的视觉经验里画面之中来。对于风景,我们总是急于表达,而事实上,任何形式的表达,对于被表达的事物本身,都不可幸免地被一次次误解和错误地置换了。稀世的美景,似乎又总是在我们无法抵达的地方，我们的停留或驻足，之所以显得可怜和滑稽，是因为我们穷其一生，能够到达的地方总是有限的。

所以，纵然经历了这么多无法想象的艰难，我仍然坚持去那仁牧场，不虚此行。

是的，你难以想象，开春之际，成千上万头由羊群、牛群和马匹组成的庞大方阵，沿着年复一年的古老牧道，奔向一片水草丰美的牧场，那会是怎样的一种景观。我只是在山路上看见了一群羊，几乎覆盖了一面山坡，像一股潮水一样的羊群，向着另一处草地上流淌而去，我坐在颠簸的汽车里，顿时有些惊呆了。草原是牛羊的家园，一辆汽车这样的现代怪物，闯到草原上来，显得很不协调。那些在行进抬起头的羊只，对着行进中的汽车，会发出一些莫名其妙的叫声，我听不懂羊群的语言，但却能感受到那一支潮水一般的羊群里，惊恐抑或亢奋的表情。

我们到来的，似乎也不是时候，据说再过几天，牧人们就要转场下山了，所以那仁牧场最美丽的季节，我没有赶上。

而这是一个多么短暂的季节啊，就像一棵草的生长，连累了广大的草原；它在漆黑的泥土里生下了根，在雪水融化的时候，冒出了嫩绿的草芽，随着天气的转暖，小草们伸直了腰身，一棵又一棵，一片又一片，它们茁壮成了一片草原的颜色，一派夏天的气象。然后，便是这些羊群的到来，就像习惯了一只头羊的鸣叫，一群羊，在草地上走过，留下了粪便和来年的粮食；羊群缓慢地走了，去了不知方向的地方，留下了青翠的草根和另一些枯黄了的叶子……

草原在彻底的枯黄和被一场突如其来的大雪完全覆盖之前，她美丽的身姿，仿佛只是微微地伸展了一下，就快快地收缩回去了。

就风景而言，如果说那仁牧场是一个美丽的幻影，那么我到来的时候，这个美丽的幻影已经回到了现实的景象之中。汽车闯过了一条河滩，驶过一座木桥之后，应我的请求，司机师傅将小车径直上了牧场对面的一面山坡上。

除了登高望远之外，我还想就那仁的山地风光，有一个全景式的记忆。

在这片被称之为那仁的牧场上，我虽然看到星罗棋布的哈萨克人的毡房和蒙古人的蒙古包，但是真正的羊群却没有发现。陪同前来的小刘告诉我，这个季节里，近处的草地已经被羊群啃过了一遍，牧民便赶着自家的羊群到更远的山里去了。我不觉心中有些小小的遗憾，由于时间的关系，我们此行，只能到此为止了。那仁牧场以及它深藏在大山深处的万般风情，又一次为我短暂的旅途，留下了挥之不去的遗憾。

哈巴河县域辽阔，此行那仁牧场可见一斑，其实阿勒泰的六县一市中，任何一个县（市）里你都能感受到这种由于地域辽阔，所带来的生态多样性和景观的差异性。就拿从白哈巴到那仁牧场的这一路来说，沿途高山、草地、森林、河谷，几乎阿勒泰地面上所有的景观，都一一经历了一遍。虽然山高路远，道路崎岖不平，但比起那些深山中的自然美景来，这样的艰辛和付出是值得的，也是必要的。

在那仁牧场停留了约两个小时，由于时间的关系，不得不往山下赶了。

就像这个季节里短暂的气候变化一样，我的这次那仁之行，也只能是来也匆匆，去也匆匆了。

在下山的路上，山里又下起了暴雨，雨线连天，司机几次将车停在了路边，希望看到过往的车辆，但是，连一辆汽车的影子也看不见。我与坐在车上的小刘谁也没有言语。胸有成竹的哈萨克师傅非常健谈，一路上用流利的汉语向我讲述了不少沿途的故事，此时也变得一下子沉默起来了。

不知道在这样的天气里，这样的深山远路上，雨如果一直持续下下去，会是什么样的结果？

好在，不一会儿，雨竟然奇迹般地停了下来。

汽车沿着一路水汪汪的草原风光，以一种舒缓的速度下山，向着我们上山时的白哈巴村的方向驶过去。

白石头上的两棵树

中午两点钟左右，回到白哈巴村。在村子外面的一片桦树林里，发现了巴副县长的车停在一个毡房前，司机径直将车开了过去。

果然，巴县长与广电局的哈局长正在里面，他们热情邀请我上座，并以三大碗马奶酒相敬，一时我竟无法推脱，也没有理由推脱，连干了三大碗马奶酒以后，头顿觉有些晕眩了。因为惦记着下面的行程，需要在天黑之前，赶回县城去，所以就不敢再耽误下去了。

回到索伦格住处，叫上正在这里休息的王族，便急急地往县城里赶，大约还要有四五个小时的路程呢。

约两个多小时，五点多吧，到了特热克提乡所在地，一处山地间的行政中心，森林后面的几间尖顶木屋，有一些整齐的街道和凌乱的电视天线，随意散开在房屋顶上，结成了蜘蛛网的形状，使人很容易把这些荒远的山地居民，同大山外面的当代生活联系起来。

或许是长时间的寂寞旅途，忽然来到了一处有些热闹景象的居民点上，那些沉睡在旅途中的种种来自身体内部的欲望和要求，开始变得现实和迫切了。有人提议在这里用午餐，马上就得到了积极的响应。因为从早到现在，除了几碗马奶酒之外，我的腹中别无他物，我对这样的提议，表达了由衷的赞许。我要了一碗拌面，在等饭的间隙，巴县长听说我们不在县城用餐，又招呼随行人员拿来啤酒、马奶酒等轮番相劝，不几时，我竟不觉有些醉意了。拉条子拌面上来了，我已然顾不了那么多，连声说，对不起，我先来了，便操起筷子三下五除二地吃了下去。

回想起来，这是我到新疆 20 多年来，吃得最香的一碗拌面了。

在等待吃饭的间隙里，我有机会在这些饭馆前的马路上，感受一下阿尔泰山下浓烈而不失温情的阳光。我没有想到的是，我们经停的这个地方，既是一处交通要道，也是一个理想的驿站，几乎上山和下山的人们，都会选择在这里停下来观光或者补充营养。沿着一条咆哮的河流，十几家饭馆在马路边上，向那些经受了长途奔波的人们，展示着犹如这山地阳光一样灿烂的笑脸。大多数早已饥肠辘辘的人们，面对这样的笑脸，是无法拒绝的。因而像特热克提这样的"要塞"之地，能够一次次进入旅行者的视野，是不足为奇的。

特热克提是一个村庄吗？是，似乎又不是。类似的问题或者疑惑，一直困扰着我在这样的山地间的旅行。我在这里又一次看到了，那些建筑年代和风格式样不太统一的房屋，那些陈旧或者正在散发着松木香气的尖顶木屋，散布在因山势起伏而变化着的街道上。这些山地里的居民呢？只剩下了偶尔在马路上奔跑和相互追逐着的孩子和一些上了年纪的村妇，男人们在这个季节里，或许已经进山，到夏牧场去了吧。

记得我曾在几年前从哈巴河上喀纳斯的路上经过这里，当时，我误以为这里就是白哈巴了。而这次真正去了一趟白哈巴之后，才算是完成了对自己记忆的一次修正。在新疆旅游，这样的"误会"似乎是不可避免的。因为同样的景观存在，会在不同的旅途上，被我们自己记忆中的风景所遭遇，仿佛我们命运中的神秘物象，早已经在那些不可预测的路途上，等待着一次又一次来自心灵的约会。

再一次产生这样的想法，是这个村庄，或者这个山间平地上，我又一次遇见了这村头的几块大石头，石头上独独地生长着的两棵树，两棵孤立无援的"幼小"的桦树。我好奇地爬上那几块巨大的白色石头，这些曾经远在天边的石头啊，此时此刻，承载着我疲惫的肉身和灵魂，来自异乡的温暖，正在缓慢地修复着关于生命之外另一重想象。

是啊，多么奇异的风景，盛开在我们的旅途之中，而不可回避的正是我们穷尽一生也不能够抵达的一些意外的景象。作为终生都要行走在路上的人，我们都是些注定被这些风景遗忘的尘土，当喧嚣过后，一切又都会复归平静。

就像这白石头上的两棵树，它们挺拔，但不高大，是因为它们站在阿尔泰山上，如此细腻、洁净的白色石头上，已经不再是尘世之物了。两棵树，相互凝视，彼此携手，等待了多少年，它们没有走到一起去，保持了一段美好的距离，没有陷入尴尬的情感的泥潭，是多么明智的选择啊！

现在，两棵树站立在石头上，以沉默的方式，挺举着纷披的阳光，它们脱离了泥土，把纤细的根须，艰难地穿越石头坚硬的缝隙，它们生长的如此缓慢，把多余的时间，全都交给了这无垠的大山，连绵起伏着的，一片片山峦和层林之上。天空正在编织着遥远的神话，而洁净的出口处，正是这斜刺里，为尘土筑造的一处山垭啊！

我听见了身后有人议论，真是太不可思议了，这么干净的石头上，毫无理由地生长着两棵树。

而攀爬者的身影总是寥寥无几，或许是山路劳顿，也或许是这过于洁白的石头，让那些欲望的脚步，在那一刻停止了前进。远远的，白石头上面，只剩下这高远的天空下清风拂动着的两棵树冠，像两顶小小的绿色旋涡，把静与动的风景，在可能与不可能完成的瞬间，成就着一次又一次小小的感动。

我赶快用相机，在众人们即将离去的裹胁声中，对着白石头上的两棵树，拍下了几张照片。算是对这树与石头的记录与怀念吧。

从特热克提到哈巴河县城，还有两三个小时的行程。所以，接下来急急地赶路，就成了我们最迫切的任务。可谓酒足饭饱的一行人，再一次踏上旅途，虽然依旧是尘土四溢的山间公路，但心情却完全换了模样。

其实，这一路走来，全都在阿尔泰大山的脊背上爬行着，大山时而急切地耸立起了自己的悬崖，时而又袒露出宽敞的背脊，车在此上飞，人在车里迎接着目不暇接的山间物像，这样的情景，使偶尔袭上来的倦意也很快消失了。

自此，哈巴河之行，算是有了一个圆满的结局。

又见福海

福海北枕阿尔泰山脉，南连准噶尔盆地古尔班通古特大沙漠，由此及南依次分布有山地、丘陵、戈壁、平原和沙漠等多种地貌。而使福海声名远播的，还有那古称为“西海”的浩茫水域——布伦托海。

在阿勒泰地区的6个县城中，福海县城的平坦与开阔让我感到有点儿意外。还是因了这一湖水，这不大的县城里，便多了一些“海”的气息，比如我们下榻的一家私人旅店，名字便叫做“黄金海岸”大酒店。

曾经有多次机会路过福海，包括这次从乌鲁木齐乘车前往阿勒泰市，但都因没有合适的理由停下来，对福海的理解中，因了许多传说和文字上的描述，始终对这个以海的名义而存在的地方心驰神往。

然而，人在旅途中，对于任何心存向往的东西，都不敢言称或者轻易接近的，就像我们这次从布尔津来福海一样。

那天下午4点多钟，从布尔津县旅游宾馆出发时，县里安排了一辆红色的“213”越野车。听说去福海的路正在全线翻修，从布尔津到福海要走三个多小时。但红色是吉祥的象征，但愿县里安排的这辆红色“213”，会为我们的旅途带来平安和吉祥。我在心里默默地祈祷着。

出布尔津县城不远，约一个小时左右，只听得车轮底下一声爆响，司机师傅赶紧停下车来。左轮胎爆了。

此时车停在一片毫无遮拦的戈壁滩上，午后的阳光暴烈得像一团巨大的火球，车内的空调已经开不动了，关上和打开车门，都无法回避被干蒸和桑拿的现实。

车里是坐不住了，可是下车后又到哪里去呢？

趁着驾驶员忙着更换备用车胎的机会，我推开车门，向着在阳光下泛着白色地气的戈壁滩走去。因为戈壁滩散落着亿万年的戈壁石呢，风吹日晒，在这些不被人们待见的戈壁石中，或许我能够有一些意外的收获啊。说来也怪，酷日之下，顺着一地石头的路线走下去，竟不觉间忘了自己身困旅途的处境，欣喜若狂于一块又一块散发着地表温度的石头了。所谓心静自然凉，我心虽然不静，但目标转移，凝神于石，强烈的紫外线也只好考验我粗糙的皮肤了。

戈壁寻石，需要的正是这种杂念祛除，随遇而安的闲散心境。正是在这样盲目的途中，遇上了一堆显然是经过认真的挑选而未曾拿走的石头，心中不觉一阵惊喜。心想，在这连名字都叫不上来的戈壁滩上，果然也还有如我一样热爱石头的人。可是，捡了这么一堆石头，一定是耗费了不少时间吧，可是他为什么没有带走它们呢？是因为捡的石头太多了，无法带走；还是因为在这缺乏标志物的戈壁滩上，捡石人自己忘记或者无法再次回到这堆石头跟前了呢？

或许还有另外的原因？

这样的猜想，使我心中的窃喜一点点地消退了，我突然对这堆石头所维系着的另一个人的命运担忧起来。我不知道这堆石头堆积在这里的时间有多久了，也不知是否有过这么一个堆积石头的人，他是一个人吗？是一个集体，或是孤身一人深入到这前不着村，后不着店的戈壁滩上来，他或者他们是专门到戈壁滩来捡石头的吗？或许，像我这样，在车困旅途的无奈和无聊之中，漫无目的地走了进来……

这一堆码放整齐的石头，多为玛瑙和石英石的初级石料，大小不一的石头经过风雨的冲刷，多半已经失去了棱角，或长或方或圆，因了其色泽和形体的异样，受到了捡石者的青睐，是幸运也是不幸的时间的弃儿。

我忽然又想到，这一堆石头的真实性是否存在，会不会是自己在烈日下的戈壁滩上出现了错觉。遂拿起一块,敲了敲自己汗津津的脑门,有击打感,有石头的质地和以石击打额头的痛惜之声矣。在惶惑和疑虑中,现实的处境还必须使我做出最果断的选择。

如果说这堆石头的存在是真实的,我能够做出的选择,便是迅速地离开它。因为我无法判断它们的主人,会在某一刻寻石而来,它们被堆积的方式和意义莫名地重大起来,尤其是在这样一个无法被标示的地理位置上。

返回车上,早已换胎多时了,怀揣自己从戈壁滩捡回的几块石头,惶忽之间如获至宝。

"213"汽车复又前行。心想,这一次可以一路无事,平安到达福海了。

走了不到一个小时的路程吧, 闷热的车子里有些让人昏昏欲睡,但车子行驶在戈壁沙石路上,波浪似的颠簸,又让人难以入眠。正此时,只听得车前方一声沉闷的爆响,使一车子人的精神都提了起来。

司机忙下车检查,一脸沮丧地回到车上:前轮胎又爆了!

如果说第一次爆胎,还有一个备用轮胎可以更换的话,而这又一次爆胎,便没有了可以更换的轮胎了。

怎么办,年轻的司机师傅一脸无奈。

午后的戈壁滩上,阳光一点也没有要被云层遮挡一下的意思。车是走不动了,一时间又没有过往的车辆可以求援。司机盘算着前方的路程,说应该在前方二十几公里处,就是北屯了,如果有车辆愿意捎上一程的话,问题应该不会太大。

正说话间,一辆乳白色的小型面包车,停在了我们沮丧的小车前面,下车问是否可以将轮胎带到北屯去修?对方答曰,六十元钱,讨价是两位师傅的事情,但似乎也没有了别的选择。

司机师傅把轮胎搬到了小面包车上,跟上那辆面包车走了,说自己一个小时后就回来。

同车前来的两个人,下得车来,各找一空旷处,与家人打电话去了。

我的手机没电了，加上信号时有时无，也无心下车，便打开两侧的车门，有意在车上迷糊一会儿，以打发时光。

一个小时之后，去北屯补轮胎的师傅方从我们三个人的翘首企盼中，坐着离去时的那辆乳白色的小面包车，满怀歉意地回来了。

年轻的司机师傅一脸的愧意，连称抱歉。不知道是我们该说抱歉，还是他自己该说抱歉的话，这样旅途中的意外事件，大概也是不可避免的吧。

这两次烈日之下，戈壁滩上的爆胎事件，据说是因为路况太差，或者由于天气过于炎热。而经验丰富的老李却认为，主要还是车况太差的原因，大概这辆车跑得年头有些长了，经不住这样的路况和天气的折腾吧。果然，在接下来的尘土路中，坐在车里，就像坐在一间四面漏气的屋子里一样，外面的热浪席卷着尘土，一次又一次地冲进我们的嗓子眼里，一点也没有客气的意思。

好在离我们此次旅行的目的地并不遥远。走了大概两个多小时，便隐约看到福海县城周边的那一抹绿色了。

福海县委的小宋打来电话，问我们到哪个地方了。

大概是因为估计我们从布尔津出来的时间和路程，早就应该到了，却迟迟没有我们的踪影和消息，预感到在路上会有什么事情发生。

小宋称他在福海县电影院的路口等我们。而我们一行，也就像电影故事里的游击队员一样，引导着驾驶员在福海县城的大街上转了一个圈，也没有找到电影院的位置。几经问询，看见了电影院，也看见了一个小伙子在那里接听手机，一定就是小宋了，谁知我们的车刚开到他的跟前，那青年人便若无其事地跨上自行车，扬长而去。看来，一定是认错了人。

这时，从马路对面过来一个小伙子，极随便的衣着，倒不像是在县委机关工作的年轻人。那人径直朝我们的车子走来，一脸焦急的神色，问我们是不是从布尔津来的客人，这便是那位一路上与我们通话的县委的办公室主任小宋了。

宋主任把我们引进路边的一家“黄金海岸”大酒店，称这是县城里最好的酒店之一了。因为早已过了晚饭时间，我们匆匆用过晚餐，想借以夜色观览一下福海县城，却因突然有客人来访，未能成行。

第二早晨起床后，县城里下起了难得的小雨，而宾馆却因这意外的雨水停电停水，原因据说是洪水冲毁了自来水厂的设施，正在抢修呢。

下得楼去，县城宽阔的马路上，或许是因为时间尚早的缘故，行人稀少，可能一夜雨水，清洗了天空和大地上的路面，在几丝小雨的若有若无中，县城显得异常安静，纵然是清风冷雨，异乡为客，也能在这宁静的小城里找到一些内心的安慰。

这是福海县城的宁静与清凉。

在接下来的行程中，我们还要到那一片真正的海上去，踏浪“湿身”。

我们在福海停留的时间不长，而福海之后，一同前来的另两位同行者，将折返阿勒泰市，从那里返回乌鲁木齐。

所以，对于我个人而言，真正的个人旅行似乎才刚刚开始，后面的富蕴、青河等地，我只是在地图上了解的名字，将要由我自己的双脚，去一一叩开她们陌生的大门，探寻自己内心深处，那些久远的未知了。

乌伦古湖的碧水清波

对于一个旅行者来说，在经历了那些干渴的沙漠和戈壁之后的漫长旅途中，视野中的物像已经变得疲惫起来。而由一条路，通往北屯和阿勒泰市的“临界点”上，在人们对坚硬的土地渐趋厌倦的时候，会有一片绵延数十里的蓝色水面铺展在你的眼前，那会是一种怎样的感觉呢？

无疑，乌伦古湖便是这一上帝的杰作。号称全国十大淡水湖之一的乌伦古湖，蒙古语的意思是“云雾升起的地方”，其水域面积达一百多平方公里，东距福海县城十四公里，是318省道的必经之地。更为鲜见的是，乌伦古湖在其漫长的聚积与衍化中分成了两个部分，大海子（布伦托海）和小海子（者勒库存勒湖），由一条名叫克勒河的河道，牵引着两颗硕大的“水珠”，成为西域极地的人间传奇。

作为一片内陆水域，我们无法为像乌伦古湖这样的在沙漠和戈壁围困之中的水，找到更为宽阔的出海口，它的生成和衍变，有赖于千万年来的自然造化。在大约三百万年前的古生代时期，这里曾经是一片汪洋，是那些远古时代的地层断层和“掀斜”作用，特别是第四纪晚期，新地质构造的不均衡上升影响，乌伦古湖在经年不息的幻化中，形成了自己完善的隔水层和防渗漏体系。

其实，我们今天看到的乌伦古湖，也早已不再是原来的模样了。

就像任何山水的装饰，都无法改变一片土地的历史一样，在乌伦古湖和阿尔泰山掩映的这块广大的区域内，我们可以窥探到的有限的历史里，曾经像春秋两季的牧民转场一样，塞人、呼揭、丁零、胸奴、鲜卑、铁勒、柔然、突厥、薛延陀、葛罗禄、回鹘、黠戛斯、乃蛮、蒙古、瓦剌、杜尔伯特、汉、哈萨克……这是一条历史的长河，一条浩荡不息的远古先民们生生不止的生存背影，那些远去或者永远消失了的先人们，他们在千万年里用双脚踏勘过的这片土地，经历了怎样的灾难性巨变，成为了我们今天视野里的一片如此浩渺的水域啊！

来到福海县城的第二天，早饭时在县旅游宾馆遇见了《新疆日报》的几位"名记"，其中赫世红、张杰两位仁兄，均是我多年的好朋友，又都是我在新闻界的同行。他们恰巧也于前一天从伊犁赶到福海县采访，县里面的领导便专门组织了我们一同去"海"上观光。

不巧的是，天公不作美，从早饭时的零星小雨，等到我们驱车来至湖边时，竟至雨声哗然作响。按说，在这样的天气里，从安全角度考虑，是不宜去湖上的，一是天气不佳，湖面上波浪较大，二是在这样的天气里不确定因素太多，这个时候去湖上泛舟，是要担风险的。但是这些远道而来的"客人"们，游兴很浓，且都是一些时间宝贵的主儿，得知刘副部长一行，还是下了决心，对开船的小伙子交代了一番之后，我们一行七八个人，坐上了一艘小型的冲钟舟。

我们上船的这个地方应该为东河口，是乌伦古湖小河子吉力湖的"入海口"。

虽然兴奋异常地上船，我还是在心里直打鼓。我是对水充满了恐惧的人，面对如此广阔而不知深浅的一片汪洋，我对自己的处境几乎毫无举措。

这样的感觉，在几天前喀纳斯湖上有过，在几年前的博斯腾湖上有过。对于水几乎是与生俱来的恐惧，使我在坐上小船的时候，有一种难以言说的复杂情绪涌上心头，我一定在那个时刻呆若木鸡般地陷入了由于恐惧而带来的失语状态。好在同行的诸君都处在涉水的兴奋之中，毫无觉察罢了。

印象中，雨中游湖，该是一种多么美妙的意境呀！可是，我们今天面临的这场雨，着实有点大，而置身于荒漠极地中的乌伦古湖，似乎也蒙上了一层塞外的野性，决然少了许多江南水乡的柔美和细致吧。小船缓缓开启，最先经过的是一条河道，被雨水打湿了的芦苇的下半身，全然淹没在湖水中，它们遵从着风的指引，在雨水中扭动着茁壮的身躯。

芦苇青青，使我想起了“救命稻草”之类的一些更为实用的话题。着实也是那些“水深雨冷”中的芦苇们，让我这个“惧水恐高”之人，触景生情了。而随着船速的加快，不知是驾驶员有意要让这些雨中的游客经历一些人为的惊险和刺激，还是湖面上风大浪高，难以掌握平衡，小船不断地在湖上抬起船头，或者左右倾斜一番，待小船将倾未倾之时，又复归平稳下来。本来就不大的一条小船上，坐了七八个人，随着船体的抬升和摇动，一阵又一阵的尖叫声，便显出了这些平时镇定如初的人们，有多么的心神慌乱啊。

而这样的尖叫和呼救声，是徒劳无益的。因为在几乎望不到边的湖面上，除了连天的雨水，便是一个波浪追赶着另一个波浪的巨大的水的田亩。这里决然不是一块坚实的陆地，任何一汪小小的水，都是我们这些在陆地上风光无限的人们，无法实现的另一个世界。

我知道，我们只是航行在一片叫做小海子的湖面上，水天一色里，却早已望不见了故乡。雨水径直地扑打在脸上，在一阵阵风的吹拂里有些微的清凉，除了颠簸中的惊魂不定之外，一些多少年不曾有过的惬意和放纵，也是无法从每个人的脸上抹去的。

大海子是断然不能去了，雨越下越大，风起浪涌，千堆以上的水的波涛，力量是如此的巨大，不几分钟，小船便冲锋般地来到了一座湖中小岛。

小岛又名鸟岛，面对遥不可及的苍茫水色，这是一片坚实的陆地了。岛上植被茂密，看上去像一顶绿色的草帽，扣在小海子这个巨人的头顶上。

鉴于天气的原因，我们这只小船的驾驶员有些犹豫，他征求大家的意见，要不要上岛看一看。异口同声的回答，使年轻的驾驶员别无选择。

弃船登岸，但见荒草丛中，原来还有一些可以称之为树的植物们夹杂其中，它们共同掩映着的不知是水乡里的江南，还是塞外极地的故乡情缘。

竟有守岛人，这是我没有想到的。年轻人见我们一行登上岸来，甚感意外和欣喜，他带领我们有距离地观看天鹅、野鸭、鸵鸟等用绿色塑料网围裹着的“鸟类乐园”，又有木质引桥可免游人涉足泥泞，倒也不失岛上一景。同志们纷纷留影，在巨大的水声和泥泞的边缘，留下了一张张笑容里的灿烂。同行李广智和王族诸君，均有不俗的影像资料留在这里，我因形象不佳，多数时候，只是一个摄影师的角色。

岛上匆匆十分钟，可忆经年数载。更兼有雨中逐浪，好不兴致也。不知怎么，我的心情也一下子陷落到这样的情景里来，油然生出了这样的感慨。

告别鸟岛，就该踏上归程了，因为安全方面的考虑，驾驶员不愿意再往湖水深处里走。举目远望，波浪起伏处，天际里的一抹苍茫，何等真实的一片梦境啊！只是此情难长久，此景更待何年？

人生在不经意处的遭遇中，会有一些神示般的降临，而你在多数时候，是浑然而不自知的。就像这一抹水色里的虚幻与真实一样，到来或者离去，被风景迷惑的眼睛里，盛装着的终究是记忆的片断。

小船载着意犹未尽的一行人返航时，雨竟然不知在什么时候，突然停了下来。与进去的时候心里头那种紧张和恐惧相比，返航途中的轻松和愉悦，是与返航时的速度和时间成正比的，短暂得几乎没有来得及回味，小船便稳稳地停靠在了出发时的码头上。

上得岸来，也到了午饭的时间。

一行人来到了岸边上的“李胖子鱼庄”，自然是一席鱼宴，且是当地人称的那种“家常鱼宴”，全是湖中取来的当地土产，自然有了一种浑然天成的湖边趣味。偏偏李广智先生以其自身的肥硕程度自许，说是同志们到了他“家”的鱼庄里吃了一顿鱼宴，嘱大家不要忘记了这一席鱼的美餐，更不要忘记了李家人的好处。自然是饭后笑谈，引得一行人兴致勃发。

就着饭后的兴致，和着新雨后的初晴天气，县里的陪同人员称，下面要安排去“黄金海岸”。还是在席间的时候，县委的一位领导就对大家说，福海这个地方有一个规矩，就是所有到海边去的人，都要“湿身”，否则，便不算是真正到福海来过。此言一出，立时引来了一席人的哗笑。

福海黄金岸，其实就是乌伦古湖大海子东南岸由细腻柔软的白色石英砂组成的沙滩。绵延数十里的柔软沙滩，倒颇有些海滨的气息，遮阳伞、塑料桌椅等海滨设施一应俱全。这里海底坡降平缓，湖水清澈见底。近两百米宽的浅滩上，湖底细沙清晰可见，湖岸周围又多为固定半固定沙丘，盛夏来临，自是方圆千里游泳纳凉的理想场所。何况对于这样一处天然的海滨浴场，早已经过市场初期的大规模开发，气势可夺，也就怪不得有人称之为“新疆第一海滨浴场”了。

其实，上午天刚下过雨，虽然天晴了，但风势未减，尤其来到湖边，本想脱衣下水，一展本人“狗刨式”乡村野游的水上雄姿，可惜，风冷水凉，见同行者均未有身先试水者，便也打消了下海一游的念头。

但既然来到了“海边”，不下水是有点儿说不过去的。好在我早就听说过福海湖边的彩石甚是诱人，也早已向往了许久，但海滩上捡石头的人并不多，我便急急地脱下了鞋子，找到一个塑料袋，挽起裤管，独自下水去了。

这是一条真正的彩石之路。

一海滩的石头，大不过拳头，小不过豆粒，红黄橙蓝紫，所谓五色彩石，乃福海湖岸也。

把裤腿挽得再高也没有用，似乎是永不止息的湖水在风和浪的作用下，只是一个小小的潮涌，便将湖水推到了你的大腿根上去。后来，索性不去管它了，任由湖水的拍打，专心于水下岸滩的石头，疑珍珠，似翡翠，心里还盘算着，把这些石头带回去，置一玻璃水具，不养鱼，不种草，专门用来置放这些幻化了千万年的福海彩石，那该是一种多么美好的回忆啊，于这福海的碧波万顷，我的水中彩石之梦，显得有些无私无畏的渺小和具体了。

正在忘我时，听得远处隐约的呼喊声。

是那些留在岸边观海的人，等得不耐烦了，招我返回呢。而我，竟在不觉中，忙于自己的收获，远离了大家的视线，有几里路远了。虽有不舍，但大家集体行动，不好再拖累大家，望一眼双手捧着的这一大塑料袋各色彩石，不禁感慨良多。

乌伦古湖的碧水微波，竟是在我的雨中畅游和岸边彩石的光阴里，虚度过去了。正所谓人生何处无遗憾，留得潇洒说再见。

山城富蕴

富蕴县城坐落在一个不大的山坳里。

如果能够用一句话来形容我对这个县城的印象，我愿意使用这样一句话来表述：洁净、明亮，因了山水而美丽的小城。

来到富蕴之前的这两天，我一直待在军垦新城北屯镇里。结束了福海县的采访任务后，李广智和王族他们直接回到阿勒泰市，从那里坐飞机回乌鲁木齐了。

我还必须继续“走”下去，我的任务还没有结束，在此后的日子里，接下去要去的两个县，便是富蕴和青河。

在北屯休整的这两天里，有人不断地给我灌输关于富蕴的“贫困”和“遥远”的状况，似乎在富蕴这样的地方，着实也没有可以待下去的理由，而且，给我说这些话的人，正是从富蕴县城里出去的。我不由地怀疑起自己的计划来。但是，我还是下定了决心要到富蕴来，要用自己的眼睛，用自己的脚步，来表达自己对这个陌生地域的祝福和敬意。当然，除此之外，我还有一个小小的私心，那就是自己没有游历过的地方，一种无以名状的诱惑驱使着我，义无反顾地踏上去往富蕴的路。

下午 4 点钟左右，富蕴县的车到达了兵团农十师所在地的北屯宾馆。随行的还有驾驶员的一位年轻朋友，将近两百公里的路程，大概是害怕旅途的寂寞，抑或是出于安全方面的考虑，经常跑长途的司机师傅，特意带上一个朋友上路的。

新的有些耀眼的桑塔纳轿车，从北屯出来后不久，在颠簸的土路上跑得让人有些心疼。好在驾驶员旁边有他的那位朋友可以聊天，省却了我的许多言语，我一个人坐在后面三个人的座位里，宽敞得有些奢侈了。因为一直在路上，几乎每天都要换一个地方睡觉，作息秩序全部在紊乱之中，休息不好，坐进车子里就有些头疼，前面驾驶员和他的朋友聊兴甚浓，很开心的样子，至于说了什么，我不甚了解，大概也是难得有这样的长途旅行，好朋友之间的话题，是完全没有必要避讳我这位陌生人的。

我索性闭上眼睛，把头靠在椅背上，可是不知怎么，竟一点睡意也没有了。睁大了眼睛看着车窗外面起伏不平的风景：戈壁、荒漠、不远不近的山峦和一些稀疏的树木。少有的村庄，在如此空旷的视野里，显得孤独而悲凉。一些飞奔而去的野驴或者黄羊留下的细微的灰尘，几乎柔弱得可以忽略不计，一些形单影只的飞鸟，在它们的翅膀下面，很难听得到一些真切的鸣叫了。

这便是北疆旷野里的风景吗？

仿佛是时间的荒原，在一个人的孤旅之中，由于陌生和空旷而诞生的漫无边际的艰难记忆，总是这样深切地横陈在路途上，横陈在每一次出发和归途之中。

司机小陈说他们从富蕴去北屯接我的时候，在路上耗掉了四个多小时，因为一路上几乎没有平展的路面，全部在大修之中。我是一个没有多少“时间”观念的人，尤其是在路上，方向和距离掌握在驾驶员的手里，地理的概念，只有“到达”的时候，才对我陌生的探寻构成意义。所以，在这样的时刻，我没有多余的精力去过问时间的问题。

正在这样想着的时候，我的眼前便豁然开阔了起来。在崎岖不平的“山路”之后，一片开阔而紧凑的山坳里，非常健康地竖立着鲜亮的楼宇和房舍。道路似乎也平坦了许多。

司机小陈回头跟我说：“这位老师，富蕴到了！”言语中颇有些引以为豪的味道。

就像每一个人的生命中，都拥有一个无以替代的故乡一样，我想，在这位司机小陈的记忆里，山城富蕴的历史和今天，都应该拥有他值得自豪和回忆的东西吧。我欣喜地打开车窗，在午后的一片澄明和洁净里，似乎是用双手，轻轻地推开了富蕴的城门。

在阿勒泰旅行的这些日子里，因为前面的几个县市，都是属于“集体”观光性质的，成群结队地去一个地方看风景，好处是任何时候都不会寂寞，对于一个渴望远行的人，这样的结局，又几乎是灾难性的。

一个人的旅行，背负的是旅途的寂寞，更背负着一个人内心深处，那些沉睡已久的理想和梦幻。

我知道在这一刻，我一个人的旅行算是真正开始了。

县里安排的这间宾馆，在县城的一条通街大道上，名字叫“世纪星酒店”。路是一条新开拓的柏油马路，酒店看上去刚建成或者装修后不久，新鲜的面孔，是站在酒店门前的马路上，一眼便可以将县城周边的山梁一览无余。新疆各地的县城我去过了不少，还很少有像富蕴这样让人感到如此亲切，而没有多少陌生感的山和城的相互依傍。一条额尔齐斯河缓缓地紧贴着小城的门前而过，一老一新两座大桥，见证着这个小城并不久远的历史。

我喜欢富蕴这样的小城，简单明了地让你没有思考的余地，而迎面而来的亲切感，又让你觉得走了多么远的路，都不会离家太远。

我住进来的这个房间是306号，宽敞明亮，一尘不染。

简单地冲了澡以后，我无意中拉开了窗帘，一眼望过去，差一点让我惊呼了起来。紧贴着这家小宾馆的后面，是一片连着一片的平房和街道，而且挨得这么近，真是让人意想不到的安排啊！你看那些房屋和房屋之间相互拥挤着，东家西院的晾衣绳上，长短不齐的各色衣裤正在午后的阳光下，慢慢地挥发着多余的水分。一只小狗，从前面的院子里窜出来，仿佛是受到了主人的呵斥一般，一路呜咽着，委屈而不满地小跑着来到后面的院子里，它要找一位熟悉的狗兄弟，或者自己的知心狗，诉诉冤屈吧。

而房屋也是在新疆别的地方少见的人字形结构，类似于内地的瓦房或者草房式的乡间民居，只是新疆干旱少雨，没有铺上瓦或者草而已。一个县城到了这样的地方，才让人感到了真实的平民气息。原来县城几条主要的大马路后面，才是人民的生活，即便不能够富裕地生活，却也是祥和的，温暖的，没有高楼大厦的逼仄和豪城富店的巧取豪夺，我甚至以为，一座小县城的平民性，就理应如此。

这时，就在我楼下的院子里，走出了一对青年男女，那年轻的妈妈扯起怀里的孩子，径直来到一棵小树下，给孩子把尿，似乎孩子爸爸的青年男子，很投入地说笑着，让人心生羡慕之情啊。没有办法，这便是山城富蕴的坊间生活。

我趴在三楼的窗台上，端详了好一阵子后，突然想起来打开相机，我想留住一些视野里的人间光景。

这不是山光水色，这里是万千众生的平民景象。在富蕴县城这片密密麻麻的房舍和小院组成的广大区域里，我镜头里的景象越来越清晰起来。就在我将照相机的镜头对准一条街道的时候，不知从哪条胡同里闯进来四个学生模样的孩子，让我好奇的是，这条并不宽敞和平坦的沙土泥巷，四个孩子，四型号各异的自行车并排而行，却并不显得拥挤，没有人刻意回避或者躲闪，行人和街面上平静如水，四个并排骑着自行车的孩子谈笑风生，倒使得这个不显眼的小巷，立时就流动了起来。

一条生活的溪流，不事喧哗，有谁能想到，这会是孤悬塞外的小城富蕴呢？

我重新在这个三楼的窗口上抬起头来。这时，无际的轮廓或者弧度，正好包裹了我眼前的这片小小的城池。一只鹰，或者秃鹫，在并不高远的天空里滑翔着，它在一片算不上灿烂的阳光里，摆弄着一些鸟类的特技和高难度动作的飞翔，类似于飞行表演，可惜了我的一双肉眼，无法准确地捕捉到它们在空中的神韵。

而一群鸽子也像鱼磷片一样，翻弄着夕阳的余光。它们突然从某一处房顶上约好了似的，一同跃身而起，在空中做一个短距离的冲刺，然后迅速地消失在另一片房顶或者树林里去了。

这样的景象，使我想到了天空里的秩序，和并不高远的天空下面人间的秩序。鸟的自由飞翔，使天空中的宁静多了些生动的音符，而人间的气息呢？对于富蕴这样一座尚处在建设和规划中的戴着“贫困县”帽子的县城，多少是有些天高地阔的山野风韵了。

我喜欢富蕴县城的这个下午，这个三楼窗台上眺望的下午，是因为在这个下午里，盛装着一个异乡人在远途之中，无意中撞见的故土情缘。

第二天早上，也就是8月10日的6点多钟，我便从睡梦中早早地醒了。爬起床来，带上相机，来到楼下的马路上。小城里，晨起的人还不少，大多是在晨练。有跑步的，有伸胳膊蹬腿做各种体操和拳术的。而我是一个毫无目的和方向的人，我在这个小城清凉的空气中，呼吸着充足的氧气，又心有旁骛。

薄雾中我感觉县城跟前的一座山梁，似乎立马可以攀上去，便挎着相机朝着那座山梁的雾气中走去。所谓“看山跑死马”。我的努力和气喘吁吁告诉我，以我个人的力量，登山，怕是没有希望了。因为我在朝那座山梁埋头走出了半个多小时以后，再抬起头时，那雾气笼罩中的山梁啊，似乎也在我前行的同时，和我前进的方向一致，在独自退却着呢。

眼看着一条宽阔的马路快要走进县城的边际了，而远处的山梁依然在远处。我不得不对我的信心打起了折扣。这时，我开始注意身边不时轰鸣着驶过去的三轮摩托车和以白色面包车等为主的小型车辆。经验告诉我，这应该是富蕴县城里的出租车了。我拦下了一辆白色面包车，十元钱在县城转一圈。

开出租车的师傅姓林，东北人。1973年来到富蕴谋生，他自称为盲流，现在已经从单位上下岗，三个孩子也已经工作了，年纪却又不大，便买了一辆别人的旧车，在县城里跑出租。他告诉我说，一般情况下，县城之内，两元钱可以坐一次。我是一个不懂行情的外地人，花十元钱租一趟车，抵得上他今天早上，拉五个人的生意了。

但这位心直口快的东北师傅，却不愿意往县城外面跑，说那里就几间破房子，有什么看头，城里面有多好，全是新建的楼房和马路。我不得不告诉他，县城中心区是不错，但这些现代化的建筑大同小异，对我没有什么吸引力，我感兴趣的正是这些城边边上的老房子。师傅好奇地用眼神打量着我，勉强的同意里充满了疑虑。

是啊，在我的经验里，老房子才是一座城市的记忆，才是一个地方历史的故乡，哪怕是对于富蕴这样的偏远的小城。

幸运的是，拥有了现代化视野的富蕴小城，较好地保持了这样的历史记忆，那些停留在新城边上的旧房子，错落有序地保留着一些古老历史的原貌。也许正是它们的存在，才可以伸展开我们对于那些久远岁月的想象的翅膀吧。

事实上，正如我在本文开始讲过的那样，早在我来富蕴之前，有人就给我讲过，说富蕴是一个贫困县，没有什么“看头”的。我之所以不以为然，是因为我同时还坚信，在一个经济相对不太发达的县里，才有可能更多地保留着一些原始和自然的东西，倒是那些迅速崛起的城市里，你甚至看不到一间旧房子了。就仿佛一个多年的老朋友，在一夜之间换上了另外一副面孔，你说可怕不可怕！

富蕴县城四面环山，一条额尔齐斯河从小城的边上穿过，有山有水啊，是一个有好风水的地方。这是早晨我坐在那辆花十元钱租来的面包车里，那个说话不拐弯的东北师傅告诉我的。

不过，我是从心底里喜欢着这座山窝里的县城的。

所谓一方水土养育一方人，或许这样三面环山，一面临水的拥有好风水的土地，孕育了这座小城的温和、宁静、亲切和浓郁的人情味吧。你看大街上的楼房大都在四五层左右，散发着柏油气味的马路和水泥街道，在近在咫尺的大山面前，显得宽阔而不自大，平展而不矫情。

富蕴是我这次到阿勒泰地区以来,独自面对的第一个县城。而几乎在阿勒泰地区所辖的一市六县之中，每一个小城都因了自己独有的历史、地势、民族和风情的缘由,各自彰显着自己独特的魅力和个性特色。

我坚信,在接下来的旅程中,富蕴会带给我更多的惊艳和奇迹的！好在,我在富蕴县域内的旅行,还没有真正意义上的开始。

额尔齐斯，一条河流孕育的传说

在色彩斑斓的阿勒泰版图上，如果说一座绵延不绝的阿尔泰山孕育了阿勒泰的伟岸身躯，那么，作为与这座大山相互印证的一条河流——额尔齐斯河，则以自己千年不息的涓涓流淌，滋养着这块土地的古老文明和灿烂文化。而作为我国境内唯一一条注入北冰洋的河流，它的发源地便在富蕴县境内的阿尔泰山中蒙边界的中国这侧。这条由东南至西北横贯阿勒泰地区流出国境的河流，是在途经哈萨克斯坦的斋桑湖之后，汇入到俄罗斯的鄂比河里，而最终注入北冰洋的。在额尔齐斯河全长2969公里的漫长流域里，其流域面积的十多平方公里，大部分原来都在中国境内，自16世纪下半叶起的两个多世纪的岁月里，沙俄帝国不断地蚕食、侵吞额尔齐斯河中下游后，现留在中国境内的河流长度只剩下上游部分的六百公里[千米]左右了。在这六百公里左右的上游里程中，作为额尔齐斯[额尔齐斯河]的源头所在地，富蕴县境内拥有二十公里的河流长度。

8月10日，在县委白德宁副部长的陪同下，我们踏上这条河流的源头之旅。同行的还有原县旅游局的赵翼光先生和他正在上大学的小女儿。出县城，沿216国道前行不久，车便行驶到另一条便道上去了，因为去年洪水[的洪水]把这条刚通行不久的216国道给冲毁了，几乎所有出行的人，都必须根据施工的进度，自己选择一条方便可行的道路，进山或者下山。

我们选择的是一条直接到达可可托海镇的山路，当地人称富一可公路。出县城不远，汽车走出去有二十公里的样子，紧挨着公路的下面，一片占地两三百亩的湖泊湿地，因了一些夏季的雨水和茂盛的芦苇而在群山环绕的盆地上生动起来。赵翼光先生介绍说，这便是“野鸭湖”了。站在公路上放眼这一片水域，湖虽不大，却也有诸多小岛差参其中，且大多为植被丰茂的水中浮岛，仔细一点望过去，有三五只水鸟在水上浮动，间或升空而去，大多不会飞得太远，便又隐没在另一片芦苇丛中去了。

赵先生说，野鸭湖既有西湖的精致秀美，又有白洋淀的苇荡迷宫，每到春季来临，成千上万只野鸭、水鸡、红雁等云集在这里繁衍生息，其情其景，甚为壮观。可惜我们来的不是时候，已经是夏秋之季，没有那样的机会，可以观赏到水面上野鸟云集的壮观景象了。

我赶紧下车来到湖边，拍了几张照片，或许是因为在此前像喀纳斯湖这样的高山湖海做铺垫，再见到野鸭湖这样的秀珍水域，便不再显得过于激动了。返回到车上我禁不住打量了一眼近在眼前的高大的山体，那高岸的身躯上几乎“寸草不生”，是岩石和褐色的泥土的垒积吗？它们在这里耸峙了多少万年啊，是不是它们把自己身上能够存留的所有水分，全部通过这些深深浅浅的褶皱沟壑，汇集到了野鸭湖这样的湿地里来了呢？

正因为如此，我觉得野鸭湖这片不大的湿地上，荡漾着的几乎是这些环湖耸立着的大山的眼泪，它们挤出了自己血一般的泪珠，在这片洼地里存留着，是要让这片土地上的生灵们，保留下对水的记忆啊！

我看到了野鸭湖对面的开阔地上，有一片平坦的草原，一眼望去，正是风吹草低啊，连绵不绝的阿尔泰山，在富蕴县的这片皱褶里，多么完美地呈现出自己的另一种秀美。

额尔齐斯河源头，是我今天的奔赴之地，也是我此行阿勒泰的一个重要任务。继续前行，在可可托海小镇上，进行简单的休整之后，便是额尔河源头的探源之旅了。而关于可可托海，我会在另一个篇章里进行专门的表述，只是关于一条河流的记忆，使我如此地着迷，让我非要搞出个究竟不可，这是一个势单力薄的旅行者，一个缺乏专业训练的猎奇者，凭借自己的力量所难以完成的。

我知道，一条河流的文明起源，大多要追溯到一些遥不可及的洪荒年代里去。

当然，额尔齐斯河也不能例外。

在地质时代的第三纪期，发源于阿尔泰山的水系，最初是汇入到了准噶尔盆地里去的，那里是一片远古的汪洋，在今天的戈壁滩上似乎还能够找到那些大水存在过的踪迹。而到了第三纪末和第四纪初期的某一个年代，一次史无前例的地质灾难发生了。阿尔泰山前形成了一条巨大的断裂带，这条被强大的地质运动撕裂的地质带上，从西北向东南，两岸竖立着坚硬的花岗岩石，一条或者数条最深处可达三百米的峪谷诞生了，并不时有一些深陷的地堑盆地，镶嵌在一些低崖而狭长的山谷里。

今天的富蕴盆地，便是这些山间谷地的杰作吧。而从额尔齐斯河上游奔腾汹涌的河水，冲出峡谷之后，受此大地堑的影响，也只好来一个九十度的大转弯，沿着大地堑，折向西北，穿过两千多公里的高山和草地，弯弯曲曲地泻入北冰洋里去了。

这是一条河流的命运，也是一块土地的命运。

有资料显示，额尔齐斯河流域并入中国版图的时间虽然始于公元 7 世纪，也就是唐朝初年。而从前苏联的一些考古工作者在“额河”流域进行的大规模的考古挖掘中发现，在属于公元前 13 世纪至公元前 7 世纪的遗址和墓葬里，出土了大量的青铜器和陶器，与河南安阳一带出土的商周时期的青铜器和陶器极为类似。据此，有关专家判定，应当是中国商周青铜文化的延续。

还有学者从人类学的角度考察发现，根据该流域居民的体型和人种资料，证明了当时这个流域的居民同中国商周时期的居民属于同一人种。

不管这种文化和人类学上的确认与考证，要持续多么长的时间，对今天的额尔齐斯河而言,作为一条跨越国界无疑也是一条跨越欧亚文明的河流,“额尔齐斯”作为一个鲜明的地域和文化的印迹,其真实的存在,和更为久远的存在下去,是至关重要的。

我注意到额尔齐斯河在流出富蕴县境之后,在阿勒泰地区,又先后接纳和融汇了喀纳斯河、布尔津河等众多的水系和支流,最终才以自己的泱泱之势,奔流到海,汇入了遥远的北冰洋。

还是在富蕴县城的时候,当地居民就流经县城的额尔齐斯河,流传着这样一种传说:许多外地的不孕者,来到富蕴定居生活几年之后,竟然奇迹般地恢复了生育功能。因而额尔齐斯河在富蕴这一段,又被人们称之为“送子河”。

我不知道这个关于“送子河”的传说,是否拥有其真实的依据,或许这条发源泉于大山深处的河流,在穿越峡谷密林与千山万壑的过程中,果真是携带了某些天然珍宝般的中草药物和矿物质中的有益成分,也未可知。

一条老路

216 国道正在修路，原本从富蕴县城去可可托海，只有一个多小时的行程，现在却要绕行三个多小时才能到达。正是在这三个多小时的绕道而行，使我有了一个意外的发现，一条修建于六十多年前的简易公路。

为了说明这条路的来由，有必要交代一下当时的时代背景。

清末民国初年如今的富蕴隶属于当时的阿尔泰办事大臣。

1916 年设耳里匮县佐。

1937 年由布伦托海县（今福海县）析置可可托海设治局，治可可托海及其附近之铁买克等地。

后因境内矿产资源丰富而改名富蕴县，县城就设在今天的可可托海镇。1959 年县治迁往库额尔齐斯镇，至今已有四十三年的历史了。

当年的布伦托海设治局在布伦托海小镇上设立的时候，苏联人已经在其周边的大山里发现了稀有的矿藏，大规模的开采和开发，正在紧张地进行中，有关布伦托海小镇的这一段辉煌历史，留待我在以后的章节里慢慢叙述。

20 世纪 40 年代的新疆，在国民党统治下内忧外患的社会形势非常复杂。而作为富蕴县（布伦托海镇）到省府迪化（乌鲁木齐）的道路，又因了这里丰富的矿产（财富）资源而显得更为紧迫。因此，可以想见，当时修路的时代背景，多少总是与矿业的发达有些关系的吧。

有关这条简易公路的历史档案随着历史的烟尘，今天已经无从考证了。

而六十多年过去了,新中国成立以后,由于县城的搬迁等原因,这条弯曲不平的山间公路,被慢慢地废弃了。就是在去年,国家投巨资修建的216国道富蕴段等多处路段,被一场山洪冲垮了路基,历时两年之久的大规模翻修工程还没有结束,这条在人们的记忆中废弃已久的老路,又被重新派上了用场。据县上的人说,这条修建于六十年前的山路,至今没有大规模地维护和保养过。

或许是远在深山的人未知吧,我们的越野车在这条山路上奔跑时,却没有遇到多大的障碍。只是路面在今天的人们看起来,显得有些狭窄了,大多数时候,只能够容纳一辆车子通过。即使是这样一条简朴的老旧山路,我看见来来往往翻山越岭的车辆却也不少。除了各色小车,摩托车、牧民们的马拉板车,还有往施工地上运送物资和施工机械的大型车队,那些不同型号和年代的各种车辆,不辞艰难地在这条没有任何等级标志的山路上,小心翼翼地艰难行驶着。

目睹着这样的情景,真是让人感慨万千啊!

可以想见的是,当年这条公路在修建时,没有什么劈山开岭的大工程,只是随着山势陡坡的变化,就迹随形,弯弯曲曲、高高低低地一路修下来的。也可以设想一下当年的县府要员们,一个个因了可可托海的矿山开发而腰包鼓鼓,坐上就是在省城迪化(乌鲁木齐)都很难见到的几辆汽车,往返于省城和县衙之间,该是一种何等的汽派。

如今的土路上,只剩下了车轮飞起的旧日烟尘,那些永远也挺不起腰板来的路边野草们,仿佛认不清自己是不是六十年前的那一粒草籽的余脉,正在无望中等待着一场雨水的到来,那焦渴的眼神也仿佛不是遥望了六十年的雨水,而一年又一年季节的更迭。人事纷飞,昨日黄尘,怎奈得时代潮流滚滚而去,横亘在眼前的这条旧日老路,于我目光所及的山川水洼间,是一段永远也无法道破的历史玄机。

在大多数时候,我会猜想到牧民们转场之时,那浩荡在山野间的羊群和驼队，或许会顺着一条山谷的走向，一不小心踏上这条曾经车轮滚滚的山间公路吧，就像这周遭里千万年不曾改变的山体上裸露的颜色一样，如果陈旧的只是这无法更改的命运，那山里山外的鲜艳和夺目，又与这古老的山野，有什么切身的联系呢？

我能够庆幸的是，这条还算不上古老的山间公路，在经历了此许年的沉寂之后，又能够在不经意间重新被派上用场。它是否可以睁大眼睛，读得懂一些世界的变化，它是否可以舒展着腰身，承载着这急切而过的车轮人流，惶惶然兮，世界已经改变了模样。

是啊，那可是另一个时代里另一代人的视野。大山里的矿藏丰富与否，对骑在马背上的那个英俊少年来说，不是他最关心的。他关心的是羊群的游走和转场之间，毡房里的奶茶有多么遥远。他站在一条道路的至高处，一眼便能望过去，今年的水草在哪些地方更加丰美了，那一山坡的牛羊和毡房之间，一个哈萨克少年的黄金时光，会随着水草的转移，从一架山梁翻过另一架山梁上去。

路，在那个即使还算不上久远的年代里，遥远与否，对于一个哈萨克人来说，也并不重要，更无须要平坦。在我们能够记忆的那些年代里，一支鞭子的飞扬，不会影响道路的曲折。

而一条如此简陋的山间公路，在大山的皱褶里，寂寞地沉睡了这么多年，它没有迎来自己昨日的辉煌，也没有准备在某一天，重新承担起大山的重负；它在这里赤手空拳，没有多余的披挂，贫穷一如古老的时间，大山把稀世的珍宝，存放在遥远的山路尽头，使得一条弯曲九环的山路，在漫长的岁月里，承受着时间的荒漠。

汽车行驶在弯曲的山路上，起起伏伏中，我总是在想，在历史的诸多偶然性因素中，有多少必然的选择，能够在人们的意料之中。正如一条山路崎岖，承载着我们平坦的生活。

神钟山记

从可可托海三号矿坑处出发，沿额尔齐斯河上行十八公里，有一块巨石“铸成”的神钟。我从富蕴城出发的时候，县旅游局的赵翼光先生向我介绍说。

我对富蕴这片土地，是一个完全陌生的外来者，在我来到这里之前，“富蕴”是一个遥远、陌生而又模糊的地理概念，更谈不上大东沟、额尔源头的神钟山了。正所谓深山远途，浑然未知。那日，我们在可可托海小镇上简单地吃过了午饭，便坐上从县城开过来的那辆越野车，由一位镇上年轻的副书记带着进山了。

进山，就是朔额尔齐斯河而上，进入一条以巨石、密林和正在发出哗然巨响的河流，相互构成一条高山峡谷。

当地人称这里为大东沟。

车行不远，过了一道森林部门设立的木材检查站，便进入了一片原始的山林地貌中。这里完全已不再是裸露的山体，白桦、青杨和各种叫不上名字的树木，因为脚下一条滔滔不绝的河水的缘故吧，悬崖中峭壁，竟也绿涛掩映了一条巨石的峡谷。一些低矮的草丛植物和柳条状的次生林，间或从某一块巨大的岩石中伸出了手臂，探出好奇的脑袋，冷不丁地，会吓你一跳呢。

汽车在峡谷里穿行，因为总要沿着这条穿山越岭的河流而行，有时候就是在一片石头上颠簸着爬行，那样的艰难，着实是难为了司机师傅。好在物换景移，满目都是由树木和岩石绘制的美景。行路的艰难和劳顿，全部融化在对于山谷间奇异景观的感叹中了。

大自然的造化，就在于它的不可复制和替代性。你看这一河碧水，随着山势的变化，阳光的抖动下，竟也能变幻出各种奇异的颜色来。据说水声响处，震动着整条峡谷，犹如虎啸狼嚎，令人不寒而栗的。只是我们坐在车子里，又要专注于山路的崎岖不平，需要时刻小心提防着车轮下的不测，或者被一块巨大的石头挡住了去路，加上大多数时候，我们的汽车只是行驶在峡谷的高处，我没有能够听得到河水的哗响。

在我的视野里，额尔齐斯河在其源头峡谷的这一段里，就像山水画中的一条溪流，它静止的水面上泛着清亮的波光，水面时而宽阔得像一条真正的大河，时而又狭窄得让你担心它的断流；但是，在多数时候，它会在平缓的河谷里自由歌唱，有时候又会悬挂在一座悬崖之上，做出一些山野里出人意料的自由畅想。

水因山势而险峻，山则因为有了这一条清亮的河水，而显出了少有的灵秀。那高山河流中的绿染碧翠、白浪拍岸的夏日景象，全然不会因了深山里的阻隔而独自凄美的，这大山里的秩序早已进行了万年之久，是石头的生命，是树木的枯荣，是一条稀世的河流，涓涓而去的那一抹惆怅，遥远了我们视线之外时空的距离。

如果有一块石头它孤立无援，自己长成了一座山，那会是一种怎样的境界呢？

在这条名曰大东沟的峡谷里，在阿米尔萨拉桥南侧，一块巨型的花岗岩石冲天而起，如一口巨大的石钟扣在河岸上，挡住了一条峡谷里的风景，也改变了一条河流的走向。

这便是我要说的神钟山。

说它是一口巨钟，因为它高达两百多米，拔地而起，可谓气冲霄汉。如果拿到钟类博览会上，我敢说，这口巨钟是无可拟的世界第一了。

说它是一块巨大的石头，因为它通体光洁，自成一体，在它巨大的

“山体”上攀爬，你找不到可以落脚的第二块石头了。在它的身边，那些挺拔而伟岸的山石，都失去了自己的光泽。

而我说它是一座山，是因为，这是一座神话般迷人而令人倾倒的英俊的山峰，峻拔、挺立、孤傲、雄奇。

面对这如此巨大的山石，我竟一时无语。我试图寻找着不同的角度来“观赏”它，用我手中的相机定格它在记忆里的一个个瞬间。我肯定是一个失败的记录者。因为我无论翻越了怎样的山冈，在怎样谷底间，我的取镜框里，都无法以最理想的方式，将它留下来。

一条游走的河流，会有自己的记忆；一座静止的山，仿佛也应该拥有自己的传说。关于神钟山，我听到了不同版本的传说。但不管怎样的讲述，我以为，总是加入了讲述者自己的演绎和传奇，因而，我在下面所要讲述的关于神钟山的传说，肯定只是这众多传说人所讲述的一种。

面对这口巨大的“石钟”，当地的哈萨克牧民，大多称之为“阿米尔萨拉山”。传说也似乎并不久远，在清朝时，蒙古准噶尔部的一个名叫阿米尔萨拉的人，起兵叛乱，被清王朝的大军击溃于此，因而，此山就此得名为“阿米尔萨拉山”。

我总觉得这个传说演绎得有些牵强。且不说准噶尔部的叛乱在这样的深山险途中，需要经过多么漫长的传递，而清王朝的中原将士，又如何在这样的高山密林深处行军作战？假若两支大军真的在这条狭长的山谷里有一决战，恰逢又是洪水季节，那么他们的战场在哪里呢？

我更倾心于另一个关于神钟山的传说。

这是赵翼光先生转述于另一位牧人的讲述。

他说故事发生在蒙古大军的铁蹄踏遍欧亚草原的那个年代。有一位蒙古王的儿子名叫洪太吉，他爱上了一位漂亮的姑娘萨拉。而姑娘却已有了心爱的人，那便是洪太吉的好朋友——一位年轻的军官阿米尔。

为了一个心爱的姑娘，两个好朋友反目为仇。

为了神圣的爱情，阿米尔和萨拉偷偷地带上一队人马私奔了。

他们跋山涉水，历经艰险来到了钟山脚下，仿佛是得到了神灵的暗谕，如此险要的一块巨山，既可以隐蔽自己，又可以用来拒敌，阿米尔便率领众人绕山爬行，不知历经了多少时日，他们终于爬到了山顶上。

从此，他们在这块美丽的石头上安营扎寨。夏天，他们收集雨水，冬天以雪为炊。山上的野葱、野白菜等，还有他们牧放的牛羊，狩猎的野兔，平静而幸福的生活，因为爱情和这块峡谷里的巨石，而让日月感动，令山林肃然。

而洪太吉在得知自己心爱的人，与自己的朋友私奔了之后，并且还带走了一队人马，不免心生妒恨，立誓要找到他们藏身的地点，夺回自己心爱的女人。

终于有一天，派出去寻找的人回来报告，说在钟山上发现了阿米尔和萨拉的人马。得到情报的洪太吉，很快集合起自己的队伍，浩浩荡荡地来到钟山对面的一座山上安下营来。

这座山，便是后来人们称之为洪太吉山的那座山。

就这样隔山相望，等待了一天又一天。洪太吉希望有朝一日，自己的耐心和等待，能够感动自己心爱的那个女人，他希望自己心爱的人，能够回心转意，重新回到自己的身边来。

可是，不知道多少天过去了，连萨拉的影子也没有见着。这让洪太吉又气又恼，陷入了深深的失望和愤怒的火焰之中。

终于有一天，萨拉的影子出现了。

只见萨拉坐在钟山顶上的一块石头上，背对着身后的额尔齐斯河，也背对着对面的那座山冈，用她纤细的手指蘸着雨水，轻轻地梳理着自己秀丽的长发。她是在用一种无声的语言，告诉那个痴情的小伙子洪太吉，她已经找到了自己的幸福，希望洪太吉能够把心早一点收回去，也希望洪太吉赶快收兵，回到自己的军营里去建功立业，早日找到自己的幸福和爱情。

看到这样的情景，妒火中烧的洪太吉再也无法承受了，愤怒和绝望使他失去了理智。

洪太吉对着萨拉的背影，射出了一支仇恨的箭。

霎时，殷红的鲜血滴落下来，正在梳理中的萨拉应声倒地，从高高的钟山顶上，像一片树叶一样轻轻地飘落下来。

目睹此情此景的阿米尔悲恸欲绝。他想不到在这样的时刻，眼睁睁地看着自己心爱的人儿坠崖而去，自己竟然无能为力。就在萨拉坠崖而去的那一刻，阿米尔也纵身一跃，和他心爱的人儿一同双双落在了额河中间的一块巨石上。

这个凄美的爱情就这样结束了。

果不其然，那天在午后的阳光下，我们在额河中间的那块巨大石头的凹陷处，看到那些血红色的水，在阳光下闪着晶莹的泪光。

随行的人告诉我说，你说奇怪不奇怪，这些血红色的水是从哪里来得啊，河谷上下，再没有比这件事情更神奇的了。

因为爱情，一块坚硬的石头也充满了柔情。况且这块石头是如此的巨大，大成了一座独立的山峰。我想，这便是钟山屹立在人们心灵中的另一道风景。

据说，在钟山的后面，有一条险绝的小径可以攀到山顶。可是许多年来，没有人知道那条小径就是上山的路。几年前，有一位大胆的牧民，在一个风和日丽的日子里，沿着这条小径，冒险攀上了山顶，发现了山顶上尚存的一口巨大的旧铁锅，和一把断为两截的剑。

如果这个“据说”能够成为事实的话，钟山上的铁锅和断剑可以为证，钟山不朽的传说，当会感天动地。

不过，感天动地的事情可以另当别论，我在钟山下的额河边上，意外地遇见了一位来自上海美院的学生，他已经在这里静静地待了几个小时，正在用手中的画笔不停地往眼前的画布上涂抹着，那是一些怎样的色彩啊，河水哗然处，绿树掩映着一条静止的河谷。而我注意到他正在写生的，是对面一座千疮百孔的山冈，一座风雨剥蚀下的巨大的山体。

这个来自上海美院的学生用画笔描抹的，正是我在前文中提到的洪太吉山。

我与这位满脸稚气的美院学生交流，一问下去，我不敢再往下想了。他说自己是一位蒙古族学生，来自上海……

我的脑子里产生了这样的想法，莫非，他与蒙古王子的儿子洪太吉有什么血缘上的传承？我没有细问，也没敢沿着这条危险的思路进行下去。

我要下山去了，不知这位上海美院的小伙子，还要在这里停留多久。

我走在一座传说中的阿米尔萨拉铁索木桥上，回望着钟山顶上的那一棵树，在高处的阳光下，摇动着绿色的树冠，凄美而又动人。

多么高的一棵树啊，你站在一块神话般的石头上，你孤独吗，你超越了石头的孤独在无援处生长，在一些雨雪交递的日子里，你的树籽会被一只远行至此的鸟儿带走，带向了你无从知晓的另一个远方。

有人说钟山顶上的这棵树，就是那个美女萨拉的化身，你看她婀娜的身姿在迎风招展，她的秀发纷披着一树的绿意，一段美丽而令人伤感的爱情神话。

那是一个青春美少女的身影吗？

一棵树的孤独成长，一块巨大的石头挺立成一座山，一座千年石钟的守候，终于使这条深山里的峡谷，闻名遐迩了。

神钟山依偎着一条美丽的河流，也把守着这条河流神秘的源头。

沿神钟山再往山里走，已经没有了汽车可以通行的路，那里面有四季的温泉和更为迷人的山野风光。许多探险者徒步进山，去猎获另外一个季节的风景了。我因为行程中的安排，没有更多的时间进得山去，只得在神钟山处望山兴叹，时不我待的是绝世的美景中，生命的短促和我们对于无法抵达的另一些风景的向往和追慕。

是为神钟山记。

第二卷　河床里的羊群

青格里

这是一个炎热的下午，也是一个充满期待的下午。8 月 11 日午饭过后，我在下榻的富蕴县城世纪星宾馆里，等待着去往青河方面的车。遥远而神秘的青格里，就将在这个午后的某一个时辰，轻轻地揭开她神秘的面纱了。

我已经不止一次地说过，在阿勒泰这样一个地域广阔的地区旅行，地理概念，往往又是一段历史的概念。

青格里，在蒙古语里意为美丽而清澈的河流。我今天所要抵达的目的地，便是因了这条美丽清澈的河流而得名的阿勒泰地区之青河县。

这是一条多么舒缓的路途啊，从富蕴县城到青河县城，那辆半新不旧的小汽车，跑了不到两个小时的时间，便完成了一次愉快的旅行。除了少量的路段正在修路之外，颠簸之中，似乎是翻越了几道山梁，一条黑绸丝带般的柏油路，几乎用它那路边的白色线边紧紧地束裹着，一条河滩的峡谷中，若隐若现的绿洲映入眼帘，使视野里高耸而突兀的裸露山体，显出了它们自己伟岸中的几分娇羞和妩媚来。后来，我知道了环绕着青河县城的这两条河，分别是大青格里河和小青格里河。

与我在阿勒泰地区见到的其他几个县城的印象相比，青河县城的大街，似乎除了一条宽阔的马路，便再也无法找到一些让人更能够记忆深刻的东西了。是啊，一条宽阔的有些空旷的马路，从群山夹峙的峡谷里，牵扯出一些现代文明催生的工业化建筑。

似乎这些建筑在河滩平地上的楼房和广场，并不是这块土地上遥远气息里的那一种风貌。那些远古的，湮灭在洪荒时代里古老物象，还需要在更加长久的时间里，等待着发现和探询者的目光。在那一刻，有多少尘埃一样叹息的土地，它们简陋和古朴的面容里，留存了多少世代的风霜雨雪，多少被大风一样席卷着的命运，已经消失得无影无踪。

而当大青河、小青河、布尔根河等这些涓涓的清流，在青河这块土地上缓缓流过的时候，又仿佛是那些久远的光阴里，不曾消失的清澈和美丽，使青河自身的光芒，一开始便携带着一些历史的疑问；挥之不去的，也便不再是这些夏日午后，阳光里的尘土迷茫，当谜一样的青格里，纠结在长途的奔波和困倦中的时候，我也没有丝毫的理由，为自己找到一个停下来的理由。

拥有县域面积近十六万平方公里的青河县，与蒙古国拥有长达近二百六十公里的边界线。曾经，这是一片横跨欧亚的辽阔高原，游牧、厮杀，远征的军旅和漫长的丝绸，驼队和马阵，一小群衰弱的牛羊和它们逐水草而居的主人，在哪一片山前平原和古老的毡房里，有过一次短暂的停留？去问问那些默然守候的大山和森林吧，去问问那些枯黄了无数个季节的草原上的水草，或许，这古老的山川和土地，早已经替我们做出了回答。

青河县城距离自治区首府乌鲁木齐 520 公里，距地区行署所在阿勒泰市有 320 公里的距离。我不知道这样的时空格局，对于今天的青河县来说，意味着什么？在现代化浪潮席卷而来的时候，被遥远的时光缩短了距离的青格里，正是因为其到达和攀援的艰难性，尽可能多地为自己保留了一方寂静的荒凉和古老生态；不管是文化的还是自然的，我都乐于接受这份在艰难等待中到来的“喜悦”，然后我会抖落掉身上的一些泥土和山里的雨水，在一些更加炎热的日子里，踏上返回的路途。

如此说来，青格里似乎只接受我们记忆中的这一部分。她的大面积的自然地呈现，永远都在我们无法到达的另一个地方，等待着，并且永不放弃。

如果说 “青格里”，仅仅在今天的生活里还具有鲜活的文化意义的话，那么它所表征着的青河县，沉睡在历史中的那一幅画卷，会有一个大致的轮廓吗？

作为贯通欧亚的古代“草原丝绸之路”的要冲，青河横亘在亚欧大陆的腹心地带，它高远的视野里，应该保留着这样真实的记忆。

秦汉之际，如今的青河县境，先为呼揭牧地，后为匈奴右地。公元前60年，汉中央王朝设西域都护府于乌垒（今轮台县策大雅），不久，青河县境归属汉朝管辖。唐宋时期，青河属葛逻禄和乃蛮的牧地。13世纪，这里建立了一条东通科布多（现蒙古国境内），西出布伦托海的军旅路线，成为当时东西方各族人民互相交往的重要通道。在以后的很长时间里，通过这条通道，商旅们源源不绝地把中原的丝绸、茶叶等货物运往中亚及欧洲各地，又把欧洲和沿途各地的货物、物产带到中原地区。

这就是历史上有名的中原经由蒙古草原再折向西南越阿尔泰山至中亚、西亚及欧洲的“丝绸之路”“大北道”，即“草原丝绸之路”。

元代开国之君成吉思汗率蒙古大军攻打乃蛮，曾六过金山（阿尔泰山），此地为其必经之地。横跨亚欧的蒙古大汗国（后定国号为元）建立后，此地成为窝阔台汗国的牧地。

明初，此地属瓦剌之地。至明清初，属准噶尔部的一部分。

清乾隆二十年（1755），清朝平定准噶尔部后，今县域正式纳入清朝版图。

至乾隆二十八年（1763），清朝设立科布多参赞大臣，今县境属其辖地。

光绪三十三年（1906），科布多、阿尔泰分治，清政府在阿尔泰设办事大臣，青河属阿尔泰办事大臣管辖。

民国元年至民国八年（1912——1919），阿尔泰办事大臣辖区改为特别区，直属于北洋政府管辖。民国八年（1919年）阿尔泰山特别区划归新疆省管辖，改为阿山道，设道尹。青河遂属新疆阿山道管辖，并于同年设布尔根河设置局。

民国九年（1920年）布尔根河设治局改为县佐。

民国十一年（1922年）设察干郭勒县佐。

民国十三年（1924年）布尔根河县佐升为三等县。

民国二十六年（1937年），察干郭勒县佐和布尔根河县归并，于是年新成立的青格里河设治局。

民国三十年（1941年），青格里河设治局升格为县，名称从简，遂称青河县。

这是我在青河县志里，寻找到的一段关于青格里历史脉络的文字记述。

虽然，我们无法在这些生硬的文字里，体味到那些温热的历史细节，那些对于大多数的旅行者来说，遥远而陌生的人间辰景，他们繁杂而琐碎的生活，就像这漫山遍野的风儿一样，不知道会在怎样的一片阳光下驻足和停留，但不可否认的是，透过这样的文字表述，我们仍然得以在这些远山阻隔的风景里，饱览了一些异域般的风情与往事。

我在这个夏日炎热的午后，抵达的正是这样一个对我个人而言，毫无经验的青格里。在没有经历过更多的踏访和阅读之前，我无法预知自己的行程里，会有一些怎样的奇迹在旅途中遭遇。

县里面的官员称，这两年来青河县旅游的人增多了，外地新闻媒体的人也逐年增多，仅中央电视台就有好几个频道的人先后来过青河县探幽访古。

是的，青格里——青河。神秘与遥远相伴，自然与古朴并存。当这个夏日里的热浪再一次席卷过来的时候，我愿意在这片异域般生动而鲜活的土地上，寻找一个梦想的国度，一条文明的山路，一溪清冽的河水，一方别无他属的精神的故地。

这是我对青格里的祈愿，也是青格里在这个夏日里，被我匆匆闯入时的瞬时的感应。

三道海子，一个季节的枯黄

几乎所有到青河来的旅游者，或者另一种意义上的文化考察者，去三道海子，是他们最为重要的选择。

而由于天气、安全、交通等方面的原因，一般情况下，县里面能够安排车辆和保障去三道海子的可能性，这样的机会应该说是越来越少了。

三道海子地处阿尔泰山东段南坡亚高山草原带，位于青河县海拔2675米的查干郭勒乡北部，由三个高山湖泊组成。从东南向西北依次为花海子（什巴尔库存勒湖）、中海子（沃尔塔库勒湖）、边海子（切特勒库勒湖）。三湖由高山积雪和泉水汇集而成，其中花海子、中海子位于小青格里河南侧主流河谷内；边海子在小青格里河支流切特勒库勒河的河谷内。三个湖泊连线呈北西走向，大致与阿尔泰山走向平行，湖泊所在河谷呈“U”形，谷底平坦，水流平缓，河道蜿蜒，河水向西北流去。三道海子中，花海子与中海子的直线距离为三点五公里，中海子与边海子之间的直线距离为七公里。

海子周围为高寒草原。春季牧草葱绿，夏季哈萨克牧民来此放牧，成群的牛羊散布于河湖周围，宽阔的草原上，远远望去顶顶毡房恰似蘑菇点缀在草地上，潺潺小河流水，蓝天下澄清碧绿的湖泊犹如蓝宝石般晶莹剔透。

我是在到达青河县的第二天，也就是八月十二日早饭后，从县城向三道海子出发的，同行的有县旅游局的张燕女士和她的哈萨克族同事艾尔肯。我们上山的车辆，是一辆改进后的212北京吉普车，驾驶员也是一位拥有美男子之誉的年轻英俊而又身材高大的哈萨克小伙子巴哈萨克提。

原计划早上九点钟出发的时间，由于车辆等方面的原因，而一直等到了十一点钟。县委的殷新涛副部长告诉我说，他们每次组织人上山（三道海子），都要做充分的准备，主要是出于安全方面的考虑，一般情况下，县里不会主动安排客人上山去，即使上山，也要有专人陪同，并且上山的人数一般不低于三个人以下，以确保在上山途中不会出现意外，可以相互照应。

殷部长的这番话，我当时只是以为在安慰我，并没有怎么往心里去，后来在上山途中和山上的住宿生活，才让我有了更切身的体会。

我们的北京吉普车，是用来专门攀登像三道海子这样的高山的，具有良好的越野性能。从县城出发，一路平坦的柏油马路，晴空里的一丝丝凉风从车窗吹进来，似乎是谕示着这是一次愉快的旅程。

果然，用了不到一个小时的时间，大概是十二点半左右吧，我们便来到了查干郭楞乡政府的所在地。张燕告诉我，我们必须在这里用午餐，因为这是我们进山途中最后一个有汉族人居住、能够提供像样饭菜的小镇了。同时她还告诉我说，从县城到三道海子所在的阿尔泰山东段南坡那片亚高山草原带，大概有一百五十公里的路程，仍然属于我们中午吃饭的这个乡——查干郭楞乡的辖区。而从县城到查干郭楞乡政府，我们已经走完了一百公里的柏油路，自此以后，出查干郭楞乡政府所在地，一路便是戈壁土路和山间林道了，而这一段约五十公里的行程，没有三四个小时，是断不可能完成的。

在查干郭楞乡吃过了午饭之后，我们的北京吉普车，又开始了继续攀登三道海子的艰难行程。

那是一些怎样的路啊，在乡政府边上的一片庄稼地上驶过去之后，所谓的路面，大抵算得上是一些牧民们进山的牧道吧，车轮飞溅处，黄尘漫起的烟尘足可以阻挡一场古老的战争。而一些弯曲漫溢的河道上，无桥无路的一河滩碎石，正好应验了这简易吉普车的越野性能。真是难以想象，在万里之外、遥远的不可想象的另一个地方，这些吉普车的设计和制造者们，任他们发挥怎样的想象力，绝对也无法设想到自己的产品，会经受过如此丰富而艰难的路面考验。

有时候，车走在戈壁滩上，因一些雨水和尘土的缘故，现成的路面或者先行者的车辙印，也变得不真实或者对于彼时彼地的行驶者而言，已经不再是可靠和有效的借鉴了。所以我们年轻的哈萨克族司机巴哈萨克提先生，往往是凭着自己个人的经验和直觉，径直选择自己的行车路线，而不是按照已有的车辙和固有路面行驶。

虽然也有几次"走投无路"而退回来重走的经历，但基本上来说，巴哈萨克提的判断和选择是准确和有效的，从而避免了许多冤枉路。风趣幽默的巴哈萨克提就这样把一条艰难的上山之路，左冲右颠，变成了一次愉快的旅行。

当然，艰难的山路总又是伴随着稀世的美景。

当那些现代化的交通工具无法轻易抵达的时候，人们能进到山里来的机会也就大大地减少了。因而当车进入一个名叫祖尔坤的峡谷之后，立时那满山满谷的古木和溪流，便深深地吸引了我。

不知道从哪里流出的一溪碧水，洁净的水花拍打在谷底的山石上，而我们无路可走的吉普车，又不得不在一层浅浅的"水"上行走。山谷清泉，水路叮咚，两岸一棵棵巨大的青杨、灰杨或者松柏间偶尔惊飞的一只小鸟，会冲天而去，悠悠飞旋中，蓝天白云中那些高远的气象，俨然绝世的辰光。就连空气中也能嗅到一个季节里被拥塞着的峡谷气息。

在山石和河流中，有一些巨大的树木倒下了，不知是什么年代里的一场风暴，或者电闪雷鸣的那个夜晚，或者什么都没有发生，而一棵树因为站立得太久，支撑不住岁月在它身上增加的年轮，轰然倒地了，就像一棵熟透的果子坠落在地，就像一个奔波了一生的老人无疾而终。这样一棵棵安详睡去的古树，它巨大的身躯有些刚好横陈在河流的两岸，被人们用来当作了桥梁，牧人们骑马而过，羊群如流水一样，在它们粗糙的树杆上滚滚而去，不免会把一些凌乱的羊毛粘挂在道路两边的树枝上，风起处，羊毛抖动，已经成为这自然风景的一部分。

我们的北京吉普车，就是在这样的风景中穿行而过的。偶尔会被一些巨大的石头挡住了去路，山高路险，一辆小车在峡谷中的处境，有时候就像一个孤独的旅人在远途中的行走一样，孤立无援中，是一种自由的境界。而我们的小车已经习惯了在山石的颠簸中保持一个相对的速度，向着自己既定的目标，默然行进着。

我们经历的这个有惊无险的峡谷，名曰祖尔坤峡谷。

我又一次记住了这条峡谷，是因为我们在整个谷地的穿越中，始终怀着巨大的兴奋，早已经忽略了每时每刻，都有可能发生的灾难性后果。好在，我们终于顺利地走出了峡谷。

在2600多米的海拔上，我们走出峡谷，爬上了一片高山草地。缓慢的山坡和巨大的山峦间，明灭的水光闪耀，这便是三道海子的所在地。

由于我们到来的季节，已值夏天的边缘，加上今年的干旱持续了好长的时间，海子里的水已经不多了。事实上我们的小汽车，就行驶在往年的“海水”中的，因为海水的退去，留下了一些缓坡平地，在适量的雨水过后，山坡便成了天然的牧场，而羊群过后，少有的车辆便循了它们的踪迹，也终于使我们的吉普车在行驶中有了一种速度的感觉。

三道海子，大部分的草已枯黄了，传说和记忆中的花红草绿，在我们来到之前的许多日子里，它们曾真实的存在过吗？

除了在一些“低矮”的山坡间若隐若现的水的湖泊，我在行驶中的小车里，往海子深处的低洼里看过去，一顶又一顶白色的毡房，若有若无，近处的羊群和远处的大山里，那些骑在马上的男人或者女人们，仿佛他们并不急着回家似的，任由马在草地和山路上散步，悠然自得的心情，又着实是让你也无法为他们着急的。

而风景在哪里呢？巨大的天幕下，一座座缺少树木和植被荫护的山峰，全都是像三道海子里的“海水”淹没过了一样。

而山不争峰，水不汪洋，草色的枯黄里，一个季节的背影，是否正在渐渐远去。

千年石堆猜想

于风光而言，三道海子在阿尔泰大山绵延不绝的崇山峻岭中，除了作为夏牧场的高山草甸，宜人的气候和海拔高处的凉爽，似乎是没有多少独特之处的。

三道海子的历史荣光，也并不在这些当代的风景里，她有自己谜一样的历史的珍藏，让你言说不尽。那座金字塔一样耸立在河谷深处的巨型石堆，迄今所引发的各种议论和猜想，更增加了其神秘的魅惑。

准确地说，我们一行人在这个夏日里，急忙火燎地赶过来，正是要探访这一堆古老的石头的。我不是考古学者，缺乏对历史探究所需要的专业知识，我只是带着一颗虔敬的心，以一个旅行者的角色，来一睹这个沉睡了几千年的谜一样的石堆。

那一天，我们的吉普车一驶上草甸，便急奔着石堆而去了。

因为，我们要赶在天黑之前，在湖光天色里，为这个石堆留下一些图像资料。司机巴哈萨克提不加选择地径直把车开到了石堆跟前。

当这个巨大的石堆，像一座山一样竖立在我眼前的时候，我甚至还没有足够的心理准备，来面对这堆已经站立了几千年的沉默的石头 。

进山之前的头一天晚上，我在青河县的旅游宾馆里翻看有关资料时，注意到了这样一组数字：

三道海子一号石冢比较精确的数据——

轮径 220 米，辐长 66 米，底径 76 米；

冢底径 62 米，高 15 米，坡度 260° ~270°

……

这是我在一大堆印刷资料中，发现的唯一一张用手书写并且复印过了的一张纸片。这张纸片的资料来源，从下面的注解来看，应该是新疆考古研究所的吕恩国教授实地勘测后的结果。

在写作本书时，我查阅了相关资料，果然见到其他文献上的记载与这组数字有很大的出入。好在我不是一个专业的考古工作者，我在这里记录的相关数据，是依据自己的观察和判断所进行的取舍，与严肃的学术论证和论争无关。

因此，有必要把我在另一些资料中看到的数字在这里呈现出来，它们是这样记载这座巨型石堆的——

三道海子石堆墓位于三道海子之间，该石堆高 20 米，底座直径 78 米，由大小基本相似的石片组成，石片大多长 70 厘米，宽 40 厘米，厚度 10~20 厘米。石堆四周以及石块下，挖铺成一巨大的圆石圈，圆圈宽 7 米左右。在离石堆 6~7 米处有一个由下沉片石圈和片石路组成的外圈，通过计算整个石堆有近三万五千立方米，占地十余亩，其四周分布着六通古老的鹿石石碑，另有一道周长七百米的石墙。墓外围有一条人工护陵河，墓的东西南北四个方向各有一石砌道，与其鹿石石碑的方向共同构成了一个“+”形。

三道海子石堆墓地表形状设计完整，是迄今为止新疆古代游牧族中最大的陵墓群，也是一座皇陵，系大型土木、一次性移山起冢而成，耗费人力、财力绝非一般部落首领所为。

目前，针对此石堆学术界主要有以下几种观点，认为它是蒙古国第三代皇帝成吉思汗之孙贵由汗的陵墓；另外有人依据鹿石研究，希腊史料及阿尔泰山北麓塞人墓等研究提出石堆墓应为商末周初活跃于北方草原的鬼方部落酋长墓。还有人提出该石堆为乌孙人或突厥贵族之墓。

更有人提出了“麦田圈”说,外星人的地球杰作说等不一而足。

2000 年的八月,台湾“徒步寻找成吉思汗”探险队一行在三道海子地区考察时,对三道海子石堆墓以东 400 米的山上进行了勘察,发现一件长 31.5 厘米,宽 15 厘米,圆孔直径 1 厘米,面部残裂并有刮削痕的人的肩胛骨,细观出土卜骨的山,面南背北,背有山势面有山形,左右各有一湖,两湖之间被一人工河水相连,完全符合古代丧葬风水术思想。此外,根据考察,该山有一半已被人工改造过,许多从土中裸露出来的石头,杂乱无章地排放着,并非按山势基岩的方向排列,一切迹象表明,这里很有可能是一座被隐蔽的规模宏大的王者之墓。

几乎在所有的文字表述中, 不管对主人的身份还有多少种说法,但无一例外的是,人们一致认定这是一座古人的墓葬。

那么,这么一个巨大的墓地,到底谁又是它的主人呢?

从这座石堆墓地的地势上看,如果石堆墓的主人也曾经深信过风水的话,当是一个绝佳的归宿之地,所谓高榻之卧,取山水神韵,三道海子的这座墓葬之地,又该是怎样的一种生命的交付。

我们注意到元代道士,长春真人邱处机,曾经应成吉思汗的邀请,不远万里,深入到阿尔泰大山深处的成吉思汗大军营帐,终因与另一位道教高人耶律楚材难以相容,本应随成吉思汗大军西行的邱处机,不得不返回中原,但他的近百名弟子却长期留在军中,充满蒙古大军成为军中顾问的历史事实。不管邱处机与耶律楚材个人的歧见有多深,他们同时被成吉思汗欣赏并奉为座上宾的重要原因,至少说明了当时的蒙元统治者的高层是非常崇尚道家之术的。

而由此推断,深受道家思想影响的蒙元统治者,是否会将这种思想用于成吉思汗这样的帝王陵墓上呢?

如果这样的推断还能够成立,那么,现在我们再来看一看三道海子及其所处的位置,对成吉思汗这样的可汗到底有多么重要。

三道海子及其附近地区，有成吉思汗当年西征时开辟的四车道栈道，有成吉思汗大军当年驻扎军帐的遗迹、烽火台，这已经是学界不争的事实了。除此之外，还有成吉思汗父亲也速该的拴马桩、山洞石榻等遗迹和传说的存在，足以表明今天的青河，准确地说在三道海子地区，对当年的成吉思汗有多么重要。

《元史·太祖纪》中，有成吉思汗“葬起辇谷”的记载。“辇”，双夫引车而行也。而三道海子及其附近，曾经有用40匹挽马拉的大车，在那条著名的蒙古大道上缓缓走过，因此有人据此推断，“起辇谷”有可能为阿尔泰山中青河三道海子一带也未尝可知。

这样的想象或者合理的推断，大都因为缺乏足够的历史依据，无法让人真实地触摸到那些真实的历史痕迹。好在想象也仅仅只是想象而已，它在多大程度上体现了想象者的历史情怀，是无须我这样的旅行者用心体会的。

在诸种传说和猜想中，我注意到了另外一些学者们的提法。他们认为，这堆巨大的石头堆积的“高山”，压根就不是什么帝王的陵墓，从石堆的构造和车轮形制的石铺圆圈来看，多么像是一轮高天的太阳啊！在那个遥远的年代里，也就是在那个信奉太阳崇拜的萨满教时代，太阳是这个大地上的主宰，也是悬垂在高天上的生命之神。

这样换上一个角度看来，三道海子巨型石堆所代表的，则完全是一种宗教意义上的图腾标记了。以一轮巨大无比的太阳，永恒的太阳之神，这个巨大的用石头垒砌起来的太阳图案来分析，这里应该被认为是一座用来祭祀和祈祷的太阳神殿。

果然如此的话，这高山上的祭祀啊，秉承天地和山水的宗旨，在巨大的灾难和不幸中，在生命的盛大宴席中，先民们的魂魄，他们心灵的慰藉，就是这样一点点地，被这万古不复的时光收拢了去啊。他们高声的颂祷隐匿在万山丛中，他们赤裸的舞蹈和手中的长矛，在不舍四季的猎杀中，在征途和游牧的水草之上，圣殿上的神坛，就这样像一轮永不落山的太阳，照耀着万民的身影。

先民们的身影已经远去了。

他们翻山越岭，追赶着自己的羊群从蒙古高原经阿尔泰山广袤的草地，进入了中亚、西亚和欧洲大陆；他们在战争或者饥荒中已经完全摒弃了祖先的信仰了吗？

那些翻过了这座大山就再也没有回来的人们，他们到底去了哪里呢？或许破译这座巨大的千年石堆之上的谜团以后，我们能够找到一些原始的答案。

现在回想起来，怀着巨大的兴奋而又不失盲目地在这个阴郁的下午里，我急急忙忙地来到这堆石头跟前，内心里曾经有过怎样的惶惑？仿佛镀上了一层时光之锈的石头啊，几千年的岁月，它们不一定弄得清楚像我这一个几乎一无所知的人，凭着怎样的理由来到了这里。

我的照相机就像一只饥饿的山羊一样，爬到了对面的一座山坡上，试图为自己这一次意外的大山之旅，留下一些难忘的瞬间。只是，任凭我和我手里的相机爬得再高，也无法将这石堆的哪怕是一小部分收进镜头里去。不是因为这石堆的过分高大的身躯遮掩了视线，在我看来，而是无论多么先进的现代技术，都无法克服一些局部的细微差异，使这样一些曾经独立存在的石头，在这一刻模糊成了浑浊的一片。

我气喘吁吁地下得山来，细细地端详了这堆混乱的石头，竟也不自量力地在它的周边“车轮”状的石道上，有些得意又心怀惶恐地丈量起来。我一定是想到了在足球场这样的场地上，可以奔跑的速度和力量，我用一双小心翼翼的脚，来试探这石头的深浅来了。曾经作为“墙”一样竖立在地面上的石头，现在大部分已经深深地陷入到泥土中去了，那些簇拥在石头上、长满了时光的苔藓，它们拥挤着，做着十二分的努力想要重新回到地面上来。看起来，这些头上顶着苔藓的石头，依靠它们自己的力量，重新回到地面上来的可能性，几乎是没有了。因了几千年的雨水和时光的捶打，石头们坚硬的肩膀拥作一团，想必是所有的努力都尝试过之后，便同这大山的寂寞一样，早已不再有另外的幻想了吧。

我说过我是一个多么盲目的人啊，我在这个下午的恍惚中，早已丢失了自己的知识和信仰，我用自己沾满了雨水和泥土的脚，努力地去和一块块古老的石头，寻找一次亲密的接触，就像寻找自己一世的故人，多么苍莽的岁月里，是什么样的力量，使得我们曾经如此熟识的世界，变得如此陌生而无法辨认了呢。

我的失败，似乎是早已经注定了的。

看山色苍茫，风声四起，上山时还晴朗朗的天空里，不时会从哪一道山梁上，刮过来一丝冰凉的雨滴下来。山里的天气孩子的脸，说变就会变的。

我不得不舍身离开这个巨大的谜团了。

而任是一种怎样的无言，石头一样的沉默，成就了几千年的猜想和回忆。今天我们有幸作为一位探访者，留下的这些无辜的脚步，相信不会给另外的后来者，带来更多的疑惑和迷茫。

夜宿毡房

太阳还没有下山的时候，我便从三道海石堆墓对面的山坡上下来了。这让青河县旅游局带我们上山的张燕女士颇感意外，在她的计划中，我们可能要在“山上”待到天黑以后再下来的。

张燕决定带我们去她在牧场上的哈萨克族朋友——古丽的毡房，因为我们早上从县城出发的时候，张燕就告诉我们说，晚上要住到她老朋友的毡房里，大家彼此都很熟悉了，很方便的。不巧的是，古丽的毡房里只有两个十几岁学生模样的孩子。据说古丽今天一大早就到她妹妹所在的那片牧场上去了，留下自己的女儿和一个亲戚家的孩子来照顾着毡房里商店的生意。原来，古丽跟随乡亲们来到三道海子夏牧场，并不是来放牧牛羊的，她主要是把自己在镇子上的百货商店跟随牧民们搬到草原上来，以图一个夏日里的好生意。正值暑假期间，在县城里读书的女儿和亲戚家的孩子们，便也来到山上帮助她打理生意了。生意不忙的时候，她便骑上马去几公里外的毡房里走走亲戚，这不，一大早便去了她的妹妹家了。

见古丽不在家，毡房里还有亲戚的孩子，张燕说，不好意思再提出住在她们家的要求了。便把我们上山途中，在查干郭楞乡上吃饭时采购的黄瓜、西红柿、土豆等蔬菜送了一些给毡房里的孩子，并请转达一个老朋友的问候。因为上山和下山的困难，牧民们很难在三道海子这样的高山草地上吃到新鲜的蔬菜。

告别了古丽家的毡房，我们径直去了草甸的另一侧，一顶看上去有些新而气派的白色毡房，一个夏日里要陪“客人”们上几次山的张燕说，那是查干郭楞乡驻三道海子的“牧办”，一个负责草原牧场管理、联络的临时机构所在地。没想到“牧办”的毡房是一对中年哈萨克夫妇，男主人那斯尔是这个草原上牧业办公室的负责人，他和妻子及两个孩子还有一群自家数目不大的羊群，在三道海子的整个夏牧季节里，承担着草原和山下面的“迎来送往”，多数县乡里来的“旅游者”，也都会带到他家的毡房里来。

通过我们的哈萨克族司机巴哈提翻译，很快与那斯尔谈好了我们一行四人的住宿价格——每个交给那斯尔 20 元钱，在他的毡房里住一个晚上，吃两顿饭。

进得毡房之后，那斯尔的妻子很快铺开了一条单子，酥油、奶茶、奶疙瘩以及一种名叫“乔尔玛克”的面点等很快摊开在了单子上面。我在上山来的头一天晚上，于青河县城的宾馆里，曾经认真地看过有关哈萨克人的禁忌、习俗等，但是一不小心，在这个时候全都忘光了。可能是上山来的一路颠簸，肚子饿了，在吃“乔尔玛克”时，竟然忘记了哈萨克人吃东西是要用手一块一块地掰着放到嘴里去的，径直拿起来像吃馒头一样大口吃起来。坐在我旁边的张燕很含蓄地用胳膊捅了我一下，小声说，在毡房里吃东西要掰着吃，我才赶紧收起了自己颇为不雅的“狼吞虎咽”。最让我尴尬的是，喝奶茶的时候，别人喝了两碗以后，坐在单子边上的女主人就不再给倒了，而我只要一放下碗，这位客气的女主人就要给我的碗里重新添满，而我出于礼貌，对人家端上来的奶茶又不好不喝下去，觉得这样会对主人不尊重，就这样我一口气喝了五六碗之后，被双腿交叉着的肚子受不了啦，一时竟大汗淋漓起来，张燕问我怎么了，说如果双腿盘着时间长了受不了，可以把脚收起来，侧卧在毡子上，只要不将两腿叉开就行。她哪里知道我是奶茶喝得太多，肚子招不住了。后来，张燕看到了我在接过女主人的奶茶时的为难情绪，似乎明白了我的尴尬，便说，如果喝好了，就用手掌在碗上一压，人家就明白了，不会给你加满了。我这才恍然大悟，仿佛获得了解放一般。

在新疆生活的这么多年里，各种各样的毡房去过不少，但大多都是一些礼节性地拜访，最多待上一顿饭的工夫，且大多数时候，同去的汉族人比较多，在一些程式化了的毡房宴席中，很少注意到一些严格意义上的礼节的。而真正进入到那斯尔这样的哈萨克人的高山毡房里来，古朴而庄严的仪式里，便使你不得不小心翼翼起来，尤其是像我这样人生地不熟的“外地汉族人”，生怕有什么疏忽而影响了我们一行人的形象。

想来，除了县旅游局的张燕和我两个是汉族人外，她的同事叶尔肯和司机巴哈提也都是地道的哈萨克人，在这个毡房里，甚至在整个三道海子草原上，我们是两个唯一在这里住宿、过夜的汉族人了。此时此地的三道海子草原，我才是一个真正的少数民族。

说话间，那斯尔的毡房里又来了几个亲戚，她们是从十几里路外的另一条山谷里赶来的。毡房里只有一个烧着劈柴的炉子，女主人要先给她的亲戚们做饭吃，因为她们吃完饭后还要赶回去。

天色尚早，张燕提议我们到毡房外面走走去，也顺便再去她的老朋友古丽的毡房里去看一看，古丽回来了没有？

果然古丽已经回家了，见到张燕带我们进到毡房来，显得异常兴奋，说要不是自己的毡房里来了太多的人，一定要留我们住在她家毡房里来的。

依然是摊开了一件桌布一样的布单子，堆满了酸奶、糖果等食品，依然是一人一碗的奶茶，依然是双腿结结实实地盘坐在主人为我们准备的毡子上。就像一个固定的节目，张燕说到草原来做客，这是一门必修课。时间就这样在一碗又一碗奶茶和半生不熟的汉语与哈萨克语的交流中，飞快地过去了。从古丽家毡房里出来的时候，太阳已经不知道在什么时候躲到大山的后面去了。黯淡的天色里，有几丝小雨从天空中若有若无地飘荡着，或许是草原上的人们早已经习惯了这一丝丝意外。

张燕是县里安排我这次上山来的一个主要负责人,她不仅要陪同我们完成在三道海子地区的采访任务，还要负责我们一行人的安全和食宿。虽然是一个地地道道的汉族姑娘,但她那一口在我听来还算流畅的哈萨克语,足以完成与这些草原上的哈萨克人的交流了,何况还有她的同事叶尔肯和司机巴哈提这样的既通晓汉语又能熟练地使用母语的双语人才呢。只是在多数时候,我倒是一个处在语言孤岛上的“漂流者”了。有时候看着包括张燕在内的我的同伴们,在毡房里那样像唱歌一般地交流着,我都有一种置身世外的“局外人”的感觉。

好在张燕是一位处事干练,又非常果断的人,她是我们这一行真正的组织者和领导人。她在我们走出古丽毡房的时候,抬头看了看天空,便脱口而出:“走,回去做饭吃去！”

我疑惑地问道，不是已经吃过了吗？而且在两家人的毡房里已经“吃”过两回了。

张燕笑着告诉我,在草原上,喝茶永远是喝茶,当不得饭的。

重新回到那斯尔的毡房,他们家的亲戚已经吃过饭了,正在准备走人。

忙活了一阵子后,张燕与女主人用哈语交流一通,我们便开始做饭了。这时,我才注意那斯尔的毡房里还有一位穿着军裤西装、戴着一副茶色眼镜的中年男子。该男子主动地与我们一一打着招呼,原来他是边防武警阿勒泰支队的一位中校警官，在草原上值勤已经有两个多月了,要一直等到牧民们转下山之后,才能下山,因而与这里的每一户人家都很熟悉。

中校是一位汉语讲得很好的维吾尔人,他是那斯尔家的常客了。并不客气的中校主动承担了切菜的任务,且一招一式都很专业,引来了大家的一阵好评。而就在我们齐心协力围着毡房里的火炉做“揪片子”的时候,又从外面进来两位穿着皮大衣的年轻武警军官。显然他们是奔着中校而来的。不用分说,他们很快将马鞍子等交通工具抱了进来,并简单地洗过手之后,加入到了“揪片子”的行列。

外面的天是已经彻底地黑下来了。那斯尔打开了太阳能蓄电池，点亮一盏专门在草原上用的节能灯泡。

昏暗的灯火下，熊熊的炉火映照着每一个人的脸庞。

在这一刻，我看到了每一个人眼睛里的闪光，那种在炉火的映衬下，无私而纯洁的人性深处的闪光啊！这些来自于异乡草原毡房里的闪光，使我理解了像那斯尔这样的哈萨克人，为什么活得这样健康而充满了热情。在这样高天阔地的山地草原上，每一个人的相遇都显得异常珍贵，每一个人的生命里，都燃烧着友善的火焰啊！

就像转场一样，在一个牧人的生活中，除了不可更改的季节荣枯着草原的四季牧草，他们的生活，简单得一生似乎只做了两个季节的事情——春天过了，追着夏天的脚步上得山来；秋色退去，回到冬窝子里，依然是一支火炉上燃烧着的奶茶的芳香。

“揪片子”是一种需要集体参与的草原上的大众食品，类似我们习惯里的“面片”，除了羊肉、皮牙子（洋葱）、青辣椒等在山下面非常普通的蔬菜，在这里也显得异常地珍贵。

每人一大碗飘荡着辣子和洋葱的“揪片子”，还有哈萨克人用刀子切成了块状的馕饼，一团团的热气，便洋溢在每个人的脸上了。

天黑夜凉，在毡房里昏暗的灯光下，聚集着天底下最美味的食物。一碗不够，又来一碗，我想象不出，还有什么美食能让我这样胃口大开。

一顿快节奏的自助晚餐之后，大家不约而同地穿上了衣服，走出毡房。那斯尔很熟练地拿出了手电筒，随着大家一同到草甸上来。这是大家的一种默契，在远离毡房和水源泉的地方，沉沉的夜幕下，大家各行方便去了。

想不到草原上的夜色是如此寂静。在无边的虚空里，这夜色黑得如此浓重，所谓夜黑如漆，不过如此罢了。

再次回到毡房，女主人和她 11 岁的小女儿，已经在忙着给大家“铺床”了。趁着女主人在毡房里忙活的当儿，到草地上方便的人慢慢回到毡房前，大概也是一种默契吧，在女主人没有完全铺展好床铺之前，我们便有一搭没一搭地与那斯尔闲聊了起来。

不一会儿，女主人示意大家可以进去休息了，那斯尔便招呼大家，逐一回到了毡房里面。

其实，在经历一天的奔波和有些漫长的毡房礼仪般的喝茶聊天之后，对于早一点躺到被窝里睡觉，又困又乏的我已经有一些迫不及待了。大概因为我是一行人当中最远的一位客人吧，主人安排我睡在毡房里最中间的一床褥子上。我有些不安，但别无选择。

正在我准备钻进被窝里美美地睡上一觉的时候，不料，那位身着便衣的中校警官，不知从哪里掏出来一瓶白酒，嘴里用有些生硬的汉语念道；“郁老师，别急着睡嘛，来，喝一点，好好谝一谝。”

我不知道草原上还有这样的习惯，问身边的张燕和同来的小伙子叶尔肯，两个人都未置可否。初来乍到，不知深浅，当然也不好拒绝。我只好声称自己酒量不行，胃也不好，只能少量地喝一点，可以与大家谝一谝。

一瓶酒，一只酒杯。

这位维吾尔中校警官行的是流水令。

只见他熟练地打开了酒瓶，是一种阿勒泰当地产的烈性白酒。第一杯酒自然只有主人那斯尔担当得起，中校将满满一小茶杯酒双手端给了那斯尔。那斯尔没有客气，他接过酒杯，低声念祷了几句，将酒杯送至唇边，稍顷，一仰头，一杯酒下去了。第二杯自然轮到我这位“远方的客人”了。就这样一个人接一个人地喝，没有人对这样的规则和方式提出异议，一直到将一瓶白酒喝完了，最后的那一杯“幸福酒”，依然轮到了我的头上，几杯酒下肚之后，已经头昏脑涨的我，不知道是中校有意“照顾”了我，还是自然轮到了我的头上来的。

没有菜，也无需菜，围在火炉旁的男人们就这样心照不宣地完成了一瓶酒的任务。

酒后，我主动要求主人将灯熄灭了，目的是早一点进入睡眠，困倦和草原深夜的寒冷,使我希望早一点进入梦乡,当然还有酒精的作用了。

沉沉睡梦中一觉醒来，已是早晨6点多了，毡房里依然处在似醒非醒的夜色之中,左边的张燕和右边的便衣中校,都还沉浸在香甜的梦中。我悄悄地穿上衣服,到了毡房外的草地上。我们住宿的这片草甸是三道海子其中的一个,名叫"花海子",那座巨大的石堆墓就在我所在的位置不足一公里的地方。视野之内,一层薄雾轻轻地环绕在远处的山巅间,寂静使这片沉睡中的高山草原,变得异常安详,仿佛白天的喧闹,早已经离去了很久很久。

我独自走到了草甸的深处,四周没有了毡房或者山冈的遮挡,一丝清冷的风中间或有几滴雨水一样的液体撞击在我的脸上,它们没有等到我用皮肤上的温度去融化,便在顷刻间消失得无影无踪了。

我想到了这片草地上,古人的驻足与停留,他们把命运的寄宿和不舍四季的奔赴,与那座千年石堆一同,谜一样地留在了这个世界上;他们"消失"得那样彻底,那样义无反顾啊!而我们现在所能做的种种揣测,也只能是揣测而已;更多的时候,这只是我们自己的想象,而绝非古人的真实情状。

我打开了照相机,取景框里的风景,一片迷蒙,水雾交织着的黎明前短暂的黑暗,正在淹没着人间的景象。

一阵阵的冷,使我还不能在外面停留的太久。回到毡房里,大家依然在梦中,没有一个人准备起床的意思,包括主人那斯尔和他勤劳的妻子。我想这可能是草原上的习惯吧。

没有别的办法,我只能重新回到被窝里,旧梦重温了。

再一次醒来,耳朵里是毡房后面那条小河流水的声音,还有雨点敲打着毡房的声音。

多么奇怪呀,这么沉沉的一夜大梦,一条清澈的小河在枕边流过,我竟然毫无察觉。

而在草原的深处,雨下得更疾了。

山雨坡上行

行走在阿勒泰的万千山地和丛林之间，这是一次难忘的经历，一次雨中山路上的奇特历险。所谓命悬一线的非常时刻，一个多么强悍的人，面对无从把握命运的无奈选择，在险象环生的绝境里，需要抛却的正是自己所珍视的生命本身。

八月十三日一大早，在密密麻麻的雨点声里，那斯尔的妻子生着了炉子，一壶奶茶和桌布上的早点，简单而实在。疲惫的身体，经过一个夜晚的恢复，又加上了奶茶和馕饼的热量，在淅沥的雨声中，大家的精神看上去好多了。

用完早餐，雨似乎小了下来。

一直盼着雨停下来好下山的张燕用征求的口气问我，怎么办，可以下山吗？其实几乎所有在场的人都知道，这大山里夏天的雨说来就来，说走就走的。只是谁也说不准这雨什么时候走，什么时候来。望着毡房外面渐渐小下来的雨，我表示，在保证人车安全的前提下，还是尽可能地下山去。一是因为山上的气候条件复杂，稍有耽搁，再有更大的天气变化，人车都要困在人烟稀少的高山上，后果不堪设想；第二个原因，是我早在上山之前，就把下山后的行程和计划已经安排好了，一旦下不了山，将影响后面的行程和计划。司机巴哈提也认为，只要这雨一旦停下来，用不了几分钟，这山坡上的沙石就可以把路面上的积水渗下去，我们的北京“212”越野吉普车，走这样的山路没有多大问题。

说话间，雨竟然停了下来。巴哈提开始倒腾他的那辆越野车了，提前在做着出发的准备。果敢的张燕女士做出了出发下山的决定。这时，仍然留在毡房里的便衣中校和他的两个战友，半开玩笑地对着张燕说，好妹妹，这样的天气你下不了山的，不信，你等着瞧，我们在这毡房里煮好奶茶等着你回来。张燕也开玩笑说，不会的，老天会帮助我们的，你们肯定会失望，奶茶还是留着你们自己喝吧。

就这样，我们与留在毡房里的便衣中校和他的战友以及主人那斯尔一一握手告别，庄严地踏上了雨后的下山之路。在这一刻，有些悲壮，也有一些难以说清楚的情感和缘由，人在“高处”的那一种特殊的感觉，依依惜别又暗怀在心里的那一丝安慰和庆幸，多多少少地拥塞在各自的心头。

车子在发动的时候，天空中又飘起了雨丝，我们大家都以为这只不过是刚才那阵大雨的余韵，很快雨就会消失的。而谁也无法否认，强烈的下山欲望，或许影响了我们对天气准确至少是客观的判断。

开弓没有回头箭。既然已经上了路，就没有更多的选择了。

没有想到的是，雨中的山路，湿滑泥泞不说，且大都顺着山坡斜立着的自然路面，原本想的积水会渗到下面去，现在积水不但没有渗下去，反而天上又一刻也不停地泼洒下来毫无遮拦的雨水。我开始在心里犯起了嘀咕，这样的雨天，这样的泥水山路，能下得山去吗？

性格开朗的驾驶员巴哈提，这时也变得沉默不语，双目紧盯着车前的路面。就在这时，张燕在同巴哈提的交谈中得知，我们的北京“212”吉普车，这时已没有了前加力。这个意外的出现，无异于雪上加霜。

这时，车子开始在泥地上打滑、转圈，就像一个醉酒人的身体，东摇西摆地怎么也不听使唤了。意外随时都有可能发生：翻车、搁浅甚至滚下山谷，各种可能都成为了这个雨中的山坡上，一辆孤立无援的吉普车最为现实的选择。

正是意识到了这坡陡路滑的山坡上，随时都有翻车的危险，不知在什么时候，车上所有的人都没有了声音。彼此的喘息和心跳声，似乎也异常清晰地涌荡在每个人的耳朵里。

雨，越下越大了。

车，却在泥泞的山坡上越陷越深。

行进的艰难，变成了怎样保持车辆的平衡和稳定，以使这慢速转动的车轮，不在跌入下一个泥坑的时候，使车辆倾覆。

这样走一走、停一停，前进了不到一公里，大家开始下来推车，希望能够用人力的推动，翻过这面山坡，到达峡谷里的石子路，可能会好一些。而推车不仅是一项力气活，更是一项技术活。没用几分钟，张燕和叶尔肯，再看看我自己，一身泥水不说，脸上眉毛里，都已经生动地印上了泥水的痕迹。

如果不是急着赶路，如果不是孤立无援，我倒是可以静下心来，好好地欣赏这山中豪雨的。是啊，这高处的雨水，海拔两千米以上的雨水，不是为了浇灌，也不是为了洗刷，只是为了宣泄啊，倾盆而下，无人喝彩。而山坡上已经有些枯黄的青草，在密集的雨水中似乎重又焕发了生机，泛动着明晃晃的生命的光波，那些在干旱和霜色里几乎枯黄的草叶下面，也似乎又有更多的细嫩的枝叶伸展开来，探着茁壮的头颅，要向这个偌大的山野，讨上一季生长的期许。

再看看山坡下远处的海子里，水天一色，就要淹没了那些若隐若现的远处的山包；细小的水，涌动起巨大的山野的巨涛，如梦似幻的天地相连啊，也因了这山地的高拔，多了些真切的气势和豪迈的柔情。

只是这雨中美景，最是行路难。

雨成倾盆势时，就连在车后推车的我也产生了怀疑，是否真的能够凭着我们这几个人的力气，将这钢铁之物推过山坡去。已经无计可施的巴哈提也终于摇头了。他说，实在不行，我们还是要回到那斯尔的毡房里避避雨，修修车再说吧。也早已筋疲力尽的三张“泥巴脸”，面面相觑，对巴哈提的提议毫无异议。

艰难地在泥水中推行了几公里山路的汽车，这时又要调过头来，往回推。

这是一条怎样的泥水路啊！

雨，一直就这样倾盆而下，一点也没有要饶恕这几个山外来客的意思。

好在回去的路已经走过一遍，有一些“失足”的经验和教训，使我们的北京“212”似乎变得聪明了一点；已经没有了下山的希望，大家的心情反而倒放松了许多。

回到毡房，本来就不希望我们走的便衣中校和他的战友们，一下子欢呼了起来。幸灾乐祸地笑着说，就知道你们走不了，所以我们一直在毡房里等着你们呢！

不知道这是不是上帝的主意，在变化无常的大自然面前，我们能够改变的东西，有多么可怜，又有多么艰难。

重新又回到了毡房里来，望着火炉里熊熊的火苗，赶快脱下泥水的外衣，在火炉上烤，以驱走身上和心中的寒意。就是在大家相互谦让的烤火过程中，我发现了自己的屁股上又多了一条缝——不知道在什么时候，我的牛仔裤在屁股上被划烂了一道长长的口子，不知是雨水还是泥水，已经顺着这条便捷的通道，进入到我的身体里去了。

众人皆笑，以为滑稽。也不枉此次上到三道海子来，一个令人难忘的纪念吧，所以，我倒以为这是一件值得纪念的事情呢！

在毡房里烤干了湿透的衣服，却烤不掉一身的泥污。正在大家说笑当儿，雨停了下来。司机巴哈提胸有成竹地说：“我敢保证，这次雨停了，就不会再接着下了，等十几分钟，我们就可以上路了！”

借着巴哈提的吉言，我们再一次告别了主人那斯尔和便衣中校，相互簇拥着钻进车里。

车行驶在同样的山路上，因为没有雨水的猛烈浇灌，行车的困难减去了好多,但遇到困难的路面,仍然需要大家下车推行,被雨水浇透了的山坡上,一不小心,仍然有翻下山去的可能性。还真有那么一两次,吉普车在山坡上像特技表演一样转了好几圈,不知道巴哈提使用了什么样的手段,车稳稳地停了下来。

惊出了一身冷汗不敢说,隐隐地担忧还是有的。这面倾斜度近40度的山坡路,有五公里多的行程,是在我们上车和下车的推行中,艰难地走过来的。

下得山来,进入峡谷,重又驶上一条阳光扑面,尘土飞扬的乡间土路。

只是山中一夜,恍如隔世;雨大坡陡,路滑泥湿,茫茫山野间竟无人接应,不觉一阵后怕。

想来,人生有限,能有几回历险。这样的经历或者说经验,想必是我们在人生的坦途中,应该牢牢记住的吧!

岩石上的猎手

这是一个阳光明媚的正午，夏日的火焰，正在炙烤着这面名曰查干郭勒的山坡。

从青河县城去三道海子夏牧场，查干郭勒是必经之地。在乡上用过了午饭，往西北方向行不到五公里的路程，便来到这面长满了铁黑色岩石的山坡。起初，当有人给我介绍这座水库边上的山梁子时，我并没有怎么介意，一面算不上山的山，坡也不陡，小汽车几乎没有费什么力气就爬上了山腰，在一大块岩石后面，缓慢地停下了车。

这是一些怎样的岩石呀，在正午的太阳下泛着铁黑色的油光，一眼望过去，有一种被灼伤的感觉。我就像一个丧失了视觉的人一样，来到一块又一块岩石跟前，拨开一丛丛荆棘和草叶，我终于看见了那些锈迹斑斑的线条，那些在岁月的风尘中变得迷离和斑驳的轮廓。我发现了马，古老的骆驼和一种狼一样的动物的图案，当然还有羊：盘羊、北山羊，温驯的牧羊，还有狩猎归途中的人……

我的旅行向导告诉我，原来这里两座大山梁上，方圆几十公里的范围，只要能被敲击和凿镂的岩石平面上，到处都是这样的岩画。上个世纪这座山梁下面修建了一座水库，一部分山体被毁坏，那些在这里停留了几千年的岩画也一同消失了。仅就我目前站立的这座山坡上，视野所及的岩石和平坦一些的石头上，布满了这些大大小小，分属于不同年代的古老画面。它们诞生的年代，据说应该在三千年至四千年之前的岁月里，那是一个铜石并用的时代啊，这些游牧在高山旷野间的民间艺术家们，他们传承和记忆着的，是怎样的一种生存图景。

在一面靠近水库的稍大的岩石上，我甚至看到了一个威猛的男人，骑在马上弯弓射箭的狩猎情景，那只中箭而逃的野山羊，仿佛还在发出着悲凉的凄鸣……

在更多的岩石上，我看到了那些行走中被孤立下来的羊或者马匹，它们或许是一些被猎获的个体，举首仰望或者沮丧地垂下了自己的脑袋，却看不见猎人的表情和归途的希望。它们永远地停留在了一块又一块裸露的岩石上。多么凌励的风，多么泥泞的雨雪，吹不动也推不走的石头上，任是怎样坚硬的目光，也无法穿越这一段荒远的历史了。

奇怪的是，我取下了相机，对着一块又一块残缺的岩石聚焦时，竟然在镜头中复制下了我自己的影子。浓重的轮廓，热烈的气息，在那一刻，我被我自己的影子吓了一跳。我不知道这些被高远的阳光在瞬间定格下来的身影，会以这样的方式呈现出来，恍惚中包含着某些冥冥中的暗喻，这个在瞬间闯入镜头来的莫名的身影，是来自我自己的身躯，还是另有他者？我一时竟无法判断。

我仿佛听见了这样的声音：这是阳光的杰作啊！正午的阳光，浓烈而滚烫，让一个捕捉影像的人，陷入了惶恐。

我想到了这一条古老的牧道，多么高远的天空下面，那个手持石头或者铁器的人，他的羊群和马匹在山坡上散开之后，他的心思散漫，若有所思，他挥动着手中这块坚硬的石头，来到一面岩石跟前，一下又一下地敲击着，直到敲击出了他心中的灵物——一只山羊或者牧道上的骆驼，甚或他还记忆起了一只梅花鹿，在猎人的追击中受伤时的情景；他一下又一下地在岩石上敲击着，天高地阔，没有人能够影响自己的创作和思路，当然也不会有完成任务的压迫感；他随意而为，即兴发挥，可以把一只山羊的角加粗拉长，也可以在一头骆驼的双峰间，放置上一块松柔的草垫，所有这一切，既没有人来监督，也没有指望会博得一阵激赏者的掌声。

这些游牧于四野的远古民间艺术家，在一个短暂的夏牧季节里，或许能够凭着自己的坚韧和执著，把自己所能经历的牧场风景，或者狩猎记忆，真实地绘刻在这些没有表情的岩石上。

一天又一天，一年又一年，或许有一天这个坐在山坡上敲击石头的人老了，再也爬不上山来了，那么这些刻记在岩石上的生命，会替他照看着自己的羊群，它们也许还能够以此为标记，告诉后来和再后来的人，指引着一条生生不息的游牧之路啊！

人老了，会留在他原来的地方。他已经走不动路，丧失了语言和行动的能力，他会在生命的冬季里，怀揣着这些山坡上的温暖记忆，闭上眼睛，在一个很长的夜晚里，慢慢醒来。而经历了怎样的时间的变故，那些跳跃于山石间的山羊呢？那些梅花鹿充满悲情的鸣叫声，那些野狼的踪迹呢？它们是怎么在这面荒凉的山坡上突然消失的啊？举目望去，我看到了岩石的残缺里阳光的斑点，更远处，一座被称之为查干郭楞水库的湖底上，少得可怜的水，就像一滴被大地收藏的眼泪，山高路远，奔波至此的野山羊消失了，那只在追击中嚎叫的野狼，消隐在了阿尔泰大山深处的另一片密林之中，再也看不到它们的踪影了。

当水草变得日渐稀少而枯黄，猎物们也纷纷远徙而去的日子里，那个在三千年前靠着放牧和打猎为生的古老部落，那些在岩石上用石头和铁器敲凿下生命记忆的人们，又去了何方？谜一样的山路，弯弯曲曲，沿着羊群和骆驼的蹄印，你或许可以一直向西，向中亚、西亚、欧洲高原……那里人烟更加稀少，草深林密，哪一条河谷里不能收留一个季节的生活呢。

人生一世，就如同一个季节的水草，一群游牧和狩猎人的生活，随着冬去春来，一条山谷又一条谷地转移着活命的场景；或许更像是一场时间的追逐赛，当猎物消失了，一面山坡的青草，被啃食已尽，剩下的事情，便是平日里可望而不可即的另一面山坡，另一条河谷里丰美的水草。

需要故乡吗？需要童年的记忆和少年的情爱，需要一个我们共同拥有的故乡呀，在回忆中消磨着旅途上的时光。

这便是查干郭楞岩画这样的古老山坡上，被我们的先民们，所共同拥有过的一面山坡啊，是这些永远都不会被时间背叛的恒久的存在，为我们保留着正在远去的历史。

是的，一面幼小的山坡，珍藏下你们游走和猎杀的记忆，在时间的深处，慢慢地浮上来，在阳光下生动和鲜活地叙说着，那些远走和不再归来的日子啊。

古墓村庄

这是一座突厥人的墓地。

在青河县阿尕什傲包乡境内的萨木特村，紧挨着这个村庄的几幢土房子，是一座青石板材的石堆墓葬。更让人惊奇的是，一蹲圆头圆脑的草原石人，以一种非常完美的姿势在墓前守望着，表情冷峻，若有所思。

我到来的这一天下午，刚刚三道海子的达板上，经历过一场几乎陷入绝望的瓢泼大雨，高山远途中，除了以最快的方式下得山来，我没有想象过有关阳光下的明媚生活。

阳光扑面而来，黄金般的粉尘也变得异常亲切起来，毕竟，它们沾染着来自人间和泥土的气息呀。

同样的一片天空，几个小时的时差，两千米的海拔，造就了两重完全不同的世界。

早晨下山赶到这村子的时候，已是正午时光了。村头上几个孩子见我们这辆沾满了泥水和草叶儿味道的北京 212 吉普车，一点也没有客气地停在了萨木特墓葬前，兴奋而又好奇地围拢了过来。他们的眼睛里充满了怀疑，却又与我们的车保持着一段不远的距离。我无法判断这些孩子是哈萨克、蒙古还是汉族人的孩子，或许因为我"可怕"的形象，加上几个人被雨水里刚刚浸泡过的异样的神情，让这些山里的孩子们感到了害怕。但他们的表情里却分明有一分陌生的警觉，他们围绕着我们的车子转，也围绕着这片墓地，并不时有一个孩子飞快地跑回到村子里去，在那个孩子奔跑的身影后面,是一些幼小的脚步飞扬起的尘土。

我看着一个孩子的身影,淹没在阳光下的尘土之中;他的身影消失的地方,是十几幢在北疆地区常见的那种土房子,房子和院墙,都继承着土的颜色和土的色泽,光滑、明亮,沾染着异域般遥远的混杂的气息。

这是一个村子的行政中心,还是一个偏远的居民点,在与萨木特古墓毗邻的这片山前戈壁上,我愈加对这个小小的村落感到了好奇。

我们到来的时候,正值暑假期间,这些大多都已经进入了学龄期的孩子,大概是处在假期中吧。那么,他们的学校在什么地方呢?他们上学的时候,要去很远的地方,或者至今这些孩子就不曾进入到学校里去?

我同样关心的另一个问题是,这些孩子的父母又是做什么的呢?是种田为生的农民吗?那么,在这如此荒僻的地方,那些庄稼的生长能够保证他们自己的生活吗?从这些房子的“面孔”上看,似乎在更多的形式上保留了内地汉民族的造房样式,泥墙土院,大都自成门户。

同样,他们也不大可能是一些随着季节转场的牧民。因为,夏季到来的时候,牧民们的牲畜连同孩子,也是要一同进山的。而从这些自由活跃在村头的孩子们身上,我几乎看不到他们牧人的影子。

而究竟这些村子里的居民,是内地移民,还是土著居民?是以农耕为生,还是以游牧为主呢?这些谜一样的问题,就像我在一路走来的路上所遇到的许多事情一样缠绕着我。

现在,我把目光再一次回落到萨木特墓葬上来。由于时间的久远和风雨的剥蚀,墓葬高出地面的石头或者戈壁黑土,大部分都已经不知去向了。只有一些青石板围砌而成的石棺轮廓,深深地嵌入地下,石棺内外,是一些散落的碎石。很容易联想到这些散碎的青色石头,并非是这戈壁滩的土特产,它们应该来自不远处的深山之中,还是奔走了漫长的时间,在这里停留,就再也没有移动啊。

而那一尊墓前石人,尽管我们只能够看到它面部的表情,也足以让我们感到神奇了。许多专家,正是经由这一尊石人的面部表情来判定此为一座突厥人墓葬的。这尊深目高鼻、宽颧大嘴的突厥石人，是在为自己的先人或者生前的主人守墓吗？抑或他就是其身后的墓主人自己也未可知。在几千年的默然守立中，石人的大部分身躯都已经陷入到泥土之中去了，只留下了这永世无法更改的面部表情，传达着另一个遥远年代里的声息和图像。

由此我产生了另外的设想，假若墓葬的主人是一位突厥贵族，他生活的那个时代里，这里应该是多么的水草繁茂呀。更为重要的是，在这里，或者周围的大野里，应该聚集着其家族的牛羊和猎物，那些财富的象征和权力的依附之物，都到了哪里去了呢？

这或许是一个无须考证的问题。

我之所以在这篇小文的前面不厌其烦地叙述了这个古墓葬跟前的村庄和这个村庄里的孩子们。是因为我在隐约中感知着一种无法言喻的历史情结和承继关系——一座古墓以石头的方式古老和不朽着，一个小小的村庄，以其艰难的大地背景下，无法预知的生存图景隐喻着同一块土地的辉煌和久远。

所以就人类的生存而言，土地的贫瘠与肥沃与否或许并不重要；也与我们当代视野中的边疆与中心毫无关系，那些既存于我们历史之中的尘世繁杂和人生虚幻，早已经在无数代人的生命记忆里，表明了一块土地自己的历史观念和道德立场。

所以我们能够感念于一块土地的历史情景，真切地去认识一段永远都不复存在的历史风光，在某种程度上，满足或者慰藉了我们自己对于历史的无知和对未来的恐惧心理。

就萨木特古墓葬而言，它至今还不是一个知名的，至少不是一个重要的旅游景点，应该是一件多么大的幸事呀。我真的担心某一天，这一小块裸露于地面上的古老墓葬，会在人们的脚步和目光中永远地消失了。

青河县政府已经在墓葬前竖立起了县级重文物保护单位的牌子。更为重要的是，据说村民们早就已经意识到了保护墓葬的重要性了，其中有一位村民，多年来坚持义务护墓，多次制止了毁坏墓葬的行为和事件。

幸者，幸焉。古墓幸甚，小村幸甚，而孩子们，在阳光下的尘土里，奔跑而去吧。

漠风吹过了旗帐遗址

长风猎猎,旌旗浩荡。或许今天的人们再也无法想象用四十匹战马,拖着一辆宫帐大车,穿高山、过草地、涉峡谷、走沙漠,那威严与气势胜过千军万马的军前厮杀,早已使敌军闻风丧胆,疆土尽失。一代天骄,成吉思汗的蒙古大军所向披靡的真正缘由,就应该在这里寻找吧。

卡增大坂蒙古语即为“宽阔的山路”,它距离三道海子东北约 3.5 公里处,相传为一代天骄成吉思汗第一次西征乃蛮部落(1204 年)时修筑的古栈道。卡增大坂长约两公里,最宽处可达八米,路面砌有大小不一的平整石板。路的一侧是海拔 3000 余米的卡增大坂山峰, 另一侧是悬崖绝壁。一九九四年七月, 哈萨克族学者哈德斯二次考察青河县古道时说:“成吉思汗大道自青格里河上游经巴特泉,南到齐巴尔格勒湖,再经两边湖泊翻越勒干敖包进入蒙古境内。青河县境内的成吉思汗大道原为石筑路面,宽 7.6~10 米,当年 40 匹马拖着成吉思汗的宫帐大车就从这条大道上走过,蒙古大军缴获的外国珍宝也从这里源源不断地运回漠北成吉思汗的大营。”

相传,是成吉思汗下令开山辟路,并命名为“卡增大坂”的。

而蒙古人的千万铁骑,是怎样呼啸着,翻越了阿尔泰山,建立起自己的庞大帝国的呢? 就今天的阿勒泰地区我们所能见到的用蒙古语命名的山峰、河流以及古道、营帐遗址而言,这样的故事能够千古流传,是让人一点都不感到奇怪的。

遗落在“卡增大坂”上的这个旗帐遗址，据说，为成吉思汗第六次挥师西进，在辽阔的中亚草原上驰骋了六年之久，奠定了自己的雄大基业之后，再次东返时留下的。那时，一代天骄已然是一位64岁的老人了。也就是这一次回来之后仅仅两年，这位心怀天下的马上将军，病逝在营帐之中，同时也留下了其身后的千古之谜。

不仅仅是成吉思汗六次翻越阿尔泰山，更是他的漫长的军阵，使一些自然的山水，呈现出历史的风貌来。所谓一个地方的文化记忆，我想也正是通过这样的方式来完成的吧。

那天，我们的越野车在祖尔坤峡谷的出口处停留的时候，我非常犹豫，因为雨天路滑，车上所有的人都不主张到那条存放着旗帐遗址的古道上去，而我又由于担心着后面的行程及安全，就再没有坚持。只是，在浑然一片的大野之下，雨雾蒙蒙，我站在峡谷的高处向那条古老大道的方向仰望，一股清凉的山风从我的面颊上掠过去，空旷、无垠的寂寞里，一条峡谷高处的仰望，远隔着千年的历史，怎样的感叹，在历史的迷雾中轻轻地滴落。

我没有如愿用自己的脚步，踏上一条千年之前大军行进中的古老山道。即便是在今天，现代交通工具也无法抵达的另一条山路，它是那样遥远，遥远如一条无法企及的古老的迷途；而在此时此刻，它又是这样离我这样近，近得我翻过了另一条山谷，就可以用自己真实的脚步踏上去，那些古老的石头和泥土黏合的路面上，已经长满了青草和岁月的风霜。

那是一条怎样的路呀，是驿站相通，粮草囤积；是车马大道，军阵隆隆；是横扫亚欧，威名远播；是源源不断的战利品，是运载着伤兵和眷属们，归返蒙古草原的故乡之梦……

多么荣光的大漠长风，多么艰辛的筑路大军，终于等到了一条可以回家的消息，那些停留在驿站里的军车战马，再也不用为前线的战事而劳途奔波了。

当战事平息之后，大军的车马消散在山林和草原的深处，征战的勇士们回到了自己的营帐里，开始寻找一条回家之路时，一条远征军的深山大道，其漫长的寂寞是不可避免的。

后来，我看到了这条大道的遗址上，已经被一些上了年纪的树木给占领了，营帐基石上的青苔泛着油绿的青光，远徙而至的鸟，偶尔会在这里停留上一小会儿，还有一些山地动物们，习惯了这里的寂静和宽敞，或许也会在山路旁边的某一处石洞里，建筑一所高山洞穴，繁衍生息也未可知否？

总之是一条荒芜了的大道。一处处长满了蒿草和树木的旗帐遗址，慢慢地，会在时间的安抚下扎下根来。那些军人抑或战犯们用尽了气力从远处移来的山石铺筑的山道，已经自然地生长为这山体的一部分了。

山，或者树木的风霜四季，在阿尔泰千山万壑间的每一种风情，都无法逾越一个季节的停留。而这一切山色苍茫的雄浑视野里，是一些千年不息的厮杀声吗？

我一直在想，那些蒙古大军远征途中的伤兵残部，那些战死或者病死的蒙古军人们，他们有能力让自己的灵魂，回到那片故乡的草原上去吗？

一千年的路程，何其遥远。战争的血腥凝固在了万里之外的深山途中，没有谁能够告诉那些个泣血哀鸣的伤兵残部，会在哪一条归乡的途中，客死他乡。唯有一条路可以证明，一条没有被时间迷失的山间大道，能够在记忆和想象中，为我们讲述这样一条古老的山路曾经的一切。

第三卷　酒碗里的盛装

一个哈萨克少年

从额尔齐斯河源头那条名叫大东沟的峡谷里出来，汽车颠簸得异常厉害。八月的艳阳底下，一丝风也没有，山高林密，一条弯曲不平的山路，朝向山外的另一头，漫长得使我想不到这条路在阿尔泰山之外，还应该拥有另外一种结局。

旅途的寂寞有时候就是这样显而易见，也并不是所有的风景都能够揽怀入心，人地生疏，异样的心怀，不知不觉中，总会有一些不知名的惆怅袭上心头。

一个总是要行走在路上的人，任是多么绝世风景，也无法掩饰这样一种凄凉的心情。我是说，那些总是要行走在路上的人，把漂泊悬系在心头的人，出了门就永远也无家可回的人啊。

这时候，当我们的汽车从一道山梁上下到了一片由两道荆棘林夹道的山野平地上的时候，一位骑在马背上的哈萨克少年别克出现了。

事实上，是我们的汽车左转右突，从峡谷冲出之后，从这个少年别克的坐骑旁边慢慢地驶过去的。我们的蒙古族司机讲一口流利的汉语，在他没有同少年别克用哈萨克语交流之前，我一直以为他是一位地道的汉族人呢。准确地说，是我们这位蒙古族司机凭着自己的经验，主动停下了车。他告诉我们，这个巴郎子肯定是到山外面来卖“哈熊果”的。

在我基本上还没有搞清楚“哈熊果”是一种什么东西之前，我们的蒙古族司机已经同这位满脸狐疑的哈萨克少年别克讲起了价钱。他们的交流像是另一种歌唱,就像不远处额尔齐斯河的流水一样,清新而流畅。我根本不知道这两个人在讲些什么?蒙古族司机一手扶着车门,另一只手腾出来做着他语言的手势,显得他的口头表达非常吃力,不得不借助另一只手的辅助,才能完成自己要表达的意思似的。

骑在马上的哈萨克少年别克(这个名字是后来那位蒙古族司机告诉我的),也并没有要下马的意思,他也似乎对这种路边上的生意,没有抱太多的希望;几乎可以肯定的是,这个少年的心里,随时都有双脚一蹬,立马上路的准备的。

一个十几岁的小巴郎,马上的行李足有他身体重量的两三倍,像是一位真正的赶路者。别克用自己的哈萨克语与我们的蒙古族司机交流着,他的语速显然超过了我们的蒙古族司机,认真而执著的神情,倒显出了我们这位四十好几的蒙古族师傅的语言迟钝,表情拘谨了。

不一会儿,少年别克从马上翻身而下。他按照我们的蒙古族师傅的要求,从马背上取下来一只橡胶水桶,从一条面袋子一样的口袋里,往水桶里倒一种夹杂着青绿色叶片的红色浆果,像是我在记忆中吃过的樱桃。

这不是樱桃,是哈熊果,我旁边的当地朋友不容分说地纠正我。“哈熊果”是一种天然的降压野生食品,哈萨克人、俄罗斯人把它洗干净做成酸甜可口的果酱,装进罐头盒子里,可以放很长的时间,对血压、血脂等人类自身难以克服的各种疾病,都有很好的预防和治疗作用。这是哈萨克少年别克出现以后,我的同行者向我进行的一次即兴式的关于哈熊果的教育和宣传。

我还知道了这种天然野果,对生长环境的选择也非常挑剔。在阿尔泰大山里,也只有富蕴县境内的额尔齐斯河源头地区的这片峡谷里,采摘下来的“哈熊果”最为珍贵。所以,每到夏天,牧民们把羊群赶到了草原上之后,那漫山遍野的“哈熊果”,便成为了他们最为重要的收获了。多少年来,当地的哈萨克人就像制作奶茶和奶酒一样,制作这种名叫“黑加仑”的“哈熊果”酱，也是他们在游牧生活中的一项重要内容了。

因为这些挂满了整条河谷的红色酱果，几乎不需要任何的栽培和管理，季节一到，人们便可以在任何一处能够停下马的地方，用布口袋，用橡胶皮桶，甚至有人说，就用一条床单铺在地上，找来一根树枝在那些长满了“哈熊果”的枝干上轻轻抽打，那些鲜艳的酱果连同一些翠绿的叶片，便雨点般地落满了整条床单。遇上天气好的时候，一个人可以采上好几十公斤。然后，再骑上马，来到山谷外的大路上，几乎不用吆喝，也不用做广告，随便一个过路的行人，只要他有意购买，便很容易成交。但毕竟大山里的行人稀少，所以在尽可能的情况下，采摘下来的“哈熊果”，一次还不能太多，一般有三五公斤足矣，价格一般在十几元、二十几元乃至三十几元一公斤不等，看购买的人和出售者之间的妥协程度了。当然“哈熊果”的质量和干净程度也很重要。

少年别克从马上下来后，往他的橡胶水桶里倒了半袋子“哈熊果”便不再说话了。他推销的方式非常简单，既不作产品介绍，也不急于成交，反正如果你是一个识货的人，就将它们取走吧。他显然没有想到我们的蒙古族司机，是一位经验丰富的山里客，每年夏天都要带着客人进山出山好几次，对“哈熊果”的行情非常熟悉。

或许，我们的蒙古族师傅有意要在我们的面前，显示一下自己谈价格的能力吧。他用手在水桶里翻腾了几下，并顺手捡起一两个红色的果子塞进嘴里，便开始用少年别克熟悉的哈萨克语进行了关于价格的讨论。

这一切，对于我和剩下来的几位汉族朋友而言，就像在观摩一场没有翻译的现场表演。我们在这桩交易中几乎成了局外人。

但最终这桩生意没有成交。

可能是我们的这位经验丰富的蒙古族师傅把价格压得太低，也有可能是因为这位哈萨克族少年年龄太小，还不太习惯与人交易自己采摘的果实吧。总之，重新上得车来的蒙古族司机师傅显出一副无所谓的样子，声称，这些果子只有几个小时的保鲜期，一过下午路人少了，卖不出去就会变质的，剩下的唯一可能，便是回去他们自己做成果酱了。但那样实在是太麻烦，对于习惯了山里面生活的哈萨克人而言，能尽快地将这些新鲜的酱果出售出去，在尽可能短的时间里，将这些山里的果实转换为现金，显然还没有我们自以为是的那样迫切。

少年别克重又将水桶里的“哈熊果”装进布袋子里，动作有些笨拙，对散落在山路的果子，一点也没有表现出过分的怜惜，似乎那是再正常不过的事情了。他重新整理了自己的行李之后，慢腾腾地爬上马去，若无其事地重新上路了。

在这个过程中，我们的小汽车也一直没有离开。我们坐在车里，心照不宣地等待着那个哈萨克少年回心转意，或许能够在他翻身上马的最后一刻会改变主意呢。

可是，直到他骑上了马，慢慢地几乎在我们的视野消失了，也没有等到那个少年回转过来的消息。

我们的蒙古族师傅有些沮丧。是经验主义和过度的自信使他丢掉一次完全可以成交的机会。原来，住在县城里的蒙古族师傅，每次进山，邻居和朋友们都会委托他买一些“哈熊果”回来，即便没有这样的委托，他也会主动买回去一些送给自己的亲戚朋友们。已经好多年了，他几乎没有过这样失败的经验。

倔强抑或尚不谙世事的哈萨克少年别克，骑在马上，晃晃悠悠地在我们的视线里彻底消失了。他肯定会遇上第二个，或者第三个同样在路上的买主，同样地会进行一番讨价还价，最后成交，或者不欢而散。

我们的蒙古族师傅说，这些哈萨克人每天一早上山，采完了果子后，一般都赶在太阳落山前赶到山外的路上，就这样一直坐在马上往前走，碰上了买主自然会成交，如果碰不上，或者他们认为价格太低的话，他们一直会走到几十公里外的镇子上去，或者有居民点的村子里去，到了那里，他们便不愁自己的果子卖不出去了。因为在那里他们那些“少得可怜、新鲜欲滴”的“哈熊果”，将变得非常珍贵，根本不用愁价格的问题。卖几十甚上百元之后,一个哈萨克人一天的任务也就完成了。他们会在镇上或者村子里购买一些生活的需用品，然后快马加鞭地赶回到山里去，继续明天的生活。

毕竟这样的时节是短暂的。一个夏天,能够采摘和出售“哈熊果”的机会毕竟也是有限的,这需要家里能够有一个有闲的哈萨克人,还需要足够的好天气,不要碰上了阴雨天。一个勤快而善于经济的哈萨克人,一个夏天的收获也不过是几千元而已。

所以,采摘和出售“哈熊果”,对于大多数居住在山里的哈萨克人而言,带有一些休闲和娱乐的成分在里面,尽管这些慢节奏的劳作会耗去他们几乎整个短暂的夏天,但时间对于他们而言,看上去不会像我们行色匆匆的山外的人们,来得这样急迫和无奈。

这也就怪不得少年别克对于出售自己那些少得可怜的“哈熊果”,显得那样从容不迫了。

原来,他并不急于成交的原因背后,是一条通往镇上或村庄的大路。

一头受到惊吓的驴

晚饭后的一场小雨，使大山深处的这条峡谷，变得清新而迷人。太阳也不知道在什么时候，重新爬上了高高的山顶，把一层金光泼洒得漫山遍野；远处山巅上的雪，也显得异常明亮起来，而近在脚边的松林和草地，挺举着一头水汪汪的诗意，似乎在等待着一片晚霞的到来。草，是新鲜的，路，却是泥泞的。我和我的同行者们，就是在这个时候走出了山庄，沿着一条牧羊人的小道，在一些细碎的石子和水洼之间，跳跃着上山的。

没有走出多远，就来到了一片开阔的草地前。一层层织锦般的绿草皮，连接着视野的尽头。三两顶帐篷，很不用心地散落在波澜不惊的山坡上，几乎可以忽略不计。我就想，该是多么大的一片足球场啊，那些羊，应该像足球一样地奔跑起来，为这绿色的、静止的山野，制造出一点点声响和动静出来才好啊。

我便扯开了嗓门，发出了一声母狼般的嚎叫，似乎要把这一个夏天的郁闷和憋屈，通通释放到这山野里去。而戏剧性的一幕，就是在这个时候出现的。一头驴，一头近在咫尺却谁也没有发现的驴，正在努力地挣脱着缰绳，昂头阔胸地，撕扯着仿佛好久没有亮开的嗓子，那声音也不知要比我的嘹亮到哪里去了！

我的一声“狼叫”引起了一片哗然。一头驴的叫板，使我愈加兴奋起来。

我的“狼叫”声应和着一头驴的惊恐和不安，此起彼伏，在整个山谷里回荡。更为不幸的是一群羊，一群漫步在山坡上低头吃草的羊，它们受到了这头驴超乎寻常的叫声的惊吓，一时间竟然乱了方寸，逃命般地向着山坡底下的一片洼地里奔去。

看到如此景象，我不禁哑然。同行者们也发出了啧啧的赞叹声，他们惊异于这样一场人驴之间的奇妙对话，更感动于一群安分守己的羊，是怎样点燃了一面绿色的山坡。羊群不仅生动地展现了自己奔跑的姿态，还为那头惊恐不安的驴，带来了些许的劝慰，似乎要告诉那头莫名其妙的驴，有什么大不了的事情，值得你这样乱吼乱叫？而安静的帐篷里，似乎什么也没有发生，一头驴的嚎叫和一群羊的奔跑，并没有打破山谷里的宁静。

的确，羊的奔跑和驴的嚎叫，来自一位盲目的闯入者，一位不知深浅的山外人的一次轻狂的举动。不过，回过神来，倒也勾起了我的好奇心，综合几天来的山里记忆，似乎除了成群结队的羊和马之外，这山里的驴是不曾见过的。那么，这头突然出现在帐篷前的驴，是怎么到来的呢？这头身材矮小又不曾见过世面的驴啊，会是谁家的亲戚？抑或是多年前一次意外的走失，或者是主人家里收养的一个弃儿？所有这一切，都让我在这一刻变得百思不得其解。

我对这头在突然间受到了惊吓的驴的身世产生了兴趣。是啊，对于牧人来讲，羊是他们的财富，牛，似乎是他们吮吸的脂肪，马是他们唯一的坐骑，而驴呢，在这气候异常而又远山阻隔的峡谷里，驴的角色尴尬而滑稽。我没有见到过一个牧人骑在毛驴上的情形，高头大马和白云般的羊群，才是一个牧人翻山越岭的游牧生活。

而的的确确，一头毛驴被固定在一顶帐篷的跟前，如果没有它的这一通扯破了嗓子的嚎叫，谁能注意到它的存在呢？这样看来，这头驴的激情鸣放，似乎又与我的那一声不着调的狼嚎没有什么关系了。我等一行人到山里来，除了呼吸几口新鲜的空气，润一润几乎要生了锈的喉咙，顺便踏断几根青草的脖颈之外，绝对没有过要唤起这头毛驴青春记忆的美好愿望。

一头蔫头耷脑的驴,不会被主人欣赏,它的一无用处和自暴自弃,它的谨小慎微和莫衷一是,它的悲凉处境和它的迷雾般的身世,构成了这条美丽的峡谷里,一个凄婉的故事。毫无疑问,驴在这个由马匹和羊群组成的世界里,是孤寂的沉默者和贫困的大多数,是这个堆积着美景和自由世界里的弱势群体。

一场突然到来的雨水,使山坡更绿,使森林更加茂密;一只大鹰驾驭着苍穹,在太阳的金光里,翻弄着尘世的波浪;晚霞就要到来,就要吞没了这一切。在一层金碧的辉煌里,我看到了那头重又归于平静的驴,我看到了一头驴回到了自己安分守己的生活中去。

一头驴啊,寄命于深山,望断了回乡路。你是远乡的游子呀,还是深山的弃儿?驴肯定有它自己的心事,不容我去想。

但我依然看到了另一头驴,另一头奔赴在尘土中的,被一架驴车驱赶着的驴。它欢快的脚步踏着节日般的雨点,它行走在一条故乡的路上,不时昂起头来,朝着明亮的天空,毫无顾忌地扯上一嗓子,引来众驴们的一片哗笑。

马车上的睡眠

从大东沟回来的路上，已经是午后的五六点钟了。虽然山里的太阳有时候会变得异常暴烈，但也会在一些微风中的吹拂下，显得温暖而沁人心脾。山路上依然是尘土四溅，偶尔会有一些牛羊的粪便散落在路边的石头缝里，疯长了一个夏季的草，开始枯黄起来，远远地看过去，那草色里，竟有了青草的颜色。

是啊，又一个季节的轮递要开始了，不管怎样，草木一季，山色迷茫，阿尔泰山在这片裸露的山前丘陵和平原上，被一层午后的阳光铺排得缓慢而又结实。

的确，在这样的山路上缓慢行走，是看不见时间之外的那一种急迫的。就是在这个时候，我又惊喜地发现了那架看上去显得有些旧的马车。一架无法被分辨出时间和年代的马车，仿佛我们梦中的另一个世纪，来自另一个时代的绝世风情，仿佛那马蹄的节奏里，沉睡着另一种声音。

一架马车，行驶在漫长的山路上；一个哈萨克老人，坐在马车上似睡非睡的样子。他有多少年纪了，他的疲劳和困乏，就像马车上的行囊里，到底装了些什么东西，我无从得知。

我坐在一辆同样有些陈旧的越野车里，第一次看见这架马车的时候，是午饭后我们匆匆进山的路上。那时候，这架慢条斯理的小马车，紧紧地贴在路边上，当我们的越野车从它身边飞驰而过的时候，我一眼就认出了这架无动于衷的尘土中的马车，是在一种多么欢快的节奏中，忍受着旅途中漫长的寂寞的。那个清瘦的哈萨克老人，似乎对这山路上的车来车往，早已经习以为常了。他无动于衷地端坐一辆缓步行驶的马车上，任由阳光的泼洒和尘土的弥漫。

即使在夏日里，哈萨克人也不愿意摘掉头上的皮帽子，我甚至看到了那个马车上的老人，身上还裹着件黑色的条绒棉衣。这在单衣汗衫的我看来，多少有一些不可理解。

我问了身边的当地人，他们似乎也说不清楚，大概是因为山里的气候变化异常，加上早晚的温差比较大，所以这些常年生活在大山里的哈萨克人，大多保持着一种相对稳定的衣着吧。由于坐在车里，且是匆匆而过，看不清那个端坐在马车上的哈萨克老人，是否已经汗流浃背了？但毋庸置疑的是，无论是我们的小车从他的马车边擦肩而过，还是从他的视野里急速而狂野地驶过来，我没有能够在老人的脸上，发现任何异样的表情。是我没有发现，还是这个饱经风霜的老人，压根就没有表现出任何表情？

深山远途，一个老人赶着一架马车，从几十里外的地方向山里去，没有多余的重负，更没有急切的神情，一道又一道山梁，一条又一条河沟，高低起伏、尘土飞扬中，只有拉车的那匹马，鼻息里传来另一个生命的鲜活见证。

而一个老人这一路走来，不知道他是要回家，还是去赶赴一个重要的约会。或许老人从山里装满了“山货”，到山外的集市上出售完了，买上了一些砖茶、盐和面粉，正在漫不经心地往山里的毡房里赶呢。

我是一个多么匆忙的局外人呀，我坐在追赶时间的小车里，完全没有在这样的深山长途中徒步行走的自由和选择。我目睹着这样的山色和景物，是潮水一样的羊群偶尔会从车窗外面的山坡和树林里滚滚而过，那些活跃在山里的羊呀，牛呀，马呀，是这山里自然的一部分，他们的颜色和形状，也完全遵从了大山的秩序。而牧人，只有牧人，只有这些哈萨克或者蒙古人，把一生的时光如同一个短暂的季节一样，不急不忙地弥散在了这样无边无际的大山和土路上。

所以我既无法以一个现场者的身份参与到此时此刻的阿尔泰山里来，也完全不具备与这些山地居民们进行哪怕是一些简单的语言交流。我不能够事无巨细地把所有疑问，都要麻烦我们的向导为我做翻译，和那些一脸惶恐和茫然的哈萨克或者蒙古人交流，我也无法使自己完全去掉骨子里的陌生感，我只有把自己眼睛里的疑惑堆积在心里，我需要慢慢地自己去消化这山路时光里太多的惊喜和不解。

譬如这个在我进山和出山的路上，同时遇见到的马车上的哈萨克老人。多么奇怪，我为什么会在同一条山路上，遇见这样的同一个人？

他的身世和去向，至今仍然谜一样地缠绕着我。

我粗略地估算了一下，我所乘坐的这辆越野车，进山来回各用了近两小时的时间，在山里停留了大概有一个多小时的时间。这样，在这四五个小时的时间里，或者说，至少在这四个小时的时间里，这架默不做声的马车和马车上的缄默老人，是行驶在这条山间土路上的。

一条路，连接着山里山外。

一架马车，在无言的荒野中，独自行进。

一匹马，没有奋蹄在草原的深处，它孤独地拉着一架陈旧的马车，行走在一条熟悉还是陌生的路上，保持着一种固有的节奏，没有多么急迫的事情被主人追赶着，也没有多余的道路可供自己选择。

车和路，是这匹阿尔泰山深处的老马的宿命啊。

而人呢？一位端坐在马车上似睡非睡的老人啊，也只有他能够理解老马鼻息里的感慨呀！

因为一生的奔波，就像一匹老年的马儿一样，到需要在夏牧场和冬窝子之间，完成另外的使命了。现在，它却有些心不在焉，地老天荒的岁月啊，你能把这深山大野的一匹老马和一位早已雪白了胡子的哈萨克老人如何呢！

或许，这就是一生的睡眠当中，最为隆重和盛大的睡眠了。一个垂垂老者，乘着一架马车，从山里到山外，再从山外到山里，走着走着，他自己就先睡着了，在大山的摇床上，在山野的阳光下，灼热的“温暖”，动荡的尘土，你们都无法阻止一个行走在路上的老人的睡眠。

一匹同样衰老的老马，就要睁不开自己的眼睛了，但它就这样一刻也不停地走呀，走，就像行走在自己的梦中。马的四蹄溅落在尘土上，没有留下一丁点的声响，马的眼睛里，老泪纵横了一生的悲苦，但它没有解除自己的睡眠。方圆百里，山林呼啸，河水哗动，一辆生猛的越野车在它的身边经过，它连眼睛都没有眨一下，它不害怕这种没有灵性的生硬的东西，就如同它后面车上坐着的衰老的主人，经历了那么多的世事沉浮，还有什么样的事情能够使自己再一次惊心动魄呢？

一匹老马和一位衰老的哈萨克人，沿着一条古老的山路曲折前行，仿佛持续的睡眠中，一直不肯停歇下来的脚步。

所谓老马识途，这条耗尽了一生的路，却一直没有走到底。而衰老的主人啊，人生的大幕，就正在徐徐拉动，挡住了一座大山的视线，这一生的睡眠，在一架陈旧的马车上，没有停息下来，是因为这一生的行走，也没有能够走出梦一样的结局。

一个醉酒的蒙古人

这是我们来到阿勒泰的第二天,上午同地委的领导见了面,大致确定了此次采访活动的计划和安排,顺便去了同在地委大院里的地区博物馆,算是对阿勒泰地区的一个粗浅的认识吧。

下午,地委的张勇带我们去距阿勒泰市区 23 公里的汗德尕特蒙古民族乡。

汗德尕特,一条河流的名字。蒙古语里为“麋鹿之乡”的意思。其实汗德尕特还有另外两个名字,一个是“康布铁堡”,另一个是“喇嘛召”。在蒙古人的交流中,这些未被正式国家文件颁布的名称,对于这个离阿勒泰市如此近距离的山区乡来说,具有同样的传说意义。

汗德尕特是一个小乡,全乡只有 4000 人左右。这是该乡一名蒙古族妇女副乡长尼永梅告诉我的。

我们到的这个乡的下午,乡里放了七天的打草假还没有结束,乡政府机关的干部们都回家去了, 从阿勒泰市文化局下来挂职的尼永梅,是乡里安排专门来接待我们的。

同许多山区乡镇一样,汗德尕特没有自己宏伟的建筑,远远的,从市区里坐车进来,你会感到这片规模不大的山地绿洲,更像是一个村庄。一条已经分辨不清楚到底是柏油还是沙石路面的通街道路,在乡政府所在的这个村子上,显得有些开阔和寂寥。或许正赶上打草时节,街上的人并不多,大都是一些卖西瓜和蔬菜之类的生意人。

在这条马路的边上，乡政府有一道铁制的栅栏门，门后面的院子里有一处花坛，小院由一些平房和二层小楼组成，多是一些上了年纪的建筑，缺少豪华的衙门气，倒也与这山乡的朴素气息相融合。

我们到达乡上后，尼永梅副乡长已经早早地等在乡政府门口了。她说，以为我们的车上还可以坐上一个人，可以带我们到底下去转一转，无奈我们的桑塔纳已经坐满了。乡上又没有车，尼永梅赶紧与乡长联系，希望用一下他的那辆加长了的“北京212”吉普车。

在这个当儿，一行人中，不知谁从街上的西瓜摊上买来两个西瓜。正是口渴难耐时，我们便在乡政府旁边的树荫底下，展开了一场西瓜的饕餮盛宴。两个西瓜很快被瓜分一空。

尼永梅副乡长还在用手机与乡长联系着。

这时，我看到这个乡政府所在的村街上，不多的行人和市声喧哗里，有一些小四轮之类的农用车冒着浓烟颠簸着在大街上缓缓地驶过，一些用花围巾包裹着头和脸的妇女，好像也是刚从草场或者田地里回来的样子，急匆匆，又若无其事的样子，使你一下子不知道这个远离尘世的村街小镇里，到底发生了什么。

我们的车，在等人的这段时间里，正处在阳光的曝晒之中，因为路边的几棵树下，聚集着像我这样躲避太阳的人，再说，黑色桑塔纳那庞大的身躯，任是怎样地委曲自己，也是移动不到树底下来的。

阳光。闷热。不多的行人和寂寥的街道上，空气的流动也显得异常缓慢，一些青草被装载的命运，一些越冬期里的牲畜的命运，似乎在汗德尕特几近停滞的时光里，找到了自己被中转，或者远走他乡的真实依据。

这时，一个摇摇晃晃的人向我们的车子跟前走来，嘴里念念道道地说着什么。

“这是我们乡上的一个穷人，十几年前，他的老婆和孩子都跟着别人跑了，现在他整天就知道喝酒，别的什么事情都干不了，每年全靠着乡政府的救济过日子。”一位热心人上前告诉我。

这个醉酒的人，似乎没有多少恶意。他满面“红光”，就连眼睛里都充满了红色的血丝。在这样闷热的天气里，我们这些短衣薄衫的人都还无法忍受，而他却穿了一身旧西服不算，还在衫衣外面套着个公安或者武警的橄榄色背心，且又一副并不急于出汗的样子。

他朝我们的黑色桑塔纳走来，低下头，把脸贴在前面的挡风玻璃上，努力地往里看，努力地，要找到什么，又不急于完成任务的样子，有一点滑稽和幽默的成分。见我们在旁边看着他的人都笑了，他抬起头来，朝着我们，不好意思地笑了笑。

他走到车门跟前，开始用力地拉车门。这时，司机师傅急了，急忙呵斥，予以制止。不知道这个醉酒的男人要干什么？这个看上去有 50 多岁的蒙古人，满脸通红，显然还没有从酒精的麻醉中苏醒过来。他要打开车门的努力被制止了，有些失望，有些沮丧甚至有些悲伤了。

他摇摇晃晃地走到树荫底下，向着乡政府的院子，不停地举起右手，向乡政府的院子敬礼。嘴里不停地念叨着恐怕就连蒙古人也难以听得懂的“蒙古语”。可是，我在他一连串的短舌音之后，却清楚地听到了三个字“毛主席”。我们在场的所有的人都听懂了，他一边向着乡政府的院子敬礼致意，一边嘴里念叨着“毛主席！毛主席……”。

说着说着，这个醉酒的人，竟然泪流满面，不知道是伤心还是另外的一种心情，他慢慢地泣不成声，但依然坚持着自己敬礼的姿势，“毛主席”这三个字也开始变得模糊不清起来。

这让我们所有在场的人都感到了意外。

这是一个五十多岁或者更年长一些的男人，还算不上老，走路一摇一晃，满脸红光，正在一下又一下地向着乡政府的院子敬礼。他念念不忘“毛主席”，是怀着一种怎样的情感，他的对于乡政府和“毛主席”的直接和简单的联想，让我陷入了另一种更为持久的沉思之中。

一个遥远的山乡，一个蒙古人，他喝醉了酒，如此深情，泪流满面，这多少让人有些感动。

一个心怀感激的人，不论他有怎样的身份，他贫穷与否，都不能阻止他对自己内心幸福生活的渴望。

多少年来，我都没有找到一种合理的答案，给自己，给那些在困惑中睁开着希望之眼的人。而今天，我似乎听到了这样的一种救赎的声音。敬礼，然后是“毛主席”！

一个醉酒的人，在烈日之下，在汗德尕特乡政府，在几个外来者惊异的目光里，他从容不迫，一摇一晃，向着乡政府的院子敬礼，然后大声地朗诵着“毛主席！”

手指上的舞蹈

副乡长尼永梅领着我们，翻过了一面山坡，在几棵杨树的掩映下，便来到了一所山坡上的庭院。

随着山坡的高度在不断上升，我注意到脚底下的草坡上，有一些涓涓的水流出来，顺着草皮底下的一条弯弯曲曲的“河流”，向着山坡下面的草地上涌流而去。这样的流水在一面山坡上漫溢之势，甚至使人走在上面，都要跳跃着，以免弄湿了鞋或者一不小心陷进了泥水时里去。

翻过了这面涓涓流水的山坡，我看见了一个孤零零的小院。几棵树，一些庄稼之外，便是草，连天连地的草，淹没了一面山坡，也淹没了一座孤独的小院。

远远的，在我们还没有抵近这个小院跟前，我就看见了院子后面的那条小河边上，一片又一片的青石板，一条几近干涸的河床两岸，几排杨树稀疏地立在那里。一位年迈的妇人，坐在石板上似乎在睡觉，她宽大的衣裙，遮挡了自己的身体，因而当我们一行人径直来到她的跟前的时候，老妇人甚至连眼皮都没有抬一下，她没有从自己的凝视或者回忆里回过神来，或者她压根就不会想到，这些气喘吁吁的行路人，会与自己有什么关系，她不会想到这些人是奔着自己而来，是专门来拜访自己的。

当她的老邻居用蒙古语大声地在耳边讲了一阵子之后，老人恍然回过神来，慌忙从石板上站起了身，满脸的荣光和惶恐。

老人今年八十四岁，名叫切吾尔。这是副乡长尼永梅后来告诉我的。

八十四岁的蒙古妇人切吾尔,是一位身怀绝技的民间艺人。她演奏的一种名叫托布秀尔的木琴,在发出美妙的乐声的同时,在两根分别系于手指和另一个固定物上的线绳上,有两个身着蒙古族男女服装的小木人,可以伴随着音乐的内容,欢快地起舞。

这样的手艺切吾尔说她六十四年前的老父亲演奏过,在阿勒泰地区仅此一人,今天,再也没有人能够演奏托布秀尔了。

几年前,切吾尔凭着记忆恢复了这门失传的艺术,我们今天的到来,就是要见证老人的独家演出的。

在切吾尔院子后面的那块青石板上,见到一身农妇打扮的切吾尔时,我很难设想这位连抬一下眼皮都非常吃力的蒙古族老人,会有怎样超绝的演奏才华,即便她曾经有过,以这样的精神状态,她还能够自如地演奏吗?

在众人的簇拥下,切吾尔有些艰难地踱回到自己的房子里。邻居的一位大妈,赶快帮助她打开里间的一个木箱子,取出一件镶着红边的绿色蒙古族旗袍,稍事妆扮之后,立时见到的切吾尔,已经容光焕发了一般,换了另外一个人。

切吾尔现在演奏的这把托布秀尔琴,是乡上拨专款定做的,而道具——那两个惟妙惟肖的小木人,则是一位巧手的邻居根据切吾尔的自述和想象,帮助她手工制作完成的。

真正的演奏开始了,所有在场的人都屏住了呼吸。

切吾尔盘腿端坐在炕上,左手扶琴,右手中指和无名指勾住线绳,线绳的另一端,钩挂在一个木制的器具上,就这样,随着琴声响起,在切吾尔的手指的抖动和变化中,两个分别饰演蒙古族青年男女的小木人,便节奏欢快地跳起舞来。

再看那位已然八十四岁的老妇人,双目紧闭,旁若无人,只有手指拨动琴弦和手指上的两根绳子间的小木人,欢快地舞动着,迷醉而陶然。

这才是内心的音乐啊!

众人哗然，而老妇人不为所动，她沉醉于两个蒙古族青年男女的舞蹈，还是她手上下面的古老音乐？没有人能够确切地知道，这样一位沉默的老人，她内心的记忆里，到底停留着怎样绝世的风景。

子女们都到夏牧场去了，家里只剩下了切吾尔一个人，在家里没有事情做的时候，老人便会来到院子后面的这条小河边上，一个人坐上一个上午或者一个下午，不会有人来打扰她，也没有人会来打扰她，哪怕一只飞错了方向的鸟，一只奔跑中迷失方向的野兔。在这面孤立的山坡上，是一些茂盛的草，涓流的山溪水，一条就要干涸的小河，被流水剥去了土壤表皮的一块又一块青石板上，切吾尔每天的功课，就是在这样的无语中黯然长坐，任凭着一些久远年代里的回忆，像琴声一样，悠悠地流过去，流过去。

所以我们见到的切吾尔老人，一年之中，少有的机会，能够盛装演出，在自家的土炕上，为一些陌生的、年轻的、好奇的面孔，用琴声和她手中的小木人，讲述一段音乐的往事，一段草原深处的记忆。

一个八十四岁的妇人，在漫长的寂寞里，依靠回忆，慢慢地恢复了一段沉睡的历史。那两个形象可疑的小木人，以蒙古人的方式，表达着的是一对男女的欢爱，这样的故事本身，对于像切吾尔这样的老人而言，是一段不可言述的往事吗？

在持续的演奏过程中，老人一言不发，面无表情，她微闭的双眼也很难找到一些另外的信息。

或许，更为久远的人世沧桑，早已经在这个老人的心里，销声匿迹了。我们听不见她的叹息，感受不到她内心里的那一份欢快，一个在生命里珍藏着过于盛大的场景，就这样在一把琴声里缓缓地打开，又旋即消失。

我一直期待着老人的哪怕是一个微笑，或者一声轻轻的叹息。在持续近一个小时的整个演奏过程中，她那样投入，神情专注，一招一式，都经过了内心千百次的习练一样，那样准确无误地击打在一把自制的琴弦上，而她自己似乎消失了一样。

除了语言上的障碍，我想与老人交流的最难以跨越的阻隔，怕是只有像阿尔泰山一样的两重人生了。那些远走他乡的青春和岁月，那些永远也无法被后来的人们所识读的深山记忆，就这样横亘在后来者的眼前，你无法跨越她，更无法忽略，能够做的事情，就是保持了这份内心的崇敬，远远地仰望她。

假如一个人能够用一生的信仰，来完成一件事，我想，八十四岁的蒙古族妇人切吾尔，是当之无愧的。

一副骨瘦如柴的衰老的手指上，传达着最为青春和激情的舞蹈，一段刻骨铭心的岁月呀，演绎着怎样的人生场景，使一出戏剧的大幕，迟迟没有落下来。

在随行人员的干预下，切吾尔终于无可奈何地结束了演奏，她有些意犹未尽的样子，让我在那一刻，对这位八十四岁的老人，心生感动。

风吹草低

从汗德尕特乡政府，去铁木尔牧场，还有六七公里的山路要走。

我们从阿勒泰市里带来的桑塔纳车，左冲右拐，走了不到两公里的路程，便不得不在一个斜坡下面，面对着又一滩泥水路面停了下来，一行人跟随着尼永梅副乡长，继续往草场上进发。

此行的目的地，是巴图巴依尔家的草场。巴图巴依尔是汗德尕特小有名气的年轻的民间艺人，他的绝活是一种名叫“喉麦”的艺术，是一种难度很高的从胸腔里往喉咙里发音，而完全不依靠嗓子，同时发出多个声音的艺术。在汗德尕特乡的蒙古族艺人中间，能够达到巴图巴依尔这样的可以演出水平的人非常少。因而，负责文化工作的尼永梅副乡长，有一种迫切的愿望，要我们了解和认识巴图巴依尔和他的“喉麦”艺术。

从车子上下来，穿过一些雨后留下的泥泞路面，很快就进入了山里的草场上。打草时节，牧人们大多忙碌在自己的草场上，尼永梅副乡长也只是大概知道巴图巴依尔家草场的大致方位，准确地在哪一片山坡上，恐怕连她自己也是说不清楚的。

徒步跋涉，草深路长，不一会儿，细密的汗珠便爬上了额头，懒洋洋的太阳也显得有些无奈，好在不时会有一股凉爽的山风从山谷里吹来，使这山间草地上的行走者，多了一些轻松和随意。

只是年轻的尼永梅副乡长或许是找人心切，她一个人远远地把我等一行人落在后面。后面的人，便有了一些懈怠，或者干脆一屁股坐在草地上，大口喘着粗气，休息起来了。如是这样，两三次，便很快进入了草场腹地，这片不大的山间草场，背依两侧宽大的山体。天，在这一刻也变得如此地亲近，所谓蓝天白云，清风徐徐，在草地上的人们看来，才是如此的现实而趣味盎然。

中途，见两头硕壮的黄牛在不远处的一片洼地里，低头吃草，或者低头饮水的样子，我便不由自主地对着它们扯开了嗓子，肆无忌惮地长吼了一声。这一声长吼，在山谷里回荡了好一阵子，连我自己也吓了一跳。

不知是狼叫还是驴嚎的声音吧，两头牛，一定是被这片山野间，从未有过的声音给惊呆了。

两头埋首吃草或者饮水的牛当中，不知是公牛还是母牛率先警觉地抬起了头，向着我所在的方向张望过来。稍顷，另一头牛也投过了不解的眼神。

我仿佛受到了一种意外的鼓舞，便兴致勃勃地朝着两头牛又长长地吼了一声。这一声，似乎更加粗壮一些，浑厚一些吧，一对老实巴交的牛兄弟，或者任劳任怨的牛姐妹，便真正地感到了恐惧，也似乎下定了决心，背对我走来的方向，昂首奋蹄，有些恍然地，急速地奔去了。

我感到了一丝不安。

作为一个外来者，面对一片灿然而盲目的山水，一片收割季节的草场，我情不自禁地发出了这些自由主义的声音。我不知道这是否违背草场或者山野的法则，我竟然忘记了自己来到这山野和这片草场上的目的，是来寻找一位民间歌手，而不是自己对着两头无辜的牛，发出野兽般的嗥叫。

这时，走在我身边的地委的张勇副主任，见到我如此放松，便也毫无拘束地说笑起来。而我们此行的领队、年轻的蒙古族女副乡长尼永梅，至今没有结婚，走在草场的山路上，小张副主任故意问她的年龄，遭到了委婉的拒绝。我们就这样一路笑谈中，忘却了上山的艰辛和疲劳。而我们要寻找的那位民间艺人，却迟迟没有出现。

终于，尼副乡长问了几个在山上打草的人之后，打听到了巴图巴依尔家的那一片草场。

二十八岁的巴图巴依尔正在同他的父亲一起，收割着自家的一片草场。在山草没有完全枯黄，或者说，在天气还没有完全变坏以前，把这些牲畜们越冬的饲料运回家去，对于牧民们来说，是至关重要的了。巴图巴依尔和他的父亲早早地就出了家门，中午的饭都没有回去吃。可是由于我们的到来，父子两人不得不停下手中的活计，坐下来，算是一阵劳作间的休息吧。

应尼永梅副乡长的要求，巴图巴依尔有些为难地答应为我们表演一段“喉麦”，他说干了一天的活，嗓子有点干了，不知道能不能发出声来。不明就里的我，拼命地鼓励巴图巴依尔表演一番，在我的心里，其实是有另一种想法的。因为徒步行走了这么长的时间，在大多数时间里，只是自娱自乐，同一位真正的山里牧民这么近距离的交流，这是一次难得的机会。

巴图巴依尔清了清嗓子，坐在刚刚割过的草地上，对着午后的阳光下空旷的山谷，发出了一阵低沉、宏阔而悠长的声音。他的脸涨得有些红，胸腔里的声音，却依旧那样浑厚。在众人的掌声完了之后，巴图巴依尔有些不好意思地说，没有准备好，身体也不行，今天的表演不算成功。

事实上，就专业的角度来说，对于像我这样的不通音律的人，是无所谓成功与否的。

让我感到欣慰的，倒是这个不大的山间平地里，草色微茫中，那些山风吹动的美妙时刻。你看，风从山的另一边吹过来了，整个山坡上的草，像集合了一般，配合着风的音乐，向着一个共同的方向，弯下腰去，又会在大约相同的时间里，重新抬起头来，或许会向着另一个不可预知的方向，转过头去。

这是一群怎样的舞者啊。

是季节的追赶，还是阳光的描绘，一面又一面的山坡，草木皆兵，闻风而动。自由而高迈的山冈，那些茁壮的草，盛夏时节开放的花朵，现在，她们正在慢慢地收拢了自己的翅膀，等待着一个庄严时刻的到来。

草是这个季节里最为旺盛的民众，它们铺展着自己的身躯，不计较脚下的哪怕是只允许一丝根须伸展的土壤，却依靠最为朴实的愿望，连接着一片又一片天和地的缝隙。

是啊，这芳草碧连天，草色近却无。如果不是还有诸如采访这样的任务，我真愿意在这样的山间草地上，美美地待下去，直到天色融化在遥远的黑暗中去，直到寒冷的季节，收拢了草原的翅膀。无奈我们还是要早早地归去，归于生活的琐碎和庸常里去。

而此时，天际里的晴朗，又总是影响着草场上的收割情景。多数时候，人们会赶在好天气里，尽可能地收割完自家草场上的草，运回家去，等待那个漫长冬季的到来。我在这山地草场上停留的这个下午，见到三三两两的割草人，挥动着长长的“大甩镰”，一下一下地从草地上“扫”过时，心里便禁不住痒痒起来，就在巴图巴依尔表演的时候，我试着挥动了几下那个在电影和电视见到的割草工具——“大甩镰”，由于用力过猛，差一点将那长长的镰刀割到了自己的腿上去，所幸，我很快就掌握了割草的技术，听着镰刀霍霍声响，草声四起，堆积在被镰刀割过的土地上时，我的耳边，再一次响起了远处的风声，由远及近。

风吹草低，一声紧似一声。我却很少见到牛羊，在草声挥舞处，是一片又一片被镰刀割倒的青草，是三三两两的割草人和他们背负着的，山一样结实的日头。高远的天空下，山地牧人的生活，在这样的季节里，有着不可重复的节奏和不可更改的命运的色彩。

喇嘛召往事

喇嘛召，寺庙也。位于汗德尕特乡政府后面一片高坡平地上的喇嘛召，一圈不大的围墙里面，到处是树的影子和草的痕迹。两扇有些锈迹的铁门打开之后，需要在草地上小心地选择一些水泥制成的桥墩似的支撑物，方可到达寺庙的门前。

这个院子在平日里很少有人进得来，所以遍地荒草，杨树和柳树显然是人工栽植的，但粗大的枝干笔直而坚挺，把一个喇嘛召装扮得绿影婆娑，倒也不失为一种别样的情趣。

喇嘛召里的喇嘛，平日里就住在乡上，有自己的家庭和畜群。乡上的人介绍说，现在这位年轻的喇嘛，是从西藏学习归来的，还是阿勒泰市的政协委员呢。平日里没有佛事活动的时候，他便在自己的家里忙于生产，遇有重要的佛事活动了，他会出来主持，基本上是一位专业的寺庙住持。

我们要到喇嘛召参观，乡里派人找来了年轻的喇嘛且德尔。身穿西装，看上去不到四十岁的喇嘛且德尔，却也对喇嘛庙里的诸等事宜轻车熟路，他的介绍流畅节制，显然是经过训练的结果。

且德尔介绍说，现在的喇嘛召，是一九八三年重建的，喇嘛召在汗德尕特近四百年的历史中，几经重修，已成为全新疆唯一的一家观世音庙，每年都有来自和丰、塔城、乌苏等南北疆的信徒前来朝拜，其中，除了蒙古人外，也还有汉族人来这里供香祈福。

喇嘛且德尔还特地指给我看了有三百多年历史的一部经书，十世班禅来寺庙参观时坐过的一个沙发等。所有这些，似乎都在昭示着喇嘛召曾经的辉煌和现世中的处境。

在喇嘛且德尔的指导下，我来到观世音菩萨面前，虔诚地点燃了一炷香，我想在这个陌生的喇嘛寺里，替自己，也替家人，许一个心愿。双目紧闭，一时心绪纷繁，竟难以回到一个心愿上来了，一个尘世生活中无所皈依的人，在这样的时刻，心绪慌乱是不可避免的。虽然我在如此匆忙的远途中魂不守舍，无法宁静地还自己一个心愿，但我愿意在这样的时刻，让心灵有一片刻的安宁，回到一种久远的宗教情感上来。

而这时，在我有限的关于宗教的记忆里，这种俗称黄教的喇嘛教，是如何在这样荒僻的山地草原上传播开来，并赢得了如此长外的荣誉，一直是一个谜一样的疑问。在十七世纪之前，也就是说，在黄教还没有传入准噶尔地区的漫长岁月里，天山以北阿尔泰山腹地的广阔草原上，是萨满教一统天下的时代啊。

我注意到自清朝以降，特别是到了清朝中期，喇嘛教由于得到了朝廷的宠爱和扶持，信徒们的种种特权达到了无以复加的地步；而几乎就在同时，刚烈勇猛的蒙古人也像藏族人一样，对佛教的虔诚信仰达到了顶峰，差不多半数以上的蒙古男人进入寺庙，他们把自己能够成为一名僧侣，当做整个家庭的荣耀。

黄教，也就是喇嘛教，几乎在一夜之间，成为了整个蒙古民族的信仰。

人们把现世生活中无法得到和满足的幸福感，寄托给虔诚修得的来世里，而不惜把现世的一生，包括青春和财富都虔诚地敬献给了神佛。

1757年以后，居住在汗德尕特河一带的乌梁海左翼六苏木的蒙古居民，先后在汗德尕特河两岸，建起了三座喇嘛寺庙。

前两座喇嘛庙建在汗德尕特河西岸，由于规模不大，且系土木结构，经不住岁月的侵袭，已经先后遭到了毁坏。

到了1925年，在太平贝子的倡导下，六苏木的两千多居民，捐款捐物，在汗德尕特河东的山坡上，即今天喇嘛召的位置上，筹资兴建了一座大庙。

是的，一座大庙，大到了什么程度，或许是今天的人们无法想象的。

据资料记载，该寺庙周围都是三米以上的围墙，仅常住僧侣就有三百多人。经堂、藏经楼等都是当时罕见的砖木结构。其规模和气势可见一斑。

当时，该寺供奉的正神是黄教的创始人“宗喀巴”，其他诸神分别是麦得尔、确杰、达尔克、洛目尔等等，这些神佛的塑像个个漆彩描金富丽堂皇，大多都是从外地塑好后用骆驼驮进来的。

这应该是一段算不上遥远的历史，因此可以想见的是，众僧侣们鼎钟而食，日暮方息的礼佛情景。据称，当时的岁首盛夏时节，前来膜拜顶礼者络绎不绝，信徒捐珍宝财产甚至胜过了王公贵族。

至 1933 年，马仲英部发动的阿山叛乱导致该寺被毁时，该寺共有登记在册的土地、草场 2000 余亩、羊 1600 余只、牛 300 余头、马 200 多匹、驼 60 余峰，各种金银财宝更是无以计数。

历史总是这样残酷地，一次又一次越过人们内心的愿望，在一些不可期待的结局中，来完成自己真正的历史。

有趣的是，自从这座庙建成以后，原来罕达盖图（汗德尕特）的名字，便渐渐地被人们给遗忘了。更多的时候，人们因为这里有了喇嘛的寺庙而直呼喇嘛召，倒是这个地方真正的名字很少有人提及了。直至今天，我行走汗德尕特乡的许多地方，人们仍然习惯称呼这里为喇嘛召，而没有多少人称自己是汗德尕特人。

今天的喇嘛召，已经是阿勒泰市的一张名片，悠久的历史，古老的宗教，和山野间弥漫着的草原风光，正在一天天使喇嘛变得日益丰富和立体起来。

八省仪园里的异乡魂魄

或许，在今天的人们看来，孤悬塞外的阿勒泰，纵有万千绝世的风光，却是在长久的岁月里，无法被更多的人所认识和理解的一片异域般的土地。就是问一问生活在当地的阿勒泰人，特别是年轻人，很少有人能够知道就在阿勒泰市内，曾经有一处专门安葬汉人的陵园——八省仪园。顾名思义，八省仪园乃祖籍内地八省的汉族迁居者，生命归结后的一处陵园也。

需要弄清楚这样一段历史，当然还需要相应的历史参考。阿勒泰自同治十年（1871）修建承化寺后，人越聚越多，科布多帮办大臣（主管阿山事务）就长驻承化寺。到光绪十三年（1887），爱国活佛噶札拉参被迫迁往乌苏八音沟时，这里已是商肆林立，颇具规模的市镇了，当时称为岩镇，又名喇嘛库仑。

当时的阿勒泰汉族人口以平、津、湘、鄂、陕、晋、川、甘、滇等诸省为多。这些或者是中央政权派驻在阿勒泰的地方要员和随从，或者迫于生计的流浪者，或者亡命天涯的流配者，或者随军大营的生意人，或者祖辈迁徙至此的户儿家，在阿勒泰找到了自己生身立命的落脚点，找到了自家繁衍生息的一片沃土。他们的官或许越做越大，他们的生意或许也日益兴隆，他们自己耕耘着的那一小片土地上，或许有了更为丰裕的收获，也便有了故乡亲戚朋友的投靠者，或者娶妻生子，或者生老病死，便都有了自己家乡故土的一些风俗和亲情，留存了下来。由于这些生活在边地是汉族人看重乡情，出门谋生又怕横遭欺凌，遂结成社团，通常称为“帮”,并在慢慢地发展中,各自建起了自己的会馆。

清末民初,新疆各地逐渐形成了天津帮、北平帮、甘肃帮、陕西帮、三江帮(江苏、浙江、江西、安徽等)等以省籍和地域为纽带的地方帮会。

两湖帮多系左宗棠进疆平定阿古柏叛乱时,留下的军人及眷属。他们先是在天山南北屯垦,后来一部分人从商,但由于后继乏人,两湖帮势力渐渐削弱,大多数人,慢慢地消散在民间的村落和市镇中,没有形成多么大的影响力。

平津帮主要是天津杨柳青和北平(京)清苑一带的人,他们最早是随左宗棠大军进疆供应日用杂货的,多以经商为主。也有人在城市从事手工业及种菜、养猪等业。这些人分布于天山南北各地,以乌鲁木齐为中心聚散地,杨柳青的生意经,在地域广阔的新疆,占有着自己的一席之地。

山西帮主要是因为清代为协饷解决新疆财政支出,新疆与山西钱局过往频繁,刺激了一大批善于经商有敢于经商的山西商人,他们沿着蒙古大草地、小草地一路走来,其中的一些人,走出来后,就再也没有回去过。天高路远啊,甚至,等到他们赚足了银两,想起来要回家时,却早已经忘记了回家的路,或者时局发生了重大的变化,不得不在新疆隐姓埋名,就此终老一生的,也大有人在。这些人中的大多数,生活的谨小慎微,他们以驼运为主,在新疆的活动中心主要在奇台老城一带的广大区域里。

四川帮多是民国初年调来的新军及眷属。人数较多,也以经商为主。据包尔汉在《新疆五十年》一书中记载,当时阿勒泰四川人最多,会馆富丽堂皇,势力很大,以至杨增新从不敢派四川籍人来阿当官。

三江帮也以经商为主，他们大批进疆也与调进阿勒泰的部队有关。除江苏、浙江、江西、安徽四省之外,江南诸省也有人加入该帮。

陕西帮也以经商为主,来阿人数不算太多,也有些人来此淘金下苦,挣下了那些以命换来的钱,却又不敢轻易回家,便在阿勒泰无法穷尽的大山里，舍弃了一生的性命和荣辱，在阿勒泰的寒冷和酷热里，找到了自己活命的法则。

甘肃帮是因为甘肃与新疆地域接近，为躲避战乱和灾荒，曾多批大量进入阿勒泰。又有甘肃人周务学首任阿山道台时，曾安置六百户甘肃籍灾民。甘肃帮以下苦种地以及淘金者为多，由于人多，也有相当势力，在阿勒泰的阿山会馆仅次于四川会馆。

20世纪40年代，四川会馆改为承化第一小学，甘肃会馆以后也被征用，作了公用库房。据传，四川会馆在现云母二矿转运站一带，甘肃会馆在现军分区司令部驻地一带。

八省会馆不仅只有八省之人，而且有好多不属于该省籍的人，也附于邻省帮会之中。

八省会馆在当时的阿勒泰，自然形成了自己的势力范围和文化习俗。这些苦恋着家乡故土和人死后埋入公墓。此公墓，后来便被人们称之为八省仪园。具体方位，大概位于云母二矿转运站后面的一片山坳之中。

那是一个风云变幻的时代，一个依靠个人的力量无法改变自身命运的时代。任何一个小小的变故，都有可能一个人一生甚至一个家族，一个族群和一个时代的命运。就像八省会馆在阿勒泰所昭示的那个时代一样，人们依靠着乡情所凝聚起来的集体的力量，维护着生存的尊严和活命的底气。因为在那些无所依傍的荒天野地里，正是这样的乡情或者乡土的力量，支撑着这些无可奈何的外乡人，多么漫长的苦寒岁月。

如今的八省会馆，早已经被历史的烟尘所淹没了。它们存续的那个时代和那座荒远的小城，也早已经改换了历史的门庭。但这些曾经在八省会馆里鲜活的面孔，却最终找到了理想的归宿——八省仪园也作为一个永久的地名，永远地载入阿勒泰的史册了。

我在这里不厌其烦地讲述着阿勒泰，曾经有过的这些外乡人的故事，并不仅仅只是为了怀旧，或者只是一些猎奇的心理在作怪，我在这里讲述了这些,是因为我个人觉得,在我们的前人经历的那个时代里,这是一个值得记忆的事件,一个值得怀想和整理的事件。

第四卷　遗址上的光阴

小镇光阴

盛夏的阳光，在裸露的山体和一条条峡谷中间，摆开了一道道迷人的方阵，那就是你无论走到哪里，这无所不在的光亮都会照耀着你，照耀着你的肩膀和脸庞，也照耀着你无处躲藏的内心里，那一点点的豁然和敞亮。这便是阿勒泰，是富蕴县城去往可可托海小镇的路上，我在这个夏日里的一次旅途中，被这眼前的景象所照亮的思绪。

去可可托海小镇之前，我并不知道小镇的珍藏，或者说，我并不知道可可托海本身就是一部需要精心打开，认真阅读的风光片。县上的人告诉我说，到可可托海吃午饭，然后去大东沟，去神钟山，一路都是迷人的风光。是啊，一个山区小镇，除了保证旅行者的食宿之外，在山和水的簇拥下，并没有多少自由的选择。

可可托海，是富蕴县所辖的一个小镇。现在我知道的是，有关部门正在积极为她向国家申报“历史名镇”。这似乎不是什么特殊的荣誉，而更像是一种对历史的回应。而小镇的昨日今天，到底发生了怎样的变迁呢？

在没有弄清楚可可托海真正的历史之前，我还是无法保持住对小镇由衷的好奇之心，而词不达意了。

现在，让我们来粗略地了解一下小镇的历史。

她的历史是这样的清晰，甚至还算不上久远呢。你看——

1937 年，也就是民国 26 年，这个名叫可可托海的居民点及其周边广大的地区，被从布伦托海（今福海）县析出，成为新疆阿山的可可托海设治局。

仅仅过了四年，也就是1941年，可可托海设治局便升格为三等县，定名为富蕴。

需要指出的是，自1959年的十多年间，在新旧两个时代的缝隙里，可可托海演绎着一段真正属于自己的历史。

那是一段什么样的历史呀？隐蔽、神秘，在相当长的时间里，她自身的繁华和荣耀，却不能为外界所知。当光环逐渐褪去之后，尘埃落定，笼罩在小镇上空的神秘的光环，才开始一点点地显露出小镇自己朴素的面容来，一如她曾经的艰难一样，历史的遮蔽，并没有改变小镇真实的魅力。

看看吧，她有多少可资骄傲的资本可以在今天向世人炫耀。

首先，可可托海是额尔其斯河源头的第一镇。这条自东向西流过的河流，不仅发源在这里，还将小镇一分为二，就有了小镇的河南、河北，两片自然和历史的景观。

可可托海，是“中国的寒极”，这一点，是许多人无法想象的。在有资料记载的最低气温数据为零下52摄氏度。因而，这里成为中国兵器工业和航天工业耐寒试验的理想场所。

如果仅仅是这一切，小镇可可托海，也就只能小镇而已了。她的历史，或者说她辉煌的历史，是其稀有而珍宝般的矿石而著名的。除了“中国寒极”“额河第一镇”的头衔之外，可可托海还是中国的“宝石之乡”，新中国有色工业的摇篮，中国重要的稀有金属工业基地之一。

早在20世纪30年代，新疆的统治者们便不断地就可可托海的矿产开发等与前苏联政府签订了相关协议，主要由苏联专家和技术力量主导开发的可可托海矿产业，直到新中国成立之后的20世纪50年代方告结束。

曾经一度，这个矿山小镇上，聚集着来自全国各地的四万多人，还有苏联专家及其家属们的生活区、小洋楼，聚集着当时新疆最具影响力的现代及文明和物质财富。但可可托海在相当长的时间里不为人知，那是因为特殊年代保密的需要，这里称为共和国的“111”矿，仅仅是一个数字的代号而已。但这并不影响可可托海自身的荣耀，甚至直到20世纪90年代，这里还有乌鲁木齐至小镇每周定期的三个航班。现在的机场上已经长满了荒草，大规模的矿产开发似乎已经结束了，就像那一段不可抑制的历史一样，曾经千疮百孔的大地，复又归于寂静。

虽然，小镇辉煌的历史不足百年，留下的历史疑团却一连串。

人们对小镇最初被发现和开采的确切年代，至今众说纷纭，因为缺少文字的记载和翔实的资料，对那段并不久远的历史，一直存在着猜想般的传说而无法确证。

这似乎是历史的迷途，也适用于时光的法则，因为我们总是生活在历史的想象中，无可选择的被遗留在当下的处境里，对于远去的岁月，总是愿意怀着莫名的追思而穷其究竟。

这样，可可托海在没有聚集起更多的开发者之前，那些袒露或者深埋于地下的矿藏是怎么被发现的，就成了历史学家需要面对的问题了。

现在，让我们试着走进那个年代吧。

设想一下，20世纪初页的某个年份里，有一个阳光明丽的日子，可可托海地区一些被剥蚀出地表的花伟晶岩矿脉，因其中含有色彩艳丽的多色矿物，而被当地的牧民们采拾回家。他们甚至将其中的绿宝石、白云母等矿产进行了简单的人工开采，用作自己和家人的装饰品。

而这时，1917年，俄国十月革命后，大革命的失败一方——部分白俄士兵窜入新疆中、苏、蒙边界阿勒泰境内的哈巴河、布尔津阔木、冲乎尔、海流滩、小克孜物哈答等地定居。1918年，阿勒泰地区各族群众自发组织开赴位于阿尔泰地区的西盆河、红山嘴、库尔木图、阿克萨拉等地淘洗砂金。1924年，经中、苏政府同意，苏联政府在阿勒泰市（原称承化县城）设立了领事馆。

这是一段动荡的岁月，漫长的阿尔泰山脉，森林河谷深处，是一些流落在异国他乡的俄国贵族和军人。白俄溃军几成流匪，他们中的有些人，就加入到了阿尔泰山“掘保”和寻矿的“事业”中来了。

1933 年 4 月 12 日，新疆首府乌鲁木齐发生政变，金树仁被推翻，盛世才掌握了新疆军政大权。同年秋，苏联政府承认新疆省组建的新政府，肯定了沙里福汗的起义是民族革命。并获当时新政府代表包尔汗、巴衣毛拉率领“慰问团”二十余人抵阿勒泰吉木乃沙里福汗处慰问，共商抗击马赫英的决策。又在同年十一月沙里福汗由省府任命为阿山行政长官兼都统。随着时间的流逝，新省府首领盛世才，阿勒泰地区行政长官沙里福汗与苏联政府关系日趋友好，并签约允许苏联科技人员来阿勒泰地区展开地质普查，找矿勘探和开采矿产等的诸项事宜。

此后，苏联政府派地质工作者陆续来到新疆阿尔泰山区域进行地质普查、勘探和矿山开采工作。苏联人在阿勒泰可可托海的存在，一直持续到 1955 年元月移交中国政府独立经营为止。

可可托海是一个小地方，一个在大时代的变迁中，很容易被忽略的一个小地方。但可可托海又是非常幸运的，因为风云变幻的时事更迭中，关于开采阿山“宝石”的行动，终于没有被停止下来。经历了十月革命的苏联政府也好，在政治斗争中谋得新疆权位的盛世才也好，他们不管是出于政治还是经济的需要，关于开发可可托海矿藏的协议是在那个特定的年代里签下来的。

自此，荒僻的山林里，是苏联人的开掘机，是小镇上陆陆续续建起来的俄罗斯建筑。苏联专家们还需要更多的当地人为他们下井开矿，因而，一些握惯了马鞭子的哈萨克、蒙古、维吾尔等民族的青壮年劳力，被一波波地充实到可可托海早期有规模的开采队伍中。

那是一些有计划的开采，矿石中的精华部分悉数运到了苏联国内，据说当年苏联的精密武器，包括航天部队的装备中，都有这个小镇可可托海出产并源源不断运往苏联的宝藏呢。

这样，小镇的“辉煌”就一直延续到 20 世纪 50 年代，并就此达到了其历史的顶峰。当时,来自全国各地的优秀人才达到四五万人聚集在这里,苏联人的专家楼,特供商店,一大批先进的技术设备投入到矿山的开发中。人潮涌动中,可可托海俨然成为西部边疆的繁华之地。

不幸的是,随着时光的流逝,矿产资源的开采早已过了它自身的极限,机器的轰鸣声渐渐远去,苏联专家撤走了,大批的工程技术人员也远走他乡,曾经的尘世喧哗,陷入到长久的沉寂中。

但历史是一件陈旧的外衣,小镇身上的历史烟尘在今天看来,却别具有一番怀旧的情趣。

一个工业的小镇,一个被过度开采的小镇,一个在长时间里被废弃的小镇,一个在时光的照耀中,慢慢苏醒的小镇,在我到达的那一刻,已经为一个迟到的探访者,打开了一道虚掩着的门。

我知道我是一个一无所知的人,面对小镇可可托海,我来的不是太晚,但小镇的故事,似乎已经结束了。一切,皆因了曾经岁月里的烟熏火燎,可可托海行走在今日的风景中,是一段难以忘却的历史情怀,是一首经久不息的古旧的老歌,但愿她还没有走得更远,她在我们依稀的记忆里停留,并且鲜艳着。

一座矿坑的历史

一个地方的历史里，总该有一些可资记忆的物质的存在，哪怕是一个像可可托海这样在很长的时间里，默不作声的小镇。

而对于可可托海而言，“三号矿坑”是否就是自己的历史记忆。

在写下上面的文字之前，我已经知道了可可托海被称为中国的宝石之乡，知道了可可托海出产海蓝、碧玺、水晶、紫牙钨、芙蓉石等上百种珍贵的稀世珍宝，我还知道了在可可托海，藏有让世界为之兴叹的矿物；铍、锂、钽、铌……尤其是铍、锂储量为全国之冠。

有人说，可可托海是一个“聚宝盆”。这里拥有世界已知140多种有用矿物，稀有金属占矿山总储量的92 %以上，地质学家赞誉它是“天然矿物陈列馆”。世界上不同版本的矿床学教科书，几乎都有关于它的记载。加拿大、英国、日本、德国等国的冶金地质专家曾一批又一批到这里考察。

在小镇可可托海，承载着这个“聚宝盆”殊荣的，就是位于小镇边上的“三号矿脉”，也被人们形象地称之为“三号矿坑”。

那天，我们在小镇上用过午饭，驱车“游览”的第一个景点，就是现在已经废弃了的“三号矿坑”。

午后的烈日下，一池深水，发出悠蓝的水光，仿佛深不可测的一段往事。

“三号矿脉”不仅蕴含矿藏丰富，而且因其成矿特征极为典型，而具有极大的科研价值。该矿脉长2250米,宽1500米,厚20~30米,矿体呈椭圆实心草帽型,有九条界线清晰的同心环形分带,富含近80种矿物,矿石品位高,晶体粗大,在世界上堪称独一无二,被中外地质学者誉为“天然地质博物馆”。

五十多年来,不断有国内外地质专家学者前往该矿脉考察、研究,所取得的研究成果在极大地丰富和发展了花岗伟晶岩地质理论的同时,也为可可托海这个名不见经传的小镇,留下了一笔笔享誉世界的精神财富。

1950年,三号矿脉正式开采。最初的五年为中苏合作,属井下开采。1955年,中方独立经营后转为露天开采。半个世纪以来,这条矿脉从矿体露头采至海拔1906米的矿底深部,垂直深度140米,低于额尔齐斯河102米,共采出有用矿石700多万吨。20世纪60年代初,三号矿脉提供了大量的矿产品,为我国偿还外债立下汗马功劳,同时也为中国“两弹一星”的研制做出了重大贡献。

以上这段文字的表述,来自于对三号矿脉的一段介绍性材料。文字在多数时候,显得冰冷而生硬,而在文字的背后,显然我们还无法真切地体会到那些隐藏的温情。

作为这条矿脉的缩影,一座功勋卓著的矿坑,从井下开采到露天作业,在长达半个多世纪的岁月里,小镇的兴衰荣辱,全部维系在眼前这座巨大的矿坑里了。

同样,作为一处规模浩大的工业遗迹,“三号矿坑”,正在为可可托海的工业旅游挺立着自己“斑驳”的历史。

现在,让我们试着触摸这座矿坑所能昭示的一段小镇的历史吧。

1946年,青河人阿依古斯、沙利母·阿图拜等来到可可托海放牧,在三号矿脉外围发现含铍、锂、钽铌等矿物。因此他俩分别按自己的姓氏命名为:阿依古斯·沙利母及阿图拜矿。阿图拜当年任采矿班长时因塌方身亡。阿依古斯·沙利母自命为私采矿脉的矿长,苏联经营时又吸收他任该矿值班长，直到1949年，20世纪50年代初期，中苏金属公司阿山矿管处将他提任民工采矿科科长。

1947年，苏联人在可可托海三号矿脉1216中段（一中段）水平开始平窿掘进，对库儒尔特四号矿脉进行了少量勘探，开采工作仍在原处进行。此外，当时的阿勒泰县卡拉苏及可克西尔也组织了国家开采。同年，富蕴县地区土匪作乱，苏联地质测图工作者B·T加森科等转移到阿勒泰县方向，进行比例尺万分之一填图，进行了约一千平方公里的地图作业。

据阿勒泰地区大事年代表记载，阿山区专员兼警备司令乌斯满自背叛三区革命民族军投靠国民党后，日益加紧对三区革命者和当地百姓的捕杀和欺压，使二十世纪四十年代中期后，阿山地区社会极不安宁。1948年6月，乌斯满匪徒还拦劫烧毁了苏联"矿产考察团"的汽车，打死十余人，抢劫衣物等。

直到1948年下半年，第五托拉斯阿尔泰工作组（后更名苏联有色金属钨及稀有金属总局）成立。组长仍由柯尔尼可夫负责，总工程师为斯米尔诺夫。他们的地质工作仍摆在可可托海三、三号矿脉，库儒尔特四、六号矿脉，卡拉苏一号矿脉。同年夏天，当地民工在可可托海三、二、二级三条矿脉进行采矿，其中三号矿脉已采出绿柱石37吨。另一方面，因阿勒泰富蕴县区域社会治安日益恶化，地质人员加森科和别特诺夫便转入阿勒泰县范围内进行20万分之一的地质测量去了。

1949年，矿山重型勘探主要布置在三号矿脉Ⅰ~Ⅱ中段，三矿脉开始了1号平窿的掘进。同时，还对可可托海矿田已知含稀有金属的矿脉开采工作也相应加强。此外，由苏联地质工作者加森科等人，对可可托海矿田外围及额尔齐斯上游约1250平方公里处做了20万分之一地质测量。地质工作者别特诺夫等人还对库存儒尔特—胡斯特地段分布的210条伟晶岩进行了2万5千分之一地质测量，并指出其中仅有40条矿脉（矿化较好）可供民工（少数几条）或国家开采。

从20世纪40年代初至1950年3月期间，一直由苏联人负责整个新疆阿尔泰山包括可可托海矿区的稀有金属地质普查勘探和开采工作。

当时，苏联在可可托海矿区拥有技工一百余人，警卫队百余人，装备有步枪和机关枪等。他们在矿区建有房屋百余间，同时修筑有坚固的工事和炮台，以防范土匪的袭击和应对不测。

甚至让人难以想象的是，早在20世纪40年代，苏联人就在这里建立了发电厂、机车修理厂及无线电台等，可见当时小镇的繁忙程度。

多数时候，苏联人把开矿所得矿物，会用汽车运往布尔津方向集中，等到来年的初夏洪水期一到，这些从“三号矿脉”上剥蚀下来的矿石，就会由布尔津装船，通过额尔齐斯河启运到苏联去。

需要指出的是，在苏联人经营三号矿坑时，这里等级制度分明，被招收的中方工人一律不能进入苏方行政、技术、警卫人员及家属住宅区，也不准到苏方专备的俱乐部看电影，不能到他们的食堂用餐、门市部选购生活用品。其中发电房、电台、库房、还专设有岗哨看守。

在矿上招收的当地民族矿工，一律按完成不同工种、生产任务、数量和质量标准，施行计件工资，工人月工资折合人民币50~60元，由矿山扣除每个劳动者的膳食费，其余金额以发放苏联运来的生活物资，如布匹、鞋、糖、茶叶、烟等抵数。

1956年以后，矿区已完全由苏联交由中国自行管理和经营。同时，为了保密的需要，将可可托海以及三号矿脉所在的广大区域，统由“111矿场”取而代之，自此以后，可可托海便披上了神秘的面纱，时间长达几十年之久。

阿山矿管处移交给中国初期，除少数苏方顾问和技术专家外，苏联工作人员包括苏侨技工陆续归国。企业行政、技术、经营管理、熟练生产技工严重缺员，此时由国家统一从关内大中专院校、部队、有色企业厂矿，地方等单位和部门调、招来一批又一批工作人员，他们边干边学，经过短期培训，补充到苏联人撤走后留下的空缺中。

在接下来的岁月里，可可托海的兴衰成败，几乎全都与“三号矿脉”

丝丝相连了。

正是由于可可托海三号矿脉，直接产于矿区额尔齐斯河南岸斜长角闪岩和黑色角闪岸中，矿体延伸绝大部分位于河床切蚀基准面以下，水文地质条件非常复杂，河床是矿床地下水的主要补给源，昼夜涌水量达1.27万立方。为此，矿区水文地质队先后于1956—1958年，1960—1961年，1962—1965年进行了三次水文地质勘探与补充勘探，分别提交了阶段和最终水文地质报告。1974年至1979年可可托海还先后成立了疏干队，对矿坑进行了不间断的地下疏水工作。

随着国家建设对稀有矿产资源的需求不断增加，1964年，由中科院（包括兰州地质所，新疆分院地质地理研究室，可可托海矿务局）组成的新疆稀有元素地质队，对三号矿脉进行了物质成分的系统检查和钽铌评价。于1974年提出了《可可托海花岗伟晶岩矿床三号矿脉钽铌和锆铪工业评价报告》，1977年提交了新疆可可托海三号伟晶岩脉稀有元素矿化特征总结报告。

我们可以想见的是，在那个特殊年代里，无论是出于国家或者个人的命运，这样一个西陲极地的矿坑，牵动着一个国家的神经，调动了当时几乎国家所有的开采、勘探资源，也就不足为奇了。

只是，尘烟散去，物是早已人非。

当年开矿的人们早已远离了小镇，留下了一座百年的矿坑，像一只永远无法闭合的眼睛一样，注视着高远的天空，也注视着小镇上走过的风风雨雨。

石头的标本

如果你是到可可托海来的外地人，当地的人会充满自豪地告诉你，有一个地方你不得不去，而又不是所有的旅游者，都能够有机会去的地方。

这个地方，就是设在小镇上的矿石陈列馆。

在富蕴县委常务副部长白德宁的陪同下，见了镇上的书记和镇长之后，他们安排一位镇上的负责人，带我们来到了矿石陈列馆。

因为早在月初刚到阿泰市的当天下午，我曾经参观过设在阿勒泰市区里的地区矿产博物馆，所以我对参观小镇的陈列馆，除了表示礼节性的尊重之外，起初，我没有表现出多大兴趣。

出了镇政府所在地往右拐，行不远的路，就看到了一座很不起眼的老房子。陈旧的大门，好像已经有很久没有打开过了。据说镇上正在规划给陈列馆换一个新的地方，因而这里目前看上去有些凄凉。带领我们参观的镇领导已经到了，而掌管陈列馆钥匙的讲解员，一时还没有找到。在这个当儿，我开始注意这个眼前的陈列馆了。陪同的镇上人说，别看这陈列馆房子破旧，但这个馆里的东西是堪称国家级的，有些展品不仅全国独有，在世界上也找不到第二。说着这些话的时候，这位可可托海镇的领导，难以掩饰自己的自豪和骄傲的神情。

等到持有钥匙的人打开馆门时，我被眼前的景象搞得有点不知所措了。被这位镇领导如此自豪的矿石陈列馆，竟然寒酸到让我无法想象的程度。

我不是一个专业的矿石鉴赏家，也正是由于缺乏必要的专业知识，使我的参观只能是一次走马观花。一头雾水地跟着讲解员走了一圈，因为陈列室内的光线太暗，也由于一进门时就看到的提示：不允许在馆内拍照的警示标志，所以我的参观也就只能是例行公事了。

尽管这样，我也不能不把我内心的惊讶和景仰表达出来。作为中国有色工业的摇篮，小镇上的矿石陈列馆，是怀着一种怎样的神情，来展示可可托海曾经辉煌的那一页历史呀！

如果我们除去基于专业背景的追索，我眼睛里的这些矿石，正在一块块地跃动起来，它们或许从久远而深厚的历史深层中慢慢地苏醒，它们在寂寞的玻璃柜里，已经等待了太久的时光。回想起那些被岩石和黄土包裹着的岁月，那漫长黑暗里的沉沉睡眠，它们从来没有把自己当做宝贝一样地珍藏着自己的身躯，也从来没有奢望过绝世的风光。作为大地和大山的一部分，它们曾经恰如其分地在自己的“故土”上，停留了那么久。谁又能够说得清楚，这些宝贝一样的石头，它们被开凿，被挖掘的历史，正是一座大山和土地的灾难性后果开始的时候呵！

如果是矿石自己在说话，它一定会说，并不是我们自身的光亮，照亮了我们。

一些矿石，能够成为标本，我想这一定是这矿石的悲哀。需要被展示，或者说，需要去努力地证明自身的价值之所在，那它自己的价值是否还会存在呢？

好在到我离开这个陈列馆时，所有的石头都沉默无语，只是石头之外的标签上，来自于文字的汉语说明，指引着像我这样的对于矿石的无知者，勇敢地走下去，莫名其妙地，还会发表一些缺乏专业水准的感叹和惊讶。

据说，不久之后，这个陈列馆里的大部分展品，将搬迁至一处更加宽敞的新馆里去，剩下这一栋旧房子，很可能会在小镇的开发中，彻底地从地面上消失，也很快，在这个旧房子的遗志上，或许会有一栋新的建筑拔地而起，以小镇未来的姿势，挺立在这里。

我的参观和走访，对于陈列馆内的众多矿物标本而言，就其专业的角度，是毫无意义的。我所关心的，是这些矿物标本背后的故事，是附着在这些珍贵的“石头”上面的历史尘埃背后的，那些人世的声息，那些久远年代里的青春的记忆，那些消失在光阴里的一群人、一代人的悲喜命运。而这一切，我知道我都无法在一块具体的“石头”上面，找到自己合适的答案的。

出了陈列馆的门，重新走在小镇夏日午后的阳光里，我被一种莫名的明亮照耀着，就像曾经穿越过的那段历史一样，可可托海小镇绿荫掩映中的街道和马路，似乎是重新换了一副面孔一样，在我看来，正是那间不起眼的矿石陈列馆赋予了小镇如此的重量，如此包藏浓厚的、历史的质感。

还是在离开小镇的路上，有人告诉我说，在可可托海的矿石陈列馆里，其矿物标本中最具有代表性的“石头”有两块，第一块就是石重 5 克的“额尔齐斯石”，是一位小镇居民 1982 年在额尔齐斯河的源头地区发现后，被陈列馆收藏的。这是一块白色半透明的自然晶体，被确认为世界范围首次发现的新矿物，目前还没有发现第二颗，其珍贵程度可想而知。

第二块“石头”，是 1.6 公斤重的钽铌铁锰矿石。1990 年 7 月第十五届国际矿物学会大会期间，小镇迎来了一个十人组成的国际矿物专家考察团。其中一位来自美国的专家，对此矿石产生了浓厚的兴趣，最后表示自己可以出四十万美元的价格购买矿物标本，被有关方面委婉地拒绝了。

没有人愿意承认，这是小镇在沉寂了多年之后，迎来的一次历史荣耀。

不知道这样的事件在小镇的记忆里，会留下怎样的印记？但有一点是不可忽略的，那就是小镇以拒绝的方式，保持了一份优雅的尊严。

那么，就让这些价值连城的矿物标本，在小镇的记忆里沉睡吧。

那些会说话的记忆，只要有这些石头存在，小镇就不会脱去历史的重量，也只有这些“石头”能够说，可可托海，曾经和正在经历着的一切，正在以石头和标本的形式，展现在世人的面前。

老屋和木桥

走在可可托海的大街上，虽是盛夏，但在一片片绿树掩映中，仍然能够感受到一丝丝凉意从外面袭来。这样的感觉，我坐在汽车里在进入小镇的时候就有了。不知道为什么，我总觉得这个离富蕴县城足足有六十公里的小镇，更像是我曾经生活过多年的一个乡村。

你看，这村街上，虽有柏油路面，但一些显然是上了年纪的老树们，斜立在路的两旁，宽大的树冠几乎就要遮住了路面，间或有谁家的柴草堆放在门前，乱风起舞中，一些纷乱的草叶，被飘移到路面上来，车轮碾轧处，随同一些即兴起舞的尘土们一道，作了这小镇辰光里的一道风景。

没有人知道这些树，这些依然保持着井然秩序的街道和房屋，曾经，在长达半个世纪的记忆里，保存着小镇最为喧闹的光景呢！

现时的小镇，拥有包括哈萨克族、回族、蒙古族和汉族人口在内的一万六千多人。在不足四平方公里的小镇城区面积里，现今的人口，据说不足她鼎盛时期的上个世纪五十年代的二分之一。那个时候，包括苏联专家在内，还有内地各省市、部队、院校调入的大批人员，聚集在以小镇中心的矿区内，成就了一时的繁华不说，也留下了一个时代里，言说不尽的话题。

时至今日，小镇仍然保留着十八栋俄式建筑。作为那个时代的遗留，这些散落在小镇街头巷尾的古旧建筑，依然保留着当初的颜色，保留着它们曾经辉煌的姿势，站立了足够久的时间了。这些俄式建筑均为二十世纪三十年代至四十年代，由苏联人设计并参与建造的，其工艺、材料、附属物都透着浓厚的俄式风味。分布集中连片，且错落有致耐人寻味。同时，镇内河流、桥梁（苏联设计建造木桥）、树木与俄式建筑物交相呼应，虽饱经风霜却风貌犹存，基本上体现了历史的真实遗存。

除了这些风格独特的房屋，中苏合作开采可可托海矿时，镇内由苏联设计并参与建设的木桥还有五座。当时建造木桥的主要目的，不外乎是为了方便车辆拉运矿石及矿产品外运，绝没有人会想到，这些垂垂老旧的木桥，正好满足了今天的旅游或者观光的需要。

当年，建造木桥所用木料为当地优质松树加工而成的方木，桥身用条钢及铁螺栓固定方木拼装而成，上铺设厚木板作为桥面。木桥可顺利通过载重八十吨的车辆，完全满足了当时的运输要求。保存至今的木桥还有四座，其中两座因年久失修已属危桥，只能供人畜通行，另外两座保存完好，目前仍在使用，允许载重五十吨的车辆通过。

尖尖的屋顶，似乎在告诉人们，这里曾经发生的一切。

那天，我恍若梦中的一次畅游，果然撞见了“卧”在街边上的一座土黄色建筑，高墙尖顶，拱形门窗，一如尘封的往事一样。镇上的人告诉我，这些五十年前的老房子，多数都已经不再使用了，有些已经成为危房，但这些承载着辉煌历史的老房子，在人们的心目中，就像那些远去的功臣们一样，令人怀想和感佩。

而就在这幢土黄色房子的不远处，横架在额尔齐斯河上的一座木桥引起了我的注意。主人们告诉我说，这些当年由苏联人设计建造的木桥，在小镇上现在只剩下这么四座了，其中有两座已因年久失修，成为危桥，只有在桥的两端用钢管支架起阻拦汽车，仅供人畜通行，以确保安全。

而在今天看来，这些设计精美的木桥，用了如此优质的枕木叠筑而成，奔流宣泄的额尔齐斯河水，就这样，在这些木桥的下面，流淌了五十年。可以想象，当年，一座可以通过八十吨重的车辆的木桥，飞架在额河两岸，车声隆隆里，小镇的繁华和忙碌，被这些连接小镇两岸的木桥，默默地承受着,是一段艰难的见证,也是一段不朽的历史的记录。

老房子,旧木桥,小镇的四面山地环绕一条额尔齐斯河自东向西流去,加上平均1200米的海拔高度,作为一座现代化进程中的山区小镇,可可托海在不为人知的岁月里,已经悄无声息地为自己聚拢起足够深厚的自然和人文的气息。

现在,让我们来回过头去看看,在已经过去的岁月里,可可托海曾经的辉煌和风雨往事,为昨天,也为今天的历史,寻找一些真实的依据——

自20世纪50年代初,可可托海就建有两个大型俱乐部(供苏联专家使用),灯光球场、游泳池、溜冰场等一应俱全。

1958年,国家在这里成立了可可托海矿业学校。开设有采矿、机电、地质、测量、选矿等专业,1959年教职工人数达266人,在校中专学生288人,1962年6月因生产规模压缩而停办。

1974年,成立可可托海技工学校。1986年8月批准为县级建制,开设有采矿、选矿、冶炼、电钳、土建、机修、车工、护理、英语、汽修、驾驶等课目,累计毕业中专人数192人,技工人数1693人。自费技工人数147人,代培技工人数1091人。

1966年9月,开办可可托海矿务局工读学校。设有采矿、选矿、机电三个中专班,1969年12月停办。

1984年成立可可托海电大工作站。52人毕业,1987年停办。

1985年,成立可可托海矿务局职工中专。38人先后在该校毕业,1990年停办。

在20世纪30年代至70年代末,可可托海先后办立了可可托海一小、一中、二中、三校、煤矿小学、电站小学、四矿小学和二矿小学等多所义务教育学校,在矿区发展的辉煌时期,在校学生数最多达5294人。

或许,我们还没有办法来确切地详尽那些历史的细节。只是,在时光的流水中,我们看到了所谓的历史潮流变迁中,人的命运是怎样紧紧地贴附在不可抗拒的自然法则之中。有多少人的热血青春,有多少远走他乡的报国者，或者怀揣着怎样的梦想，他们亲手绘制着一个山区小镇的宏伟蓝图，然后看着这个昔日的荒僻之地，渐渐地按照自己的意愿，一天天，变得陌生和异样起来，却又找不到可以改变的方向。巨大的困惑，早已经掠过了思乡的梦想，他们在这里生儿育女，建立了自己的家园，他们守望着一座小镇的奇迹，渴望那些美丽的期待，能够早一天到来。

但是，就像一个春天的花朵一样，时局变化，世事更迭，有一股强大的力量改变了这一切，

在这个巨大的梦想破灭之前，人们开始了远行的计划。

首先是孩子们背负着大人们的梦想，走上了一条返乡之路；另外一些年轻的人们，也借着身体的力量，试着搬离了小镇。老人们依旧操持着手中的活计，不能有一丁点的疏忽，这是一代人浸透了心血的事业啊 。

矿山的效益不好了，老房子里的人们越来越少，最先停留在山上的机车，还没有全部开下山来，那些斑驳裸露的山体，那些堆积成另一座座山冈的矿石、矿渣，一下子变成了失语的风景。

多么持久的力量，搬动了这样的山体，改变了一座大山千万年不曾改变的容颜。

是这些历经了五十年的风雨，而依然健在的小楼和老屋吗？是它们不曾游走的灵魂，为一座小镇的命运守望呀！

我有一位来自于小镇的年轻朋友，已经漂游了全国的不少城市，她现在乌鲁木齐的一家公司里做着完全有别于父辈们的工作。当她听说我去了可可托海小镇，并计划为小镇写一点东西的时候，她显得异常的兴奋和激动，并一再表示，她整个童年的记忆都留在小镇上。可是，在这之前，我压根就不知道她的童年的故乡就来自这个小镇。难道，这是一个羞于诉说的小镇吗？我没有来得及倾听她的诉说，而关于那个小女孩一样的童年往事，会在怎样一些夜晚的梦乡里，重新激起一代人的回忆呢？

我在可可托海停留了整整一个下午，像一个无知而困倦的旅人，在满满的日程里，我满以为已经获得了小镇的全部风光，毫不犹豫地踏上

返程的车。

没有人知道，这是一次怎样的旅行，我一个人，背着陌生的行囊，走在拥挤的城市街道上，想着小镇的老屋和木桥，依然在我的身后，尾随而来。

一座鲜为人知的地下电站

海子口地下深水电站投入建设的那个年代，正是可可托海矿业生产需求旺盛的年代，也是国家处于特殊需要的年代。因而，这样一座耗资巨大的深水电站的建设，完全处于保密的状态就可以理解了。其实，早在我们见到这座深入地下两百米的水电站之前，1952 年，在可可托海就有一座 640 千瓦的小型水电站投入使用了。这在当时的整个西北地区，算得上是第一个水电站了。由此，不难想见的是，可可托海当时的能源需求，有多么迫切。

而谈到海口子水电站，又不能不去看一看位于可可托海镇西南七公里处又称伊雷木湖的海子口水库。伊雷木湖完全是一座人工湖，也是基于海子口水电站的需要，在额尔齐斯河与其支流卡依尔特河交汇处，经拦河筑坝而成的水库型湖泊。在整个蓄水季节里，碧蓝幽深的湖水，拖着南北长五至六公里，东西宽一至两公里，蓝色尾翼，蓄着上亿立方米的水，在浩瀚的戈壁和山前平原上，该是何等壮观的水乡景色。

借着夏日里毫无遮拦的阳光，站在湖岸上一眼望去，湖水深蓝，碧波万顷，湖北东西两侧雄峰屹立，湖水浩荡，烟波浩渺，远山绿树和村舍镶嵌在天际，又倒映于湖中。湖滨平原、岬角、湖湾相间，湖中岩岛、沙州散布，如若不是这里远离了闹市喧哗，怕是早已经成为都市休闲的人们拥挤着的水上据点了吧。随行的人还向我介绍说，海子口南湖滨是一个开阔的大草原，在盛夏时节里，绿草如茵，菜花金黄，毡房星点，牛羊如云，一派草原风光。

而我能够知道的是，伊雷木湖所在地，素有“中国第二寒极”之称，1961 年 1 月曾测出极端最低气温零下五十一度。

我们的车从可可托海镇出来，在返回富蕴县城的路上，拐了一个弯，目的地就是那一座深入地下 200 米处的水电站了。

沿着伊雷木湖的碧水清波，去往海子口水电站的路上，就把这一湖静止于天边的水，深深地在心底留下了敬意。

这是一片沿着一面山坡切下的一条山间公路，一面是高耸的崖壁，另一面，是开阔舒展的一湖幽蓝中闪着波光的水。说它是水库也好，说它是一座人工湖也好，总之，因为地处偏远，又人迹罕至的缘故吧，在偌大的水面上，我没有看见一只船，没有渔网和帆影的移动，倒显出了几分落寞来。

或许是太阳快下山的原因，我们的小车在山路上跑得有些快了，而水的影子就一直这样在车窗外面，洗濯着我们车轮下面的滚滚浓尘。约有一个多小时的车程，过伊雷木湖之后，穿过一条湍急的峡谷，来到一片山间平地上。果见一些整洁的民居，有规模地散布在山路的两边，有人告诉我说，这就是地下电站的后勤基地了。

我想象不出，一座电站的家属区就是这样的简单和朴素，在山色水声里，倒是这种远隔闹市的生活，别有一番情味。

车仍前行，始见一栋小楼依山而立，荒山野岭中，丛生的杂草灌木中，一些褪了色的建筑物，几乎就要成为这山体的一部分了。而在峡谷深处，这样的水势，使我对电站的存在有了一些合理的想象。

在小楼的门前，有一个小小的铁制栅栏，楼门前几个水泥字：可可托海水电站。就是这么不起眼的几个字，将我在今天最后的行程，定格在了这条荒山掩映的路途中。

1957 年由苏联人设计。1958 年至 1967 年历经十年修建完成，当时总投资 6000 多万元，折合现在人民币 4 亿多元。是当时国家的一个重点建设工程了。电站建于地下 136 米处，又有地下三层的机房和车间，计约有两百米的深度。原来,这样一座隐蔽的地下工程,是靠着2.5公里长、洞径3米的引水洞形成的落差发电，总发电量1.9万千瓦。让人难以想象的是,该电站至今仍运行正常,发电量仍然居富蕴县各电站之首。

这个巨大的国防工程,是在一种完全保密的状态下完成的。

进入这个不起眼的小楼以后,如果想要了解电站的真实情况,还需要深入到地下去看一看的。那天,我们一行四人,在经过值班人员的批准以后,很快便来到一个巨大的电梯间里。站在这个酷似铁笼子的电梯间里,随着刺耳的机器的轰鸣声,感觉到整个世界都在下沉一样。我清晰地看见了当年施工者们留在水泥土巷壁上的痕迹,一种陈年的记忆镌刻在深入的地下,黑暗和无由的恐惧,在那一刻,紧紧地攫住了我的心头。

来到136米的地下，还有三层机房。巨大的轰鸣声使人几乎难以对话,在这里值班的工人,大都是年轻人,当问及这个电站的历史时,他们多数人竟然知之甚少。这也难怪,20世纪长达十年的一项保密工程,在相当长的时间里,不为外人所知,而工程留下的资料又非常少。

只是不知当年的建设者们都去了哪里,他们当中还会有人能够经常想起这大山深处的水电站吗？据说,是兵团的职工和工程部队完成了这项工程。我在地机房的二层一个角落处的墙壁上,发现了用红漆书写的两行字:

1967年2月5日17点正(整)发电
——普通一兵贺电

毫无疑问,这肯定是当年见证了电站发电并参与了电站建设的一个士兵留下的字迹。

就像这个普通一兵没有留下自己的名字一样,当年,一批又一批年轻的战士,从筑坝拦水,到打通2.5公里长的地下水道,直到这座世间罕见的深达两百米的深水电站的建成,又该有多少无名无姓的军人和工程人员，将自己青春的记忆和神圣的使命，一同随着电站的建成而永远消失了呢？

一个耗资巨大的战备工程，从不停息地运行近40年，在那些鲜为人知的日子里，一群怎样的人，默默地坚守了40年的岁月。甚至直到今天，镇子上的人们对我谈起有关这座地下水电站的问题时，我仍然感到了疑惑。当我身临现场，在水声和机器的轰鸣声里，在地下150米深处的发电机房，这样的疑惑，也未曾消减。

对于风景而言，遥远、偏僻、闭塞等等一切不利于现代人类生存的环境里，也才往往更为完整地保留着生态的完整和风景的独特魅力。海子口深水电站是一处保留了时代和特殊社会背景的战备工程，虽然随着时势的变化，当年的隐秘性消退了，但是经由神秘存在的那个大时代的背景，却没有消失。对于日益遥远的后来人来说，完好地保留下这些半个世纪前的工业遗迹，就不仅仅是旅游或者社会发展的需要了。

我想说的是，在我们人生的许多不经意处，都会有一些独特的景观经由特殊的视角显现出来。

可可托海和海子口水库乃至这座深水发电站，正是在我一次不经意的旅行当中，在行将被我自己的旅行计划忽略的那一瞬间，重新映入了我的眼帘的。

从电站一百多米的地下机房里上来的时候，暮色已经开始笼罩着对面的山梁了。我们重又坐上车，急急地赶往富蕴县城里去。对于住在县城里的当地陪同人员来说，他们是在往回家赶呀。而我呢？我只是从一个地方赶赴另外一个住宿的地方。我的家在千里之外的乌鲁木齐，甚至在这些大山里左转右绕的时候，我都不知道乌鲁木齐在哪个方向，每一天，我的行程里，是离她越近，还是越来越远。

离开了海子口地下电站，我的心思在很长时间收不回来。

我在想，那个在地下一百五十米，深处用红漆写下普通一兵的那个人，他去了哪里？

第五卷　石头上的毡房

石头上的毡房

我看见了那些石头，那些巨大的，细小的石头，簇拥在阳光下平坦的河谷里，泛着白色光芒的石头啊，在去往三道海子的祖尔坤峡谷，在夏日里的一阵结结实实的山雨之后，太阳的金色翅膀，重又拍打着这些零落在天边的石头，这些遗落在深山峡谷里的石头。

我气喘吁吁地坐在峡谷高处的另一块石头上，被一阵凉飕飕的山风吹过汗湿的脊背；我正感叹于一条峡谷的悠长，一些夏日里的阴森，会在怎样的暗夜里，搅动起无边的杀机。

我是坐在汽车里，艰难地爬出这条峡谷的。

现在，我坐在这里，似乎是峡谷的转弯处，巨大的拐角地带，形成了一片看似平坦的缓坡，在大大小小的石头中间，除了阳光的刺目和更远处的青葱之处，我没有打算在自己的视野里，发现另外的东西。

然而，我在毫无防备的情况下，竟然看见了一顶帐篷，白色的，石头一样泛着岁月光泽的白色帐篷。

我怀疑我自己的眼睛出了问题。我揉了揉红肿的眼睛，再一次放眼过去，没有错，我的眼睛没有错，我的眼睛里真切地捕捉到了一顶帐篷。不，不是一顶，是两顶，三顶，更远处的石头上，是三顶、四顶、五顶帐篷。

那些石头一样的帐篷啊，它们在石头上扎了根，把自己长成了石头的模样了。

我从来没有经历过这样的奇迹。

我打开了挂在脖子上的照相机，我想要把我眼睛里的奇迹留在胶片上；我努力地试图把视野里的毡房和石头一同框进去。可是，任我怎么样努力，我框进取景框里的毡房，总是那么孤零零的一顶，只有一顶。

这些孤独的帐篷啊，它们生长石头上，没有四季的冷暖和花开花落，有的只是这山谷里的清凉和灼热吗？

而显然，海拔的高度已经使得我的行动变得吃力而夸张。我非常清楚自己身体里的变化，是如何在稀薄的空气中被带上高山之巅的。好在这里的空气中弥漫着的，尽是夏日山野的清新和芳香，半个多月来，已经习惯了山地行走的我，倒是有些留恋了。

就在我坐在石头上，独自欣赏着山谷美景的时候，我的几位同行者们，正在一位当地向导的带领下，绕过一片湿地，到达了河谷的另一侧，去饮一种犹如神话传说般的泉水了。看着他们雀跃的身影，在远远的山地中慢慢地变得小了，几个小人儿，蹦蹦跳跳的，在山谷宽阔的袒露处，直至消失。我有一点儿恐惧了。我慌忙站起来，向着他们消失的方向打量……

他们是否消失在那些石头上的毡房里去了呢？

不一会儿，那几个雀跃着的身影儿出现了。他们仿佛饱饮了山泉，一个个兴奋异常，并不停地向着我所在的这块石头，挥手致意。

我赶紧收起了相机和整理中的行走日记，尝试着穿过草地，向着看起来并不太远的石头和毡房所在的地方，走过去。

我必须绕过这些不知是雨水还是日夜涌流不止的山泉分割和包围着的草地。我别无选择地在草地上跳跃起来，那些看似坚实的覆满了草皮的“高地”，一经我的双脚踏上去，便很快地渗出了水来，就像一块又一块浸满了水的海绵一样，正在等待着我的双脚的挤压呢？

我的双脚和裤角上，已经溅满了水和泥泞。我必须在这重重围困中的湿地上，快速地寻找脱身之术，已经顾不上体面和往日的训练了，几乎完全是凭借着身体里的本能，在一块又一块浸透了水的草皮上，快速地跳跃。

一定是我在草地上的滑稽和狼狈相，引来了石头上的毡房里孩子们好奇的目光。不远处，他们用手指点着我，不知道嘴里说着些什么，间或有一些笑声传过来。就连一匹低头在石头缝里吃草的马，也抬起头来，向我跳跃的方向，莫名其妙地打了一个响亮的喷嚏。

看到毡房里走出来的孩子和那匹马时，我已经来到草地的中央。我为自己盲目的选择感到了后悔，可是已经没有了退路。我只有努力地向前寻找一块干爽的草地，以使我不至于陷入更大的尴尬和盲目的湿地之中。

我的行动一定充满了慌张和无所适从，甚至一丝丝恐惧，开始袭扰着我穿越过去的决心。好在我很快便找到了摆脱困境的办法——不停地向着高处走，终于，可以踏上一块又一块坚硬一些的草皮了。

而不远处，我的同行者们，正在围拢着一眼山泉，用他们喝空了的矿泉水瓶子，灌满了一瓶又一瓶山泉；他们转过身来，发现了我的惊慌和失措，不尽也放声大笑起来。

事实上，我由于躲避山坡上的湿地，不断地向着山坡的高处走，已经没有办法，或者说，没有了多余的力气，来到他们所在的那一眼山泉了。

经过了这一通历险之后，我选择了一条更为安全的路线，返回了我们的停车处。

我重又坐回到那块光洁的石头上，一边用手抹去脸上的汗水，一边腾出时间来，让自己美美地喘上几口气，欣赏这山色美景呢！

我的同伴们也已经开始返回了。

不知道他们是怎么绕过了眼前的这一大片湿地，安全往返的。

这时，一个骑在马上的哈萨克族小伙子，不紧不慢地从我身边走过去。由于这偌大的山谷中，我第一次这么近距离地看见一个骑马的哈萨克人，甚至我能够闻到那马和主人身上的羊膻味。而这个身穿黑色西服的哈萨克族小伙子，也有意地在经过我的身边时放慢了速度，并投来一张友好的笑脸。他是否看见了我胸前挂着的照相机，或者，他曾在我狼狈于刚才的那片山谷湿地上时，是一个意外的观众？

哈萨克族小伙子从我身边骑马经过之后，便很快加快了速度，快马加鞭，向着我们将要在今天晚上到达的目的地——三道海子，奔驰而去。

我经历的这次意外，是在去往三道海子的路上，一条名叫祖尔坤谷的峡谷里，山泉和一个夏日里的雨水，冲洗得整条峡谷，都显得异常的洁净，就连空气中稀薄的氧气，也变得异常适宜人的呼吸了。

而我仍然百思不得其解的是，这些石头上的毡房，它们选择在一大片石头的河谷里驻扎下来，有什么道理呢？

裂谷遗留下的时间遗迹

去卡拉先格尔地震塌陷区，是我在青河县的最后一个旅游目的地。

由于这是一次没有多少“路途”风险的旅行，所以，我的心情也格外放松了许多。早饭后，从青河县城出发，我们坐的车子，据说是一位副县长的车，副县长去了附近的农十师某个团场挂职去了，他的车，有幸被县里安排给我这一次卡拉先格尔之行。

卡拉先格尔，是一个地理概念吗？是，显然又不纯粹是，因为在今天的记忆里，卡拉先格尔记录的是一次罕见的地质灾难，一次8级大地震的空前浩劫。

民国20年，1931年8月11日5时18分，发生在阿尔泰山南麓富蕴县、青河县境内的这次8级大地震，被当时的北京鹫峰台地震仪准确地记录了下来。而远在离震区12000公里的拉丁美洲圣胡安台，则记录到这次地震的震波持续了两个多小时。

这是怎样的一次地动山摇。在可可托海至青河县二台之间的狭长地带，形成了176公里的地震断裂带。

那天，我在富蕴县城去往可可托海的路上时，就有人指给我看那山梁间，犹如一条绶带一样的断裂线。而今天我要到达现场的卡拉先格尔，就是这次地震宏观震区中心位置。

青河县旅游局的张燕，是县里为我安排的导游。她说，整个卡拉先格尔地震塌陷区，已经成为青河县的一个旅游景点了。不过，由于山高路远，除了一些专业人士和热衷文化旅游的人之外，在我们到来的这个夏季里，真正的游客并不多。而我们在塌陷区停留的近三个小时内，没有发现一个外来者。真正的天高地阔，也是真正的绝世风景。不过，要是作为一个纯粹的旅游者，到这样的地方来，怕是要做一些必要的物质和心理准备的。

甚至，在柏油路面和地震塌陷区之间，还没有一条真正的路。我们的小车在一片戈壁上凭着自己的感觉径直开到了一座山口，然后是小汽车艰难地在沟谷和山梁间穿行，据说这样的路有十几公里，可是却让我们的小车跑了一个多小时。

终于来到一块山间平地，可是车却不能再前行了。剩下的路程，要靠自己的两只脚了。好在我到达这片山谷的日子，已是 8 月底了，天气并不怎么热，带上相机，一瓶水，张燕告诉我要轻装简行。我甚至连采访包都放在车上了。

山谷里到处长满了野生灌木，一些鲜艳的山花，竟然开放得如此娇美。我们沿着一条山谷的走向，需要不断地避开一些荆棘的划伤，还要巧借着山坡的走向，尽可能地省下一些气力来。好在张燕是一个专业的旅行者，她每年也都要带人上到地震带来，对于这条山路的地势走向比较熟悉。看着她在前面轻松地穿行，我有一种力不从心的感觉。平日里走路，好像从来没有今天这样费力过，今天的这条山路，不知是怎么了。

有近一个小时的行走吧，终于来到了当年地震的中心区域。像一个巨大的采石场一样，一面面山坡被整齐地切割下来，有的高度竟达十几米，虽然经过七十多年的岁月，那山体的巨大伤痕，依然历历在目。尤其让我震惊的是张燕指给我看的一处由于当时的地震而引起的一条裂谷。

一道山梁，被生生地撕扯开来，足有十几米宽的口子，我尝试着下到谷底，试图寻找一些自然的谜底，谷底下已经被自然回填了一些山土和碎石，甚至在谷底里，我还发现了一些绿色的植被。

这一道巨大的裂谷，就像是一处被撕裂的伤口，七十多年来，多少风雨往事，都无法将这道巨大的伤口愈合。

我注意到这群山环抱中的地震裂谷，拥有自己不算低的海拔，站在山谷的裂口处，可以放眼看一些更远处的山峰，那些飘浮在蓝天白云间的大大小小的山峰上，挤满云彩和奔涌的气浪。一个夏天的炎热，对于这些高处的山峰而言，甚至是可以忽略不计的。我取下相机，却无法将它们尽收眼底，只有眼前一些在那场猛烈的地质灾害中定格下来的被剥蚀和塌陷的巨大的山体，在向我讲述着七十多年前，那场突如其来的灾难。

这是一处天然的地质灾难博物馆。

这里的呈现，完全按照地震发生的那个瞬间的秩序和模样。

一切都是大地在剧烈地蠕动时，保持着的，那个最初的姿势。没有人，也没有更大的力量可以改变这眼前的一切。

就像一些岩石被撼动了，一面巨大的山坡被切开，一些生长在岩石上的石头，迅速地滚下了山坡，滑落到谷底处；一些正在奔跑着的石头，一些刚刚离开了山体，尚未来得及滚落的石头，都在那一个瞬间，停止了它们的奔跑和滑落，它们就这样永远地长在了谷底，长在山坡上，长在了它们刚刚离开的岩石的巨大躯体旁……

这样的情景，在我气喘吁吁的山地行走中随处可见。

在返回的路上，我有意找了一块山坡上的石头坐了下来。这块在七十年前从山头上酥裂滚落至半山腰的石头啊，此刻正承受着洁净阳光的温度，沐浴着整个山谷里，都可以闻得到馨香的山花和草叶儿的气息。

我在这块石头上停留下来，像一块真正的石头一样迎接这一刻阳光的抚摸。我的杂草丛生的脸庞上，被一股温热的山风吹拂而过，不知道是汗水还是泪水，便顺着这山谷里的阳光和风的方向，在我的杂乱的胡须间，毫无顾忌地流了下来。

我感动于这样的山地风光，还是感动于一块石头的温热和山风的轻拂？这高山谷地的野草繁茂，却不见一只羊在山坡上出现，或许因为这山地的遥远吧。

是的，我感动的，正是这片山地的遥远和无人知晓，甚至一个追逐水草的牧人，一只埋首吃草的羊儿，也没有能够凭借自己的力量，找得到这片山地里的峡谷，这繁花与杂草茂盛的一个季节啊！

我到来的这个季节，正是八月中旬，不知是时间的巧合，还是命运的机缘，就在七十多年前的那个八月里，那个八月的中旬啊，在那个同样繁花与杂草丛生的季节里，猛然间发生的一场大地震，由于人迹罕至的原因，竟然没有造成多少人员的伤亡。这场地震，除了在大地上留下这些长久以来无法被弥合的伤口之外，在时光过去的七十年之后，我们今天能够凭吊的，就是那些震撼的人心的力量过去之后，我们在大地的身躯上，感受到的历史的遗存。

一条裂谷，它张开了这么久，等待着，或者诉说着，山谷里的风来雨往，一些雷鸣或者闪电，能够照亮那些深藏的夜晚，从多么遥远的地心深处，从时间的源头，传递着这样撼动世界的力量。

假如我也只是一个小心翼翼的旅行者，我慕名而来，奔着你曾经的灾难之地，一个陌生而迟到的凭吊者，在这样真实的梦境里，迎来了一丝心灵的安慰。

我想我不能够快速的离去，我的身后，已经落下了一面山坡的脚印，那些歪歪扭扭的行走，已经改变了我对阿尔泰山南麓的，这一大片山地的记忆。

黄羊奔跑

下午了，或者就要到达黄昏时的光景。运载着我的黑色桑塔纳，正在从青河县奔往阿勒泰市去的路上。这一路的公路正在修建中，不知道修了多少年，反正是我们来往于各地之间的路途，总是被这样正在修建中的路挡住了去路。

因而，总是要沿着一条在建中（或者是改建中）的公路，那些急于奔命的大小汽车，深深浅浅地，奔驰在公路边的便道上，漫天黄尘，不着边际的路途生活，倒也在这样盛夏的季节里，生出一些别样的意味来。

是的，总是要在这样的便道上行驶着，心里才会有在路上的踏实感。

这样想着的时候，司机小张一不小心便走上了另一条路。本来，他告诉我说，这条路太没有意思了，大路正在修，小路上因为车太多浮土漫过了车轮子，不如我们走一条更小的便道，翻过眼前的这座山梁，就可以重新回到柏油路上去。这样，我们都少受一些罪。

我对这样的建议无法表达自己的意见，甚至我还觉得，走一些山路更好一些，旅途之中，一马平川的有什么意思呢，到山上去吧，反正只要今晚天黑之前，赶到市里面就行了。我说。

戈壁滩上的土路，细密的尘埃如同阳光的兄弟一般，在车轮所能碾过的任何一片路面上，弥漫开来。离开那条著名的黄尘大道不久，我们的车子便清爽了许多。首先是没有了路的戈壁滩上，除了一些坚硬的石子儿在车轮的碾轧下欢快地蹦跳起来，溅到窗玻璃，或者铁皮铮铮的车体上之外,尘土明显地减少了浓度。司机小张师傅和我,都同时有一个意外的发现,不远处的一个水洼边,有几只黄羊抬起头来,似乎也同时睁大了眼睛,向着我们这辆黑色桑塔纳行驶的方向,异常警觉地张望着。

这个意外的发现,让小张师傅在无意中放慢了车速。我带着几分惊喜的心情,赶紧打开了车窗,取出相机,想留下几张黄羊的近照。可是,并不友好的黄羊在一只头羊的带领下,仿佛接到了无声的命令,它们像一支支射出去的箭一样,向着一条更深的山谷里奔跑而去。

是呀,奔跑的黄羊,四蹄腾空,搅动着一轮黄昏中的太阳,在茫茫无际的戈壁滩上,一下子使我们的黑色桑塔纳,陷入了尴尬的境地。

黄羊奔跑,在一片黄昏前的夕阳里,那些落荒而去的身影,瘦小的,孤弱的身影,就这样在我的视野里,迅速地消失了。

在黄羊和我们的黑色桑塔纳车能够保持的距离里,我的肉眼,还难以真实地领略到,那些机敏而多疑的动物们的神采。现在,它们像一群受到惊吓的孩子一样,远去了,我却不知道怎么样向它们表示哪怕是最起码的歉意。

我们的车子,很快便来到了黄羊们刚才停留过的那片水洼。

不,或者只是一些夏日里的雨水,囤积下来的这么一点点可怜的水洼呀,在山谷和戈壁的低洼处,这一片小小的水光,是如何引来了这么几只干渴的黄羊呢?或者说,这些奔波在大山和戈壁间广阔腹地里的黄羊,是凭着怎样的一种生命的本能,它们侦察到了这些大地上所剩无几的水,可怜兮兮的水啊,它们开始集结起来,一个家族的黄羊,向着命运中的那一汪水,远徙而至。

它们经历了怎样的路途颠簸和凶险的追杀。

可是,就在它们低头饮水的那一刻,一个黑色的庞然大物不期而至,这黑色的不速之客,在奔跑中,扯起一团团难以消散的黄尘,发出了那些远不是友好之音的嘈杂的轰鸣,于是黄羊们率领它们幼小的族群,带着困惑和谜团,迅速地撤离了自己千辛万苦抵达的一片水洼。

明晃晃的水洼，在夕阳里，只剩下了那一丝弱小的反光。

小张师傅有意加快了车速。他说，运气好的话，或许能在翻过去的那座山包下，赶上那群受到惊吓的黄羊。

起初，远远的，可以看得到那群黄羊的踪迹，没有几分钟的时间，我们的黑色桑塔纳，就被远远地抛在了后面。

小张师傅告诉我，很早以前，在这片戈壁滩上，夜里面把车灯一打来，那些被车灯照亮了眼睛的黄羊就傻眼了，有经验的师傅，一路走下来，可以抓到很多的黄羊。这些年来，黄羊在这片戈壁滩上已经很少见到了。随着这几年保护措施的加强和生态环境的改变，在阿勒泰境内的这片戈壁上，人们不仅可以见到更多的黄羊，有时，还可以在靠近公路的地方看到寻找水源的野驴呢。

曾经在多么久远的远古时代，这里水草丰美，林木苍翠，在人类大规模的迁居进来之前吧，这里本来就是黄羊们的家园。

我想起了早些时候，从乌鲁木齐赶往阿勒泰的途中，也就在这片戈壁上吧，见到一辆又一辆车停在路边，有人手里举着随身携带的摄像机和照相机。原来，就在不远处的一个沙包附近，有几只野驴在草丛边的水坑里饮水。幸运的是，那些秩序井然的野驴们，仿佛没有受到这些停在路边的人们的惊扰，它们或低头饮水、吃草，或抬起头来，警觉地向四周张望。似乎，这些野驴们并没有表现出惊慌失措的样子。

或许，这些野驴早已经适应了在公路边饮水的现实，在往来的车辆和驻足观看的人群中，并没有受到一些恶意的攻击或者惊吓。它们已经学会了与人类保持着这么近的距离，在这样的野生和天然的环境里，它们不再害怕与人类的近距离相处了。

幸运的野驴，也已经是我在阿勒泰见到的极为珍贵的物种了。

与那些在我们的车前奔跑而去的黄羊相比，我不知道是该以欣赏的目光还是以惋惜的眼神，来打量这几只停留在不远处的野驴。

我知道，刚刚在几分钟前发生的事件，或许在我的一生中，都不会发生第二次了。那些夺命而去的黄羊,如此近距离地奔跑在我的车窗外面,我却没有一点儿办法告诉它们,告诉那些奔跑着的黄羊呀,应该以怎样轻松的姿态,在人类面前停留,并等待一些友好和善意的问候。

而毫不理会的黄羊,在几分钟之内,彻底地在我的眼前,消失了,消失得无影无踪。

乌鲁木汗

哈萨克猎人乌鲁木汗已经从这个世界上,消失了好多年了。在富蕴草原上,我从一个汉族人的口里,听到了乌鲁木汗传奇故事的时候,是在一个盛夏的季节里,在一条去往大东沟的路上,听着额尔齐斯河水的喧响,满目狰狞的山石,似乎要在顷刻间倾倒下来一样,令人感到一丝莫名的恐惧和担忧。

在古树和灌木掩映的山路上,我和我的当地向导们,在无意中谈到了哈熊,谈到了一个名叫乌鲁木汗的哈萨克人,和乌鲁木汗一个又一个充满了趣味和传奇的故事。

乌鲁木汗去世多少年了,是十年,还是二十年,甚至更久远的年份,已经没有人能说得清楚。给我讲述的人说,在上个世纪的 70 年代,他曾和乌鲁木汗在这条山沟里呆过整整一个夏天, 有关乌鲁木汗的故事,也多是在那个时候保留在自己记忆里的。

讲故事的人说,乌鲁木汗身材高大,有一米八几的个头吧,身体也足够强壮,他用一只脚就能轻松地挑起一匹半大不小的儿马。

乌鲁木汗的眼睛特别好,枪法也特别好。那一年,乌鲁木汗等六个人骑马到山里去,走在一片空旷的戈壁上,远远的,乌鲁木汗说他看见了远处的山头上,有一只山羊的角在移动,众人凝目,均否定,说那是两棵在山风中移动的草,哪有什么山羊呀。乌鲁木汗端起猎枪,只听咣当一声,那“草”便不再动了,众人皆表示怀疑。他们六个人,便骑马往山跟前走,走了约四十分钟的路程，又爬了半小时的山，终于，是一只北山羊倒在了山头上。

当然，更多的关于乌鲁木汗的故事，还是他一生中与哈熊之间的传奇般的遭遇。

有一年冬天，乌鲁木汗一个人到山里面寻找猎物。走到一个山洞跟前，又困又乏的乌鲁木汗便想到山洞里点把火，暖和暖和身子。不料，他的脚刚一踏入山洞，便听到了里面哼哼叽叽的声音，朝洞里面望过去，黑洞洞的，似乎有一堆东西在缓慢地移动。出于猎人的敏感，乌鲁木汗立时警觉起来，本能地从腰间抽出了一把随身携带的刺刀。慢慢地，随着对洞内环境的适应，乌鲁木汗发现，在洞里面拥挤着的，是一窝正在冬眠的哈熊，乌鲁木汗的出现，无疑是这个哈熊家族，面临的最大的危险了。

据说，哈熊在冬眠时，对于任何靠近自己的动物，都视为不共戴天的敌人。无疑，乌鲁木汗正是处在这样一个不受欢迎的位置上，退出去已经来不及了，进攻吧，又缺少有效的武器，再说自己势单力孤，按常理来讲，洞里空间狭小，很难是哈熊们的对手。

怎么办？此时此刻，乌鲁木汗除了手里的一把刺刀，便只剩下与哈熊决斗的决心和勇气了。

当哈熊家族里的第一位勇士扑上来的时候，乌鲁木汗几乎来不及思考，只是凭着本能挥舞着手里的刺刀……

也不知道经过了多少时间，哈熊们停止了进攻，山洞之内，除了乌鲁木汗惊恐的喘息声之外，再也听不到别的声音了。

惊魂未定的乌鲁木汗一鼓作气，将倒在自己刺刀下的哈熊，一一拉出洞外，在厚厚的雪地上一字排开，他数了一下，一共有十一只。

十一只被刺死的哈熊，在阿尔泰大山深处的雪地上，从伤口里流淌着殷红的血浆，像十一朵怒放的黑色花朵，浓艳、壮烈，散放着久久不曾消失的血腥气味。

乌鲁木汗骑上马回到村子里，几乎调动了村子里的所有男人，才将这十一只哈熊运回到村子里来。

有人说，是乌鲁木汗的运气好。因为处于冬眠期的哈熊，长期不进食，本身就没有多少力气了，另外，冬眠的时候，哈熊的眼睛多半睁不开，即便是受到了意外的惊吓，也只是半睁半闭，误打误撞地让乌鲁木汗捡了个大便宜。

但不管怎样，乌鲁木汗勇斗哈熊的故事是出了名，在远近的草原和深山里，乌鲁木汗成了战胜哈熊的英雄。

在乌鲁木汗的那个时代，哈熊出没的地方，总是危及一方的安宁。它们袭扰牧民的毡房，践踏牧民的畜群，一不小心，牧民家的孩子，也有可能被饥饿的哈熊当做残害的对象。因而，牧民们对于哈熊的出现，总是又气又恨，可是又没有好的办法来对付它们。

有一年秋天，经牧民们的请求，乌鲁木汗来到一个村子，在哈熊每天都要出没的一条路口，准备好好地教训一下那只为害四邻的大哈熊。

从下午开始，乌鲁木汗带上一块饼子，怀揣着一杆猎枪，便来到了哈熊经常出没的那个路口旁边的一块大石头下面，等待着哈熊再一次经过的时候，一枪结果了它的性命。

从下午等到了晚上，从晚上，又等到了下半夜。乌鲁木汗有些招不住了，他有些困倦，长时间地趴在那里，便不知不觉地睡着了。

睡梦中，乌鲁木汗感到自己的肩膀上，有一只温热的手掌在轻轻地拍打自己，像是在安慰熟睡的婴儿。不好，后背上怎么这么重，好像背了一块大石头，动一下都显得困难。是谁这么讨厌，在我睡觉的时候专来捣乱，迷迷糊糊的乌鲁木汗要从地上爬起来，已经力不从心了。这时，也不知怎么搞得，慌乱中，抱在怀里的猎枪扳机被什么东西扣动了，“砰”的一声枪响，只听得身后一声哀鸣，那个巨大的物体应声倒地。

原来，乌鲁木汗抱在怀里的那杆猎枪枪口，正好对准了它后背上的那只哈熊的大脑袋。

稀里糊涂地杀死了一只哈熊。乌鲁木汗后来对村民们说，是自己做梦的时候，梦见了一只哈熊正在向村子的方向走来，便毫不犹豫地扣动了猎枪，结果，在梦里就把那只危害村子一个季节的哈熊给解决了。

这样的传说越来越神。你想啊，一个做着梦都能把哈熊打死的人，该有多么厉害呀。

也有人对此不以为然，说正是那天夜里乌鲁木汗如雷的鼾声引来了哈熊，好奇的哈熊不知道是什么东西在如此深夜里，发出这样奇怪的声音，正在准备对乌鲁木汗动真格的时候，是乌鲁木汗怀里那管走火的猎枪帮了他的忙，否则的话，败下阵来的，还不知道是谁呢！

乌鲁木汗后来听到了人们这样的议论，他觉得自己也无法解释那天夜里发生的事情。就像那件事情从来没有发生过一样，他依然乐于听到各种各样的赞誉声，并乐此不疲地帮助村民们，对付着各种各样的哈熊。

不过，有一件事情还是让乌鲁木汗感到了尴尬。

那是一次回家的路上，乌鲁木汗与几只觅食的哈熊在山谷里遭遇，没有准备的乌鲁木汗随手从地上捡起一根树枝，大声怒吼着追打哈熊。一时间还没有回过神来的哈熊四散逃去，有的钻进了山坡上的林子里，有的向着山谷深处，一路号叫着，不一会儿便没有了踪影。

只有一只小熊，看样子年龄也不大，慌不择路，竟然抱着路旁的一棵大松树，呼哧呼哧地爬了上去。那笨拙而慌张的样子，不禁让乌鲁木汗感到可笑。

本来，这是一次路途中的不期而遇，既然对手们都跑了，也就算了。乌鲁木汗正准备翻身上马回家的时候，抬头看了一眼蹲在树枝上的那只小哈熊。谁知那不知好歹的小哈熊，竟然朝着乌鲁木汗打来一个极不友好的飞眼，似乎是说，有本事，你也爬上来呀！一下子把乌鲁木汗给激怒了。

乌鲁木汗心想，好小子，我看你可怜巴儿的，本想放你一马，你不但不领情，反倒来嘲笑我。好，等着瞧，看我的吧！

并不善于爬树的乌鲁木汗，扭动着高大的身躯，也没有费多少力气，就爬到了树上。

这时,刚才还蹲在树杈上朝乌鲁木汗挤眉弄眼的小哈熊急了。眼看着乌鲁木汗那庞大的身躯一点点地向着自己所在的树杈子移过来,情急之下,便只有顺着树杈,朝树梢的方向爬过去。

晃晃悠悠的树枝上,小哈熊的心里也跳起了迪斯科。它不知道该如何应对眼前的局面,只有干着急的份儿了。

爬到树上的乌鲁木汗,见那笨拙的小哈熊竟然如此轻巧地爬到了树梢处,还在那里荡着个二郎腿,一副示威的样子。他哪里知道,无路可逃的小哈熊,就剩下磕头求饶的份了,它哪里还有什么心情,向自己示威呢。

一不做,二不休。望着树梢处的小哈熊,乌鲁木汗在心里想,我一定要亲手抓住你,一下子把你扔到河谷里喂鱼去!

血往上涌的乌鲁木汗,不假思索地径直往那枝高挑的树枝上爬过去。

一步,两步,已经被一只小哈熊压弯了腰的树枝,发出了不堪重负的吱哑声。

可是,已经攀上了树枝的乌鲁木汗哪里还能顾得上这些,他现在的心里,就是要自己亲手将那只可气的小哈熊,从树枝上扯下来,然后再用力摔到谷底里去,让它知道挑战一个勇敢的猎人所带来的后果。

不好,只听得咔嚓一声,承载着小哈熊和乌鲁木汗两个体重的树枝,终于从六七米高的树干上断裂开来。一时间,失去了依托的小哈熊和乌鲁木汗双双从高空中坠落下来。

从高高的树枝上摔落下来之后,在树底下躺了多长时间,乌鲁木汗自己也不知道,只感到自己像睡了一大觉一样,头有些胀,四肢也不怎么听使唤了。他试着从地上爬起来,已经有些困难了,他首先看到了自己的马,还在原来的地方吃草呢,他看到从空中坠落下来的粗壮的树枝,已经断裂成好几截了。

噢,他想起来了,自己是因为什么从树上摔下来的呢?是那只可气的小哈熊,对,是小哈熊,现在小哈熊在哪里呢?它还活着吗?

乌鲁木汗站起身来，他终于看到了仰卧在树枝另一头的小哈熊。

是呀，从那么高的树枝上摔下来，自己被摔晕了，小哈熊也被摔晕了。

小哈熊显然比乌鲁木汗摔得更重一些，或者是，小哈熊比猎人乌鲁木汗的抗摔伤能力更弱一些吧。总之，在乌鲁木汗从地上艰难地爬起来的时候，四肢朝天的小哈熊，还在挣扎着自己的四条小粗腿，在那里一下又一下地蹬踢着呢，似乎还没有从昏迷中苏醒过来。

乌鲁木汗抄起一根地上的树枝，朝着小哈熊的脑袋，一下，又一下，狠狠地砸了下去。可怜的小哈熊，还没能够从昏迷中挣扎出来，便在乌鲁木汗的手起棍落中一命呜呼了。

乌鲁木汗扯起地上已经是血肉模糊的小哈熊，扔到了自己的马背上，骑上马，慢悠悠地朝着回家的方向走去了。

乌鲁木汗的一生中，打死了多少哈熊，在他和哈熊之间，发生了多少戏剧性的故事，恐怕在我的汉族导游的记忆里，是怎么也讲不清楚了。

与哈熊打了一辈子交道的乌鲁木汗，听说在他晚年的时候，竟被哈熊夺去了一只眼睛，成为了英雄般的乌鲁木汗，最不堪回首的一件往事。也正是自打那以后，只剩下了一只眼睛的乌鲁木汗，再也没有给草原上的人们，留下过新的关于哈熊的故事了。

那是一个深秋的夜晚，坐在毡房里与朋友们正在喝奶茶聊天的乌鲁木汗，忽然听到有人在毡房外喊道，哈熊又来袭击羊群了！

虽然已经是上了年纪的人，但依然身手敏捷的乌鲁木汗，抄起猎枪便来到了毡房外面。他果然看见一只哈熊，正向着羊群走来。乌鲁木汗抬枪就射，只听得一声枪响，那哈熊便应声倒地，再也没有从地上爬起来。

凭着经验，乌鲁木汗相信，哈熊已经被击毙了。他放下枪，朝着倒在夜色里的哈熊走过来。他来到哈熊被击毙的地方，用脚轻轻地踢了一下倒在地上的哈熊，正准备弯腰将哈熊拉进毡房里去的时候，只见那躺在地上的哈熊，忽地一下从地上跃起来，一只爪子，死死地嵌进乌鲁木汗的眼睛里，毫无防备的乌鲁木汗被这突如其来的袭击搞昏了头，他疼得嗷嗷直叫，却没有了还手之力。众人见状，赶快用钢钗、木棍等狠命地朝着哈熊击打着。

哈熊终于在众人的奋力击打下，重新倒在了地上。但是，乌鲁木汗那只被哈熊袭击的眼睛，却从此失去了光明。

自此以后，乌鲁木汗便独自一人离开了草原。

有人说，他到山里面去找哈熊复仇去了。

也有人说，乌鲁木汗隐居到了大山里，再也不愿意回到草原上来了。

乌鲁木汗去了哪里，没有人能说得清楚。

五指泉，密林深处的一缕阳光

汗德尕特河西岸，东去阿勒泰市二十七公里，便是阿勒泰市的著名旅游风景区——五指泉景区的所在地了。

2004 年 8 月 16 日，从青河县返回阿勒泰市的第二天，恰逢新疆电视台的几位年轻记者来阿勒泰采访，市上有关部门便安排我同这几位年轻的电视记者们，一同参观市辖的几处景点。

于是，有了与这些年轻记者们的同行，便没有人怀疑，去五指泉是一处愉快的旅行。在市广电局局长王琴的率领下，那个阳光算不上明媚的下午，我和我电视台的新闻同行们，有了一睹这五指泉的真面目机会。因为在此之前，我一次次经由那些曾经到访过的人们谈起五指泉时，仿佛是那些言说者无以复加的骄傲一般，他们绘声绘色地讲述着五指泉的时候，对于旅行者是一种诱惑，而对于来到了阿勒泰的旅行者说，便是一种折磨了。由于正值打草季节，我们来到五指泉景区的时候，景区里的游人并不是很多，车子便在景区外的一条水沟边，停了下来。

从景区的入口处，要到达真正的五指泉所在的地方，还要步行走上一段路程。在没有抵达"五指泉"之前，一条小溪般的河流，自峡谷的上游，沿着一条石板的裂隙，哗哗地流淌下来，狭窄的谷地上，间或有繁茂的桦树、山杨以及爬地松、绣线菊、野刺玫等灌丛和各种说不上名字的草本植物，在河谷的崖壁、石头和水流的徐缓处，自由而散漫地生长着。

而那一溪水，是清澈见底的。同行的广电局局长王琴出于好奇，蹲在石板上，用手猛地抄起了一捧水，没有想到，正有一群从上游下来的小鱼经过，纵有十多条吧，几厘米不等的样子，借着这一捧水的力量，跳跃着冲到了水溪边的石板来，众人见状，无不拍手惊叹王局长为打鱼高手。局长王琴赶紧又用水将这些活蹦乱跳的小鱼，重又冲回到小溪里去。这些自由自在的生命，活命在一条多么清澈的溪水里啊，它们全然不理会这外面的世界，已经嘈杂到了怎样的地步，也当然不会理解，这一行人，肩扛着摄像机等现代器材，穿行在溪流深处的林木之中，沿着一条怎样的峡谷，向着那一汪泉水的源头——五指泉，寻寻觅觅地走过去，是怀着一种怎样的心情，又将在怎样的行走中，留下无从探询的脚步。

去五指泉，还要在这样的山路上，傍着一溪碧水，穿行在林木中间，走上一阵子路。好在这盛夏时节里，有水有树，行路又不怎么急迫，倒也多了几分山野里的惬意和闲适。

看起来，这河谷里，不久前刚刚发生过一场猝不及防的山洪，一些枯朽的树木，一层层地堆积在岸上，呈现着洪水到来又退去时的模样。

这样想着的时候，我不经意间，抬头望了一眼这河谷的两岸，竟是一个陌生人无以逃生的幽闭峡谷啊，倘那山洪到来时，山雨欲催，却还有人，或者活动在这里的野兽们，来不及逃脱怎么办？会有一些天助的力量，可以帮助这些超然于市外的生命吗？

可能我这样的想法，显得过于幼稚和荒唐了。

如此幽静的一条山谷，溪水哗响，林茂草深处，一行陌生人的脚步正在一点点地逼近一个神话般的所在，哪能有这样沮丧的臆想呢。可是，没有办法呀，在这方面，我宁愿是一个悲观主义者，每每在这样的环境里，生出一些一个人无以自救的命运的猜想里去，设想一些可怕的，或者另外的结局，与这千里迢迢的世外美景，大煞了唉。

果然，走出一段林深草密的谷地，便来到了河谷的开阔处，再抬起头来，望一眼被四周的大山支撑着的天幕上，白云如帆，正运载着如水的蓝天，悠悠地，在头顶上经过呢！原来，天也是这般的伸手可触呀！仿佛是刚刚经过了季节的淘洗一般，远山，近水，都是这般的洁净，一尘不染，就连声音里，也没有了嘈杂之声，只听得见自己的呼吸，合着脚步的起伏，韵律而轻松起来。

就在快要到达五指泉的时候，我看见和五指泉上面那块巨石对应着的，河谷边的一座山，酷似一顶皇冠。是呀，那气势，那色彩，那阳光下的熠熠光彩，这一顶巨大的皇冠，已经在这里停留了多久了。似乎在应验着五指泉的传说，应验着阿尔泰山漫长的山脊里，有多少深藏不露的秘密和宝藏。

而过了一条晃晃悠悠的木质吊桥，或者，在一些露出河水的石头上，跳跃而过，就到了五指神泉的所在了。

果见一眼山泉，从巨大的山体岩石里，淙淙地流将出来，汪洋了一片草丛里的溪流。周围的树枝上，系满了红布条，是那些虔诚的拜访者们，留下的信物吧。有同行者试着把一些硬币和面值较小的纸币往那些红布条里塞，以示自己对这眼神泉的虔诚之心。

而对于一路走来的人们，面对这么一眼被神话了的泉水，大口地灌满自己的肚子，仍然是当务之机。由于我在上来时抢占了先机，正好处于泉水下泻的最佳位置，便义务作了一回装水工，给几乎所有人的水杯里，喝空了的矿泉水瓶子里，灌满了五指泉的神水。

喝完了泉水，也灌满了随身所带的水的容器，便可以顺着一条山路上山去，爬到五指泉山顶上去，一览众泉小了。

这时，我才抬起头，注视到那一只高悬在头顶上的巨大的“五指”。

后来，我在有关资料上看到了有关五指泉的文字描述，他们是这样讲述这眼神泉的：在汗德尕特河西岸，有一著名的泉水，因在最大的泉眼顶上，有一巨岩——探头石，向东探出三米有余，仰视，整个巨石若一只巨大的左手掌，掌心纹路清晰可见，手指形状，比例恰当，极像人工雕琢成的阴线石雕。

是啊，一只巨大的手指在头顶上罩着，一眼涓流不息的泉水，便有了言说不尽的神话和传说。

沿着一条并不算陡峭的山路，攀上五指泉的崖顶，便可以有机会钻到那只巨大的手指下面去，近距离地感受“手指”的魅力了。

可惜，我的恐高症使我无法走到那巨大的“手指”下面去，只是远远地看着电视台的那些顽皮的姑娘和小伙子们，在那只巨大的“手指”里照相留影了。

原来，山顶上还有一座新修的敖包，高高的山顶上，那五颜六色的布条在敖包上被山风吹得瑟瑟作响。遵从了这山地的习俗，我希望能够在这不期而遇的敖包下，许下一个心愿。电视台的女记者杨汉英赶紧跑回山下五指泉处，帮众人捡回来一些石头，按照当地的习俗，手里攥紧了石头，闭上眼睛，围着敖包转上自己内仪的几圈，许下自己的心愿，神灵便会帮你完成你许下的心愿。

我也学着姑娘们的样子，攥紧了手里的那块石头，围着这山顶上的敖包转了10圈，算作实心实意吧，多日的劳顿，旅途的艰辛，独自一人的异地行走，还有不可预测的未完成的日程，我只是希望，这次阿勒泰之行，能有一个圆满的结局。

背对傲包，还有远山的美景，在午后的阳光里，是一些年轻的面孔和笑声。我在傲包跟前，为他们拍下了一张青春的合影照，算是一次永久的纪念吧。

转过身去，这山顶的阔地上，竟是一个巨大的“奇石展览馆”，不，是天然的奇石聚会。那些巨大的石头被风，或者雪，或者更为久远的天体运动所凿蚀的石洞，雨点样掏空了的一座山岩，或立或卧，无不彰显着这高山阔野的石头的风韵。

眺望远处，那些平日里高不可攀的雄山峻峰，便有了一种与我同等高的感慨。我注意到刚才从河谷里上山时的那座皇冠似的山坡上，此时，有了些影影绰绰的人的影像，正在三五成群地在山坡上移动，好像还有新修的栈道供人们攀爬。

如果我的眼睛没有发生错觉的话，我以为，这山中的旅游，在更多的人们还没有涌入的情况下，该是怎样的一种冒险行为呀！所谓人多的地方没有风景，我理解的五指泉景区，正是这样一处还没有被更多的旅游者所抵达的地方；至少可以说，在这个季节里，偌大的山野间，漫长的边际处，人的身影啊，显得是这样稀少而弥足珍贵。

我在这山顶上，甚至找不到一捧土。巨大的石头把自己长成了一座山，一些树木，便只有在石头的缝隙里，经历了怎样艰辛的岁月，使自己茁壮的枝叶在山顶上招摇着，一蓬蓬绿色里盛载着高处的阳光。那少得可怜的绿树下的阴影里，便是我们这些无处躲藏的踏访者了。好在午后的阳光，并不怎么猛烈，一些高处的山风也帮助了我们这些山外来客，驱赶着盛夏的炎热。

而越是在这样的山顶上行走，无言的大山默然耸立的旷远和宁静里，我越是感到了一种天命里的不安。我不知道大山在我们这些匆匆忙忙的旅行者下山以后，该怎样打发自己的时光。那些寂寞呢？那些漫长的冬季和无法洞开的岁月，一座大山挽着一座大山，它们洁净的心怀里，是鸟兽们行走的天堂；是一场大雪覆盖的，天底下的童话；是暴雨袭来时，浑浊的泪水呀，向着浊世里，倾泻经年的狂喜或者悲恸吗？

是呀，我感到了山的孤独。在这一刻，我行将下山，不管有多少不舍，我都无法把自己留住，我的脚步告诉我，我必须继续行走下去，这一生中，没有唯一的目的地。

我慌忙地随着人们下山而去，在一个山的拐弯处，一处天然石坑般的悬崖上，新疆电视台的几位记者，展开了自己的想象，摆开了各样的姿势，他们照相、留影，无比的兴奋。我也学着帝王的样子，张开了双臂，向着高天远山，再一次发出了野狼一样的嚎叫。

整条山谷里，是一声又一声野狼的嘶鸣，却不知惊走了多少无辜的飞鸟。

再一次回到谷地里来，阳光也就收拢了自己的笑脸。

我们赶紧绕过一些河滩上的石头和木桥，走在回返的路上。途中，我不知道怎么一个人掉队了，一个人穿行在树丛和密林中，竟不觉有一些怕，匆匆地赶上去，见河谷出口处的毡房里，已有袅袅的炊烟，升起了。

卡拉塔什的黑色陨石

去往切木切克古墓群的路上，在路边的一栋房子跟前，车，突然停了下来。人们鱼贯而下，我不知道发生了什么，正欲探寻时，旁边的人说，这些石头可以敲击出铁的声音。

没有标示，也没有说明，只有两间用以收费的平房。这便是阿勒泰陨石群的所在地——卡拉塔什了。

在我下车之前，这里已经停了一辆面包车，大概也是外地游客吧。再往前看，便看见用铁丝网圈着的一堆铁黑色的石头，并不起眼的一堆石头，前面车上的一些游客，已经有人在里面拿着摄像机和照相机在留影了。我其实是并不知道这里要收费的，便径直随着也跟着进去，装模作样地举着照相机，稀里糊涂地拍了几张。有好奇者，捡来一块石头，在那些黑色石头上敲击着，果能听到铮铮的金属之音。

没有人能说明这些石头的来历。

在方圆五六十米的地方，这黑铁色的石头胡乱地堆积在这里，显得缺乏宗谱，也没有亲戚，和周围戈壁滩上的那些乱石们，完全是两副另样的面孔。

这些石头，在这里停留了多久，恐怕，就连房子里的那个哈萨克年轻女子也说不清楚。

这就是黑陨石，没有什么奇怪的。一位和我一样探访这些石头的人告诉我，他说，别小看了这些石头，可是来自我们地球之外的客人啊！

天外来客，如果这些黑褐色的陨石，确曾是在我们地球之外的宇宙里，燃烧着，不可阻挡的陷落在这里，就再也没有移动的话，那么，这些陌生的天外来客，携带着怎样的宇宙信息，而至今又不为我们所知呢？

我看见了那些被烧焦了的石头，它们冰凉的面孔，在八月的阳光下，一点也没有表现出应有的温度来。仔细观察，散布在方圆五六十平方米的黑石头呀，又好像是保持着某种内在的联系，在中间部分，那些叠压着的，紧紧地抱在一起，有一种生怕被分开的意象，而那些被分散在四周的散落的石块，也都紧紧地贴附着地面，向着中心那堆叠垒着的石头，不肯离去的模样，仿佛是一种超强的向心磁力，使这些石头在多么久的分离中，再也没有走散过，哪怕是一分一毫的距离。

而这些石头来自哪里呢？茫茫宇宙，时间的幽深处，哪一颗不为地球人类所知的伟大星球，在那遥远的苍茫处，到底发生了怎样的一次裂变，怎样的行走，耗尽了这些石头的力量。它们燃烧，坠落，它们紧紧地抱在一起啊，它们失去了自己的语言和生命方式，它们选择了卡拉塔什的这片亘古荒原，是作永久的停留，还是等待着救援，会有一个神秘的夜晚，它们会再一次秘密地集结，然后在我们毫无察觉的日子里，悄然离去呢？

所以，这些黑陨石，至今不愿意在地球上分开、融化，它们选择了自己的沉默，来对抗人类纷乱的猜测和议论纷纷。

我真的非常后悔，竟然毫不自知地用一块粗陋的石头，在那些细密而坚硬的黑褐色物体上，无理地敲打着。这些我永远也无法读懂的宇宙之谜，承受了我混乱地击打，却依然保持了自己的沉默。而我，只是自以为是的听到了我以为能够听到的金属的声音，却不知道这些保留在黑色陨石内部的秘密，在怎样酷烈的烈日之下，早已收拢了自己的翅膀。

是啊，这宇宙之外的飞翔在多么高远的另外一个空间里，俯瞰着地球上的村烟往事，在蓝天和碧水之间，在稀落的森林和绵长的山脊里，这样的飞翔，一点也不敢怠慢啊，它们的呼啸而至，让地球为之震颤，让一个名叫卡拉塔什的小地方，迎来了这些大宇宙的客人。

黑色陨石，散落一地，却没有多余的碎屑。它们，也曾经是一个巨大的整体吗？在宇宙之外，经受了怎样的撞击、摩擦和大气层的耗损，终于不堪重力的挤压，碎裂开来，在沉入地面的一刹那，获得了一次恒久的解脱呀。

陨石上布满了黑色的灼痕，那是被燃烧过的痕迹。我想起了在故乡的原野上，麦收后的夏日夜晚里，在繁星点缀的夜空里，总是有一颗拖着长长尾巴的“扫把星”，在头顶上的夜空里一掠而过，老人们告诉我那是流星，是天庭里受到了惩罚的人，被赶下了天界，看到这些流星是不吉利的，赶紧啐几口唾沫，以示消灾避祸。每每于此，我的唾沫，总是唯恐吐之不及，但又总是忍不住夜空里，那一条长长的，放射着光芒的尾巴一样的明亮的诱惑，望着那流星飞快地在天际里消失，茫然中，不知所措。

我不知道眼前的这堆黑褐色陨石，与我童年记忆里的那些不吉利的流星，到底有没有关系，是不是当年我站在鲁南平原上遥望的那一颗流星，最终，划破夜空之后，飞到了这里呢？或者，这样的遐想，在卡拉塔什毫无意义。

但不管怎么样，我都毫不怀疑这些黑色陨石，曾经为那天际里的光明而燃烧过，曾经是那巨大的闪光体的承载者；它们以穿越光阴的速度燃烧了自己，点亮了多少人童年的记忆。如今，只剩下这一堆碎石了，只剩下这黑褐色的面孔，和这戈壁里的风一样，传递着无人破译的宇宙秘密。

而这些黑色的石头，还能够复活吗？它们会不会在某一个时刻集体行动起来，复原它们最初的模样，重新回归到天庭里去，就像是一支完成了任务的远征军，或者服役期满的义务兵，它们有一天真的会整装待发，带着千万年来地球上一切已知和未知的信息，回到宇宙里去？

如果有这一天的话，我以为我们人类，一点都不该感到奇怪。

周而复始，这是大宇宙的规律。

三三两两的人们还在陨石群旁留下自己的身影，不绝于耳的敲击声，一次次地验证着旅人们上路时的传说。我注意到大我数人都无法在这里作长久的停留，甚至参观者的门票也才只有一元钱。

的确，在这些沉默不语的石头面前，除了满足一下自己的好奇心之外，对于更多的旅游者来说，他们还没有多余的时间，在这样缺少风景的地方挥霍本来就不多的路费。

我也一样，匆匆忙忙，又要去赶路了。

我不知道以后是否还会有机会，再来看望这些堆放在路边的黑石头，这些沉默不语的老朋友呀，希望某一天我真的再回来，你们其中的某一块，还能够认识我。

去切木尔切克

切木尔切克的荒原上,埋葬着一些远古的居民。从战国时期到隋唐年代的几十座不同民族和风格的墓葬群,吸引了一批又一批旅游和探奇者的目光。

切木尔切克离今天的阿勒泰市并不远,约有十二公里的路程,中间看过卡拉塔会陨石群,便可以直接开车到达目的地。

我们到达切木尔切乡的时候,由于我们从市里开来的小车,越野性能不够好,所以,必须想办法在乡里,找上一辆能够适应当地路况的越野车——北京吉普。只有这样,我们在当地的"越野"行为,才实现了真正的本土化。

一辆由乡上的个体出租车司机驾驶的北京 212 吉普车,载着一行人急急忙忙地往切木尔切克赶,在卡拉塔会陨石群处,作了短暂的停留,在正午烈日的热切目光里,小车很快便驶下了柏油马路,在一片荒草乱石中,找寻着去往这片古墓葬地的路途。所幸,在这片荒原上,还没有发现更为现代化的等级路面,在行路的艰难和历险中,古墓葬得以保存更为久远的时间,才是可能的。

正是在这样酷烈的阳光下,我们来到了一座喀拉塔斯的古墓葬所在地,在墓葬的跟前,我看到了新疆维吾尔自治人民政府于 1993 年竖立的"自治区级文物保护单位"的水泥标示牌。

这是一座多么奇怪的墓葬呀!就像一座农家人的院落,有一个篮球场这么大吧,四周青石条垒起来的院墙,上面覆满了黄土。虽然在这样的荒滩野地里,背对着几千年的时光,仍然不难想象,墓主人当年的尊贵与奢华。不过由于年代久远,墓葬四周的青石条以及覆在墓顶上面的黄土层,也早已深深地塌陷了。

有趣的是,我在墓顶上方的大片黄土层上,发现了一个类似于磨盘似的圆形石头,四周又摆满了不明用途的青石。想必这些石头来自于不远的山体上,但这些石头所代表的那个时代,已然模糊得让人无法辨认了。

回到墓葬前方,有三尊石人让我和我的旅伴们颇费猜疑。一座孔武有力的男士两边,分别是两位同样丰满的女性石人,其中一位衣着华丽,佩饰繁琐;而另一位,则略微显得有些寒酸。有人说,这是一位王和他的王后和仆人,也有人说这是一位王和他的一妃一妾,从衣着和表情上可以判断。

这是典型的以貌取人。

且不论这些墓地石人,是否经过了移动,经历了几千年的风雨剥蚀,我们今天能够看见的这些古人的面孔,大多都已经不再真实了。他们的身份还有待进一步去鉴定,他们消失的那个时代,曾经水草丰美的辽阔家园呀,那些远牧的牛羊和畜群,在这样的阳光下,是注定回不来了。

那么,这些以石头的方式存活下来的人们,他们到底是一些怎样的人呢?我自愧于对这些草原石人的知之甚少,便信口开河地在墓葬前对着新疆电视台的几位年轻的记者们讲,大抵是匈奴、柔然、鬼方、丁零等部落和种族的人,该不会有错吧。在那个以游牧和战争为主要生活方式的古代草原上,草原民族的生存图景,绝非我等凭着一通想象可以完成。

但这些古代的游牧民族所具有的生存智慧,是超出了我们的想象的。

从这些雕制精美的石人和宏大的墓葬建筑中,以及他们对草原风水的独特理解,我似乎感觉到自己站立的这片荒草之地,有了某种久远的回应。我不知道那些从遥远的年代里,奔马前来的游牧人,会被怎样的天气和心情影响,在整个阿勒泰草原上,我都强烈地感受到一种马蹄飞溅的时光流逝,对于草原和奔走其上的人们,是一些怎样的天宽地阔呀。

而今,阳光依然如几千年前那般的灿烂,这脚底下的草叶儿上,似乎还存留着那些马蹄子的印迹,黄土深埋,青草枯黄,一茬一季的人生和草原的轮回,谁曾经在马背上主宰过这大片的疆域?

那荒草和黄土的深埋处,一些细碎的瓦砾和沙石,一些穿越了岁月的时光而抵达的往事,正在慢慢地充盈起这片土地的回忆。

切木尔切克是一个毫无知名度的小地方。在今天,人们依然需要依靠资料和地图的标记,来认识和理解它。

我要说的是,切木尔切克是当代生活里的一个哈萨克民族乡,一个深埋在黄土和石人记忆里的古墓葬群,在时光交错的历史坐标里,切木尔切克牵引着的已经不再是地理的意义了。

这是一处低洼间的高地。我站在一个墓葬所在的位置上,东西两面的黄土青山入目而来,而南北贯通的是风和水流走的地方啊!也是牧马和羊群流淌而过的宽阔的牧道,秋夏两际的草色里,毡房会在马背上移动,而千百年来不曾移动的家园,就在草原上的那一片水草深处,永远也不会移动了。

一片片墓地裸露在切木尔切克的山谷和坡地上,它们不是被发掘的历史,它们生长着的,是切木尔切克沉睡中的记忆,文物学和历史学家们,可以凭着他们对实物的考究和发现,举证那些大大小小的历史事件了。

而对于大多数匆匆忙忙赶过来的旅行者来说,他们来到切木尔切克,需要的不是修复后的历史,而是这样一个小地方,未被改动的历史的原貌。

在去往切木尔切克的路上,我似乎思考过这样的问题,在回来的路上,我丢失了问题,却不知道自己是否找到了答案。

浩瀚的湿地

很遗憾,我至今没有过亲临大海的机会。作为一个在新疆生活了二十多年的人,我却有幸见识过真正的沙海,从塔克拉玛干至库尔班通古特,那沙海连绵的纵深地带,那流沙洗濯着的艳阳烈日,我都曾经以一个亲历者的身份,见证过大海一般的浩瀚和无垠。

但是,真正让我为之震撼的,却是这连绵不绝的湿地景观。那天,2004 年 9 月的一天,从喀纳斯的秋色美景里下得山来,我们的行程,有了一次意外的改变——我们要从途中经过的布尔津县直插哈巴河,去新疆生产建设兵团的农十师一八五团,作一次边境线上的秋色之旅。正是这一次意外的改变行程,使我有机会在哈巴河县境内,目睹到如此壮观的湿地景象。

一条算不上宽阔的柏油马路,不知在什么时候,牵引着我的目光,驶进了这连绵着几千亩、几万亩不止的无边的湿地,水光,草影,不时有一些水鸟在水中,在沙地上,在青青河水上,拍打着自己的翅膀。那些沙地上的植物们,多半都还没有长大,一律都由铁丝网围着,圈着,拦着,一直就这样,弯弯曲曲,蜿蜒不止,冷不丁地见到一块广告牌——"国家级湿地保护工程"之类的大字赫然醒目。我才恍然大悟,这是哈巴河县的国家级的湿地保护工程。

我不知道世界上是否还有比这里更大的湿地保护工程了。

当然,我说的是"湿地保护工程",是赤野千里的戈壁上,突然呈现出来的湿润的景观。

或许额尔齐斯河这样的漫漶之地，足以滋润了这样疆域辽阔的湿地，也或许这涓流不息的地下水，涌上了滩头……

我疑惑的是，这些大面积湿地上的景观，开始在什么时候生长发育成今天的模样，是自然因素，还是人为干预的结果？

这样的现实景观，使我联想到哈巴河县城附近，额尔齐斯河谷地的那一片号称西北地区最大的野生桦林，那遮天蔽日的绿色浪波，掩映着一条河谷，是何等的壮美啊！

一切皆因为有了水，才成为了可能？

水，成就了荒漠地带的湿地景观；水渗出了地面，便有了眼泪一样的荒野里一个季节的疯长。

这样的情景让我感动。

是因为我在新疆，或者说，在阿勒泰广袤的土地上进行着的这次行走，多半的旅途，会被那些因为缺少水而陷入了千古干涸的景象，那些裸露在长天背景下的瘠薄的土地，正在等待着从天而降的水，来改变自己的命运呢。

在这样的湿地上行走，一直这样走下去，走出这片湿润的视野，重新回到干旱的地面上来，我也一直沉浸于那大片稀疏的绿色，和水波漾动的视觉享受里。

但我很快看到了白沙堆积的一座湖泊。有人告诉我说，一八五团白沙湖到了。我没有看见更多的水，却只有满目的白沙，和沙坡上那些燃烧着火一样红灼的新疆银灰杨的叶子，几棵树，燃烧着，簇拥着，连接成一小块跃动着的火焰。这些火焰一样红艳的银灰杨，掺杂在山坡上大片的绿色和黄叶之中，醒目而张杨。

我知道这些燃烧在边境地带的银灰杨，多半都是一些野生的树木上生长着的叶片，却是因为远离了水，或者长期无法得到过水的补给，而恣意长成了这般模样的。

我知道了一条河流的灌溉和滋润，孕育了多少惊世的美景。绿洲、丛林、荒漠间的植被，那些水，正是这样缓慢地经过了这样复杂的系统工程，呈现在我们的视野里的。

当然，让我惊异的还不仅仅是这些行走在旅途中的风景。当我们的汽车穿越了哈巴河湿地平原上，被牛羊守护着的湿地之后，我意识到了这个秋天里，和这个秋天之后，那些生活在荒漠和植被后面的田畴和人家。

这便是我要到达的一个名叫一八五团的边境农场。

当河流交汇，一些时过境迁的水，带着一些山林和土地的祈愿，从这里，缓慢地流出境地外的时候，正是这一天的夕阳，镀红了宽阔河面的时候。偌大的一条河流，囤积了足够流量的水，当寂静像一条缓慢的河流，在这片狭长的边境上，无声的流走，我觉得它们并没有消逝，它们以连续不断的水的囤积，构筑了我们视野里的，时间的防线。

似乎，这一天的时光，全部消耗在路途的奔波之中了。

当我们还没有拥有足够富有的时间，供自己挥霍的时候，我以为，行走在路途上吧，那是我们唯一能够进行的与时间的置换。

就像我这一天之中经历着的，浩瀚的湿地和沙坡银杨，它们在这里，等待着我们有多久了。

一只大鸟携带的天空

任何一次漫长的旅行,都有自己可以预期的归程。

在整个 8 月里, 在 2004 年的这个酷暑和偶尔的风雨相伴的八月里,我在阿勒泰山地区版图上的行走,便有了一些匆忙里的期待。一程又一程,几乎每一天,我都必须准备好不同的心情,来应对可能到来的恶劣的天气和艰难的行程。

这样,对一个好天气的期待和祈愿,便成为我每天的功课。而让我感念的,还不仅仅是天气的晴朗,因为进山、下山的海拔高度,总是会左右着天空的脸色,左右着一场毫无缘由的瓢泼大雨和晴空万里。

我是否不止一次地在旅途中,看见那对在头顶上飞翔的翅膀? 怎么样的一对翅膀啊,在路途之中,它会出现在我的视野前方,也会出现在我视野的左右;它会不失时机地在我目力所及的高空中,进入到一片山林和云彩中去,它消失得那样彻底,一点儿踪影都没有了。

而这一次,我终于到达了山顶的岩石上,晴空里,不再有可以遮挡的山风和雨林了。这是一只山鹰滑翔着,轻轻地拍打着的一对翅膀,开始了在我眼前的一片山坡上的盘旋。

这是一只寻找猎物的鹰吗? 抑或是一只吃饱了之后,在晴空里,锻炼翅膀的鹰之青年。

我无法辨认这一只是否就是我在旅途上一次次遇到的那一只。

我的眼睛不够好,缺乏判断力,而这些天空的使者,大多穿着相同的服饰，表情单一的不可区别，更为可怕的是，那些静止的翅膀下面，全都暗藏了杀机。我不认识它们呀，这些追随在我的旅途之中，若隐若现的不速之客，从来没有给过我，回到视野里来的更多的机会。

现在，这一只鹰如此缓慢地挥动着自己的翅膀，就要从我的头顶上，俯冲下来了。

我等待着的，是那鹰翅收拢之后，天空的澄澈里，那样一种透彻和明净。而像鹰这样在天空的原住居民，它们会把一生的飞翔，定格在天空的某一个方位，就像我此刻仰望着的这一片天宇。

我总是在想，像鹰这样不畏寂寞的飞翔，才真正寄托了我们人类关于天空的梦想。而那些成群结队，甚至采用集团战术攻击猎物、收获庄稼的飞鸟们，比起鹰这样的孤胆英雄，总是要逊色得多。那些随着季节而到来的另一些鸟们，更难以想象，鹰这样的留鸟，一生中厮守着一座山，一片大山之上的天空，是一件不可思议的事情吧。

鹰，也会疲倦吗？

就像我们看到的那样，它在天空的停留，总是那样不可预期。这些自由的、野性的飞翔，总是会让我感受到一些天空的距离，那巨大的翅膀，压低了天空，却一次又一次，提升着我们飞翔的愿望。

是的，作为在大地行走的匆匆过客，我们总是在无法脱离地面的时候，想象和设计着自己飞翔的姿态。有的时候，我们也会借助于科学的翅膀，艺术的想象，使我们生命中的某一个时刻，生出了翅膀，尝试着飞翔带来的巨大愉乐和快感。

但是，这样的飞翔无济于事，对于一生都无法摆脱的沉重的肉身，我们的羽翼，生长得是如此艰难。

我们看不见自己的飞翔，我们在低处的生活，变得局促而不安，琐碎而令人沉重不堪。因而我们需不停地行走，只能依靠自己的一双脚，去寻找视野之外的另一些陌生的风景，跨越千山万水，抵达心灵的牧地。

“旅游”这两个字，反映了我们对于人生处境的极度不安，我们一生的局限，我们无法到达的高处，是多么深刻地影响着我们的视野。

到外面去吧，到一个又一个更陌生的地方去，我们把自己存放在路上，像一只大鸟，把自己的一生，存放在天空里一样。

因而，我一次又一次地在旅途中，看到了鹰的飞翔、盘旋、停留，那些鹰的翅膀，在我奔走和驻足的每一条道路上，在天空的晴朗里，一次又一次地为我打开。

那是一种无法抗拒的引诱啊，你必须上路，行走在路上，在奔赴的路途中，才足以找开这样一些天空的翅膀。

我说的是隐匿在阿尔泰大山深处的，有些艰难的路，一些山峰之间的河谷地带，一些丛林和草地之间的山前平原，空旷、寂寥，巨大的山体和不可遮挡的天空，诞生了鹰这样的飞翔之物。

行走在这样的山地之间，我常常感到愧疚，仿佛自己还没有做好充分的准备，就这样盲目地踏上了路途，不知凶险呀，犹如不知道深浅，每每见诸于鹰的翅膀，拍打着天空的羽毛，我都会为自己的孤单和无助，找出足可以凭借的力量来。

所以，这些日子里，我喜欢在山里面停留、住宿，哪怕是在路途上颠簸着，而不希望回到县城，回到城里的宾馆里去。

不幸的是，我的每一次重新上路，又都是从县城里的宾馆出发的。我已经习惯了宾馆里的热水澡吗？那样疲倦的睡眠，不可思议的一夜大梦，都在宾馆里的大床上发生了。然后才是，重新踏上去往山里的路，收集风景的一枝半叶，夹在我的笔记之中，我像是完成了任务的士兵一样，需要在时间的追赶中，抵达自己也说不清楚的又一片山地。

美景盛开，山地荒芜。我们终究比不上一只大鸟的飞翔，来得迅捷而彻底，对于山水大地，对于张开了翅膀的天空而言，鸟才是可以信赖的灵性之物。

现在，我终于可以看见一只鸟，收拢了自己的翅膀，来到一块洁净的岩石上，阳光把它的羽毛照得那样耀眼，它这样停下来，携带着一阵山风，平静地停了下来。

第六卷　布尔津河的火焰

山顶上的云朵

早晨从乌鲁木齐驱车，去往塔城的路上，天空的大幕里便多了一些阴晴不定的表情。总也算是一次长途吧，我有些揪心，这路上的雨水会不会浇湿了畅达的行程。而在心里，又有些默默地想念和期待着，一些雨，久违的滂沱和瓢泼而至。

我想，那一分畅快和淋漓，确实久违了的。

连带着一些故乡和童年的记忆，也一起给抛了出来。山雨欲来时，风摇树动，一些草垛和低矮的瓜屋子上的茅草，就开始按捺不住地撅撅着屁股飞了。风似乎还动不了这些茅草的根基，那些草垛和瓜屋子上，只是风刮乱了一些毛发。雨点子铜钱般砸在温热的萱土里。瞬时，溅起的水泡像水汪里浮上水面的鱼儿，憋气般地争相张开了嘴巴，那样急切地张开又闭合着。雨天里的孩子们，很少有避雨的习惯。任了那雨点子狂野地砸在自己的屁股蛋上，光光的胸脯和肚皮上，都有一种酥酥麻麻的感觉，仿佛一个夏天的燥热，都经历这一场雨水给浇灭啦。唯独那雨点子砸在了赤着的光脚板上，会有一种被钝器击打的酥痒和疼痛。萱土里，早已是深一脚浅一脚的泥汤子了，而赤脚的幼年记忆里，那是该一片多么干净的天空呀。

而想了一路的雨，终是没有如约而至。或者，那一片顶着雨水的云彩，飘到了另一片旷野里去了吧。我没有用心地想那一片顶着雨水的云彩，只是透过扣在脸上的那一副黑色墨镜，有些故作深沉又貌似潇洒地跷着二郎腿，从摇下的车窗里，毫无目的地张望着。其实，面对这些疾驰而过的车窗外的影像，你也没有办法让自己的思绪，过于长久地凝固在一处“风景”里。没有人知道，我是多么喜欢在这样的“幻境”里，来消磨着漫长的旅程——眼睛里的物象飘忽不定，大脑里的风暴也风驰电掣。有时候，你脑子里的小差，开得比师傅的车还快，跑了多少路，没有烧掉一滴油，却独独地一个人，去了神游八荒的精神故地，全然是一趟不需要盘缠的免费旅游。

车子从克拉玛依穿城而过。很快，就缓慢地漂移在一座低缓而又起伏不定的山顶上了。这是一座平缓的山，还是一片广阔的丘陵？我终于记住了一座山顶的名字——索尔库都克。这是树立在路边的一块牌子上写的，蓝底白字，清晰地印在了我的脑子里。有多么开阔呀，山地平缓，稍有的起伏里，那一条柏油马路，就作了黑色的丝带，舒缓而流畅。我知道这是一些山地上的轻音乐，无声地流淌着。高天上的流云吧，她那样近，似乎伸手可触，却总是无法真实地触摸到那一抹总是悬挂在天边和山顶上的云彩。

是的，一抹天边上的云彩，也总是停留在这些低缓平坦的山顶上。而天空的轮廓，那一顶巨大的苍穹和弯曲里，不知道是因为天空的逼近还是大地的辽远，你一下子觉得，这些头顶上的云朵是如此的曼妙温润。在这些庞大的云团裹挟之下，你周围的天空和不远处的山顶，全都浑然一体了。云层时远时近，大地飘忽不定，那快速掠过的云朵里风云变幻，而山顶上的车速一点也没有减缓，仿佛是车子追着云彩跑，也似乎是云彩推拥着车子腾云驾雾。

大地是寥落的，而山野也变得如此虚弱。天空的穹幕之下，何曾有过的千堆雪，卷走了多少岁月的风云。而人呢？我在这条山路上看不见一个孤独行走的人，也少有车辆从山顶上穿行而过。我觉得疑惑，怎样的荒远和高峻的旅途，使势单力薄的行人却步？我在想，美景里往往是一些人生的畏途吧。更多的人向往美景，却更喜欢热闹，孤单的旅途上你总是难以承受世俗者的观光。当旅游也成为一种消费，并越来越多地成为一种经济行为的时候，这个愈加繁荣和庞大的产业里，人们内心里存放着的那一点儿孤独感，早已经在你上路的时候，就被赶跑了。所以真正的旅游，我觉得应该属于那些心灵的孤独者，那些漂泊的，远行的，独自行走并孜孜不倦的人。

荒凉的美景，总是在你无法想象的那一处山梁上。可是你无法预约了这些时光的闪电中，瞬间即逝的旷世杰作，她的存在和显现，总是那样辽阔和短暂。你永远也想象这些大地上的阴凉，切换着时空的频道，在索尔库都克这样一个名不见经传的山顶上，堆积过的云朵和掠走的，一片又一片阴凉。而山色里的那一点儿苍茫，在云天之间，又算得了什么呢?

或许，只有这样的夏天里，你才有足够的时间和漫长的旅程，来消磨这大片的时光里，白云飘忽的天空下面，空旷的寂寞和毫无遮拦的畅想。似乎，也只有在新疆的长路上，你习惯了山野里的困倦和不知疲倦的奔跑，这些寂寞，才会生长出无垠的幻想。有时，你也只是一程又一程地奔波在路上而已。没有人会因为错过了一个夏天，而忘记了酷热中的等待；也没有人会因为一次长途中的困顿，而舍弃了一生中不断到来的下一段行程。因为，总是要走出去，或者归来，你的这点破心思，全都抖落在一些荒寂和落寞的路上了。

我乐意于这样的行旅。一程又一程，往往复复，无始无终。

困倦的羊群

阳光，云影，缓缓移动的山冈，远方的视线里层峦叠嶂。大山也应该有自己的温床，那么辽阔的一场睡眠呢，在整个午后的阳光下面，铺展、延宕着。太阳也一定是翻过了太多的山坡，她有些厌倦了奔跑，在云天的背后，高天阔野里的倦怠已经无可阻挡。

谁能够阻止一场天空的酣梦？

我只能说，在玛依塔斯为我们标识的这一片群山里，我遇见了一场天底下最为辽阔的睡眠。你不能不放下脚底的行程，赶赴在一场远天的大梦里。依然只是在路上，你没有舍弃的是一个目的地，而大山没有终点，她的睡眠才刚刚开始。甚至没有一只鸟，在车窗外的天空里做一回自由的滑翔。甚至没有草，没有奔跑着的一只野兔，没有追赶和夺命而去的仓皇奔逃。

假如我只是一场梦游。我想，我到来的正是时候呢。山路上的时光总是缓慢的，即使你坐在疾驰而去的小车里，你也感觉不到这山野的飞奔而去。是大山过于漫长，还是天空的帷帐里恍惚如梦。一面又一面向阳的山坡，就这样无限的荒芜着。我的眼睛里铺满了整个世界的阳光也还是荒芜。温暖总是浮在你的眼睛里，内心里的寒冷还是会一点点地浸润上来，就像你无法改变的命运一样。

而何曾有过这样的一面山坡？车子拐过了一道山梁，隔着几十米，还是几公里的距离，一面平缓的山坡上，竟然是一群趴卧在地上的羊。我是不敢在这样的时候，太过于相信自己的眼睛的。我忙着惊呼：那山坡上是什么东西？起初，我以为是一堆石头。有人不以为然地说，羊嘛。

在新疆，浮生如梦的漫游里，我见过太多的漫山遍野的羊群，而唯独没有见过一群睡眠中的羊。就像大山的沉睡一样，阳光下的云团里，一群羊进入了一片山野的大梦之中。羊们席地而卧，就坡低枕，也不讲究睡姿的优雅与否，全然只是一场睡眠。山色里的混沌，掺杂了一群毛色鲜亮的羊，而阳光正好从它们的头顶上经过。

或许会有一只狗，在熟睡的羊群里窜来窜去，它在追逐着一只蝴蝶或者令它恼怒的另一只飞翔之物。狗在羊群里上蹿下跳，也全然没有影响到一群羊的安然入睡。它到底是一位不速之客，还是主人忠实的牧羊犬？不管怎样，一只狗的出现，总比得上一群羊的酣睡更加生动。

一下子，这些山坡上的羊群，将我的思绪拽回到恍如昨日的童年记忆里去了。我的短暂的放牧岁月里，几只羊和一头倔犟的小黄牛，曾经使我幼小的童年里伤透了脑筋。在我放牧南山的那些夏天，阳光酷烈得无处躲藏。洋槐树和荆条棵的荫凉下面，我也曾有过的一些午后的睡眠里，牛羊们不知道去了哪一片梦中的山坡上。当我揉着惺忪的睡眼醒来的时候，还必须赤着一双脚板在细碎的山石间，呼喊着我的羊群。

故乡的山水如此遥远，她如同我的羊群一样远在童年的一场梦里。我这一生没有做过的梦，就是这天边的山坡上，另一群熟睡的羊。蓝天，白云，低缓的山坡上草色浑然，一群撒乱的睡眠中席地而卧的羊，像极了天空下面几块干净的补丁。是天空的缝隙，云朵的缺憾，还是万年如斯的大山的残破里，一群羊张贴在远方的风景里。我没有听见一丝风，从它的旁边走过，也没有一块调皮的石头，在羊群和大山的睡眠之中，抬起头来四处张望。

一群困倦的羊终于睡去，整个大山也合上了眼睑。天空的低垂里，云朵的飘荡多么恰如其分，那些舒缓的音乐呢，才是大地的摇篮上，适时的催眠曲。谁说此梦只应天上有，哪堪散乱草莽间？

我记住了这个荒蛮的午后，一群羊，枕着一片云朵在大地上的酣睡。那些大山的轮廓里，你看不见一片皱褶，你只是睁开了一双眼睛，什么都没有做。在路上，你只有神谕。大地的荒凉里，全是美景的故乡。

玛依塔斯在额敏县喇嘛昭乡境内，即使是一片胡乱生长的石头，也因为这个夏日里的苦旅，在莽原的尽头，你抵达了比西北的天空更加遥远的一场梦境。所谓大国的僻壤，全是莽苍苍的另一派“繁华”之境。

我们的车子正行驶在去往铁厂沟镇的山路上。那是铁，还是山石铺就的另一座人间小镇？有人顺口叫出了“铁钩子镇”。有意还是无意的口误，都使得我这一趟迷惑不解的山野之旅，有了更多的念想。

我想，接下来，置身何处都会是故乡。因为你在大地的方圆里，你并没有比一场梦走得更远。

沿着一条河流的方向

我们去寻访一片河滩。准确地说，我们是要寻访一条河流，一条名叫额敏河的河流。来到额敏的第二天上午，没有我的课，也没有另外的安排，于是觉得一个上午的时光如此奢侈，便约了另外几个和我一样无所事事的人，去城外去找一片河滩上的树林子，散散心去。

虽然不是第一次来额敏了，但大家对这个边境上的小县城并不熟悉。车子轻易地出了县城，却一下子失去了方向。只是大片的玉米地，在一排又一排杨树林的浓荫里，显得整齐和错落有致。出城，便是为了更好地辨认一条河流，或者是为了更好地辨认一条河流的方向。

而额敏河的方向在哪里呢？起初是一些树木的遮挡，继而是一座村庄，几间破败的砖房前，消隐在另一个时代的标语依稀可见。我并不以为自己是走错了方向，只是固执地认为，或许那一条河流，一不小心，就会出现在一个村庄和一排房子的后面。

车子沿着一条马路肆无忌惮地驶去。因为愈加空旷的原野上，我们既看不到村庄的轮廓，也寻不见一条河流的影子。好在，我们都知道，车子是在与这条河流平行的方向前行。并且，我们也一定坚信，不管怎样，继续走下去，我们一定会找到那一条似乎是愈加清晰的河流了。没有人相信，这条额敏乡间的柏油马路，和那一条被额敏人称之为母亲河的额敏河，会毫无关系。甚至，也没有人知道，我们这样无目的地行走下去，最后会到达一个什么样的地方。

好在大片的原野上已经不再荒芜，青葱和更加茂盛的庄稼地里，玉米已然成长为这个遥远夏日里的青纱帐。浓稠、茂密、青翠的色彩里，透不过一丝风。玉米的丛林，连接成漫无边际的纱帐和帷幔，成为接地连天的一片辽阔风景。玉米的风景我是见识过的。乡村生活的经验使我对玉米林织成的青纱帐，有着一种特殊的情感，而那密密的青稞里，演绎和发生过的乡村故事，也曾经让一些乡村的夜晚兴味盎然。在玉米还没有以金黄色的颗粒展现出粮食的堆积时，茁壮而茂密的玉米地里，那些青春期里的风吹草动，被漫长的夏日拥堵得寸步难行。

想到了玉米，在额敏县境内一片远离河滩的庄稼地里，竟然成为了大家一致的感慨。似乎，每个人的童年记忆里，都曾经有过的一片玉米地。庄稼的意义被改变。一片夏日里的玉米林，和那些金黄色的颗粒之间，到底存在着一种怎样的传承和延续关系。

渐渐地，坐在车子里的人便起了歹意。竟然周密地计划起来，掰一些玉米棒子回去烤了吃。更有创意的想法还在于，有人竟然想到了乡野的烧烤。掰几个嫩玉米棒子，在田埂间捡一些柴火烧了吃。虽然这样的创意充满了可行性，可是坐在车子里的人，没有一个人付诸行动。

这个上午的风，也一定吹动了远处的树梢。那些杨树还是榆树的枝头，轻风摇曳，只是，你再也看不见成片的树林。除了庄稼，在这个季节里，没有一处青葱的风景，会从一荒芜的田野上飘过。

我们的车子试图几次改变方向，以为近在咫尺的额敏河，经由铺满了砂石的石子路上的颠簸，终会呈现一条清冽的河水吧。但是终于人生地不熟，总是不得要领。车子往砂石路上一次次掠过，可是最终又不得不退出来。

河流的方向，非但没有逼近，反而是愈走愈远了。见到一个扛着铁锨的哈萨克人，停下车来问路。问了半天，那个热情的哈萨克小伙子连比带划，竟然没有说出一句囫囵的汉话。关于河流的去向，就更加成为一个悬疑的问题了。又有一个骑着摩托车的老汉远远地从对面驶来。他一手扶着车把，另一只手捂着肚子，远远地看上去，好像是一个生病，并且疼痛难忍的人。远远地打了招呼，说明了来路和要去的地方。那在夏日里头顶上戴着一顶皮帽子的老汉，一脸不耐烦地说，河坝吗？往前走上两里路，往东一拐，就是河坝了。他并不能理解我们所说的额敏河，只是觉得那是一条巨大的河坝吧。

车子前行，遵照那个指路者说的方向，提前就下了道。其实，这条铺满了碎石子的乡路上，似乎本来是没有路的。

我们最先到达的并不是一条河流，而是一座干渴的村庄。颠簸、尘土，夹道生长的玉米林的尽头，终于使我们遇见了一座稀疏的村庄。几个老年妇女坐在一家门前闲聊。见我们的车子扭扭捏捏地驶进村子里来，相互睁大了好奇的眼睛。走下车来去搭讪，一位豁了牙的老妇人嗫嚅着说道："河坝吗？往前直直地走吧，前面不远就是河坝了"。

一车人欣喜若狂，以为穿过了这个荒僻的村子，就可以很快见到河流了。往前走，村子里的几户人家，寥落在一条砂石路的两边。院墙高耸，而院门洞开着。一个孩子，把一块石头差一点扔在了车子的后备箱上。而那孩子却也并没有显示出丝毫地不快乐和不高兴来。他撅着屁股把头藏在自己的小裤裆里，斜着眼睛看着我们的车摇摇晃晃地从他家的门前经过。

而干旱是这个村子和大地上的庄稼人，所要在这个季节里忍受的苦难。一眼机井在疯狂地冒水，没有人觉得那些冒出来白白流走的水是不正常的。再往前走，村庄外面的庄稼地里，油葵、打瓜的地里，长满了齐腰深的荒草。只是见不到一个人的影子。在荒村的尽头，一个小院里矗立着一面鲜艳的红旗。有人说好奇怪，这里的庄稼人都知道在自己的院子里插上一面红旗。其实不然，我是说，这个小院一定是村部或者村子里集体办公的地方。如今院子里长满了荒草，一面红旗在院子里高高的桅杆上飘扬着。

穿过村子，再往前走的时候，竟然是一条干涸的河床。额敏河干渴的河床上，堆满了大大小小的沙堆和石坝。我们停下车子，在河床上环顾四周，荒山秃岭间找不到一滴水痕迹。

我原来设想的河水边上的一片树林子是泡了汤啦。一座村庄，看似斯文和缓慢的节奏里，时间的表情上，早已经显得不耐烦了。当一些人游手好闲地从村子里走过的时候，这个季节里的干旱正在进一步加剧着。

谁能够理解在一条干涸的河床上四顾张望的人，面对一条河流的干旱和荒芜时，我真的觉得自己的内心里羞愧无比。

天边牧场

去往小白杨哨所的路上，其实是一次真正的山地之旅。无论是从额敏县城出发去裕民县城的路上，还是从农九师一六一团部所在地，再转往小白杨哨所的途中，山野连绵，丘陵跌宕，在你眼前掠过的是巴尔鲁克山近乎原生状态的山地风貌。

而此时，在车子爬高上低的山野间，我几乎忘记了自己身在何处。幻境般的边地风光里，我忘记了长途的困倦，一个人，迷失在一程又一程的山野里了。在此之前，我没有想过，巴尔鲁克山这个名字是如何的遥远，她和那些遍布新疆南北的万千山脉一样偏安一处，拥有自己漫长时光里的大寂寞。偏僻或者偏远的自处之道，对于一座名不见经传的山脉而言，像极了人生的智慧——安静、随意、悠长而缓慢。

据说，每一年，属于巴尔鲁克山的那个春天里，漫山遍野的山野间，犹如仙境。而繁花盛开的那一季，总是如此短暂。我没有赶上她的春天，我从盛夏的酷烈里，乘着一抹边地的山风，悄然地到来了。我像一个陌生的游历者，怀揣着太多的疑惑和茫然。对于大多数遥不可及的山野，当有机会慢慢地抵近她的时候，我的内心里总是充满了莫名的惶惑、不安和犹疑。你没有办法让自己能够平静地面对一片未曾谋面的山野，她巨大的阴影将你覆盖的时候，你轻若尘埃般的一声叹息，变得多么微小和渺茫。

据说，巴尔鲁克是天山马鹿的故乡，是世界上面积最大的野生珍稀植物“活化石”——野巴旦杏的天然陈列室；是世界独有的兰花贝母生长的摇篮；是羊中极品巴什拜羊的原产地；是中国最大的红花基地。巴尔鲁克山同时是野生动植物的天然博物馆：有雪豹、盘羊、羚羊、黄羊、大鸨、雪鸡、天鹅、灰雁等野生动物九十余种；有贝母、大芸、党参、甘草、芍药、柴胡等中草药材和野生植物千余种。处于天山和阿尔泰山过渡地带的巴尔鲁克山，似乎也浓缩了两者的精华，丘陵草原和高山峡谷，森林草甸和湖泊河流都别具特色。

所有这一切，巴尔鲁克的丰富和博杂，都与我“这一次”匆匆的行旅似乎又毫无关系。我眼里的风景，几乎是一片荒芜。高地寒凉，似乎季节也总是慢了些节拍吧。我看到了山坡上，大片收割后的麦地里被捆扎整齐的麦草。它们应该是大型收割机作业后的产物，不知道什么时候能够被运走？或许要等到今年的第一场大雪到来之前。那么这些空旷的麦地上，将长时间地停放着这些被机器挤压后的麦草了。长方形的麦草，脱离了粮食和生长的需要，在一片山野的空旷和寥落里，有了一些童话的颜色和味道。它们大致有序地排列在一片又一片收割后的麦地上，太阳经过的时候，黄灿灿的麦地上，魔幻境界里的虚拟和真实效果，全都显现出来了。

野果林也应该是存在的。那些河谷里的绿色走廊，总是隔着一些山梁，让你无法真实地打量清楚。模糊不清的房舍和村落，是一些人间的气息吗？那些牛羊的脊背上，泛着一片山野的光芒。荆棘、茅草，或者被我叫不上名字的红色浆果，总是走不到头的漫长山路，就这样和一群无名无姓的牛羊毗邻而居。

红花和雪菊的田野，也在一些低缓的山坡上展开着，似乎到了收获的季节，隐约的人影在那些深红和橘黄间移动着。我心里犹如针扎。长天阔野，是怎样的一些人，隐忍在天边的山野里，寂寂无声的山地间，劳动也是寂寞的吗？他们背着命运里的一片天空，躬身于荒芜的山野，劳作和厮守在一片灵魂般的边疆。似乎，望一眼山野里的风，那些吹动在天边和国界的山梁上的风，就已经足够幸福的了。山不转水转，而人没有移动。在红花和雪菊的花海里，山野的苍翠，有了另一重苍茫和悲壮的颜色。

山河有她自己的归属吗？万物有灵，各有所处。可是，在这里，在巴尔鲁克山漫长和弯曲的山道上，我们总是遇见这些无声的山野里，悠然行走的牧场。一年又一年，贯穿了整个四季的牧场，你很难辨认是哪一场雪或者雨，改变了一个季节的走向。只有这些无法移动的牧场，放牧着天空的牛羊。

在云天之间，你找得到一片云彩和一只牛羊的故乡吗？没有！我们只是这一片山野的过客，你的到来和离去，无法改变一粒尘土的命运。

时光总是悠闲的，在人影稀落的山野间，我总是怅然若失。大地的苦难是没有终点的。遥远、荒芜和时间的空旷，都不能阻止生命顽强的生长和挣扎。我愿意在这样荒凉的处境里，使用“挣扎”这两个字来描述生命的况味。与那些怒放和夺目的生命相比，在巴尔鲁克山，无论是大地和人群，我都能在他们的表情中，看到命运的酷烈和霜迹。除了挣扎，还有哪一种描述，更能够准确地表达我对这些生命的印象。

远在天边的山野，即使是一片荒凉的牧场，也应该是我们所珍惜的。因为你已经没有了灵魂的皈依，那些四季里的流浪，多么需要一片清洁的牧场。

一棵树的荒原

那是一棵树，还是一座荒原？我已经难以说得清楚了。在天山北坡的这一片叫做准噶尔的荒原上，我们的小车从乌鲁木齐的漫天飞雪中，向着荒原深处的另一座城市进发。我并没有期待有怎样的意外发生，我期望着，从乌鲁木齐冬天的迷雾和烟尘中，快一点地冲出去，去到那片旷野荒原上的蓝天里去。

多么广袤的一片荒原，是雪野里的一次放牧。连绵的视野里，是白茫茫的雪幕和几近裸露的土地，除了漫无边际的雪，还有寒冷一样如影相随的季节。我不能像早年一样看见自己的脚印，那些记忆里的寒冷，已经连同我渐渐远去的故土一样，模糊而遥远了。

雪地上的行驶，是我现在唯一可以把握并深深依赖的一种行走了。我必须把眼睛擦亮，才可以望见车窗外面那些急速掠过的风景。没有提示，也没有预留，所有的景物都是一掠而过。因而，在时速的切换中，假如还会有一些风景留存下来，将是一件多么难得的事情。

而一棵树，就是在这样的情景下，进入我的视野并持续地站立在荒原上的。我没有看见另外的树木，在它的身后，是无尽的雪雾和白茫茫的荒原。或许，这并不是一座荒原的全部，但一棵树，承担着这个季节里荒原上的全部的孤单和寒冷。

在我视野穷尽的这一片荒原上，我能够遭遇的只是这一棵树，没有呼应，也没有背景，一棵树艰难地挺立着，少许的弯曲，是它挣扎和抗争过的命运吗?

我注意到这棵树的时候,车子正在快速地从它的身边经过。我惊讶的不是一棵树在荒原上的苦难,恰恰相反,我被一棵树在荒原上的美丽而深深地震撼。我坚信这一棵树不是荒原的逃兵,而坚守这样的历史使命,对于一棵树而言,多少有一些沉重了。我愿意相信的事实是,一棵树,在一片荒原上的停留,或许只是一次偶然的邂逅,没有秘密的相约和美丽的童话,却是没有选择的一次命运中的相守。

那么一棵树的孤独和荒原上的承担,便有了一种无法被言说的意味在里面了。你很难面对一棵树去安慰一座偌大的荒原,也无法在一片荒原上,寄托一棵树对森林的渴望。这个冬天旷野上,我能够告诉自己的,只是无法被安放妥当的故乡,和无处寄存的漂泊中的灵魂。

一个真正的游子,是否才需要一片自己的荒原?那些背井离乡的风尘啊,在这一刻的雪野里,是否愿意尘埃落定。我不是一个顽固的思乡病患者,这么多年,我早已把异乡化为故乡,或者说,多少年的漂泊,我已经不知道故乡在哪一条道路上,等我的归途了。

在车子就要将我的视野带离这片荒原的时候,我看见了一棵树在冬天里的绽放,是如此的美丽和震撼。那是一树的冰凌,还有被冻结的积雪,一个夜晚的包裹如此晶莹,我知道太阳可以忽略一座荒原,但是绝不会忽略了这一树的冰挂。阳光逼近了这些荒原上的枝条:细碎、弯曲、明亮而夺目。

远远的,在树干和枝条间,我看见的是一棵树的生长和瞬间的开放。

多么寒冷的一个季节,多么寂寥的一片原野,一棵树的冰凌玉挂,在雪地里的独自开放,生动着的,是一座沉睡中的万古荒原。

是的,我们无法索取一座荒原的温暖,但是我相信,一棵树伫立在生命的严冬里,不需要挺拔的枝干,那些稀疏的枝条上,凝结着的,该是我们无法被冻结的感动。

偶遇野马

远远的,几辆车子停在路边。我们的车子也慢慢地靠了过去。几乎没有人发出声音。顺着众人们手里高高举起的照相机的方向,我看见两匹马相视而立。终于有人嘀咕着说,哦,野马,这就是野马!

的确,以我站立的位置去看这两匹远处的野马,确是模糊的,且形迹可疑。我的经验里,野马的飘逸、劲健和飞扬,在这两匹马的身上全无踪迹。甚至它是那样矮小、羞怯,神情里的落寞和沮丧,都使我有过小小的失望。

除了在影视画面里见过的那些在荒原上奔驰而去的野马, 其实,十几年间, 我在这片荒原上也曾经不止一次地见识过成群结队的野马群。它们或者相互嬉戏着在远处的荒野里腾起一阵黄烟,或者安静地来到马路边的一汪水洼边,井然有序地饮水,然后离去。有过那么一回,野马们结队从马路上穿过,路两端的车辆全都停了下来,人们纷纷下车,远远地注视着它们,那样安静地走下公路,缓缓地隐入荒原。

今天,这两匹野马是因为孤单而显得矮小,还是因为荒原的背景过于辽阔,使得两匹野马陷入到孤立无援的情景之中。这是两个落难的兄弟,还是两位私奔的情人?抑或是为野马群前来探路的两个“侦察兵”?更多的猜测,也许会使我陷入更大的茫然和惶惑之中。

我的困惑还在于,两匹野马为什么站在那里一动不动?烈日炎炎,荒原上没有一片阴凉。两匹野马就这样相互凝视着对方,像两个凝固的雕塑般，暗合着荒野里无边的沉寂。我只是在想，两匹野马在浩大的荒原上走投无路，一时间陷入了人类的好奇和围观之中，大概还无从反应吧。我们无从真正懂得和了解这些荒原之子的心，我们的好奇或者同情心，全都隔着苍莽的荒原，无法被这些惊恐和孤单的眼睛领会和阅读。我们从残酷的杀戮和追赶中幡然醒悟。但是，当我们停下了追杀的脚步，希望再一次和这些荒原的主人们，建立一种良性互动的关系时，你会发现，这些从惊魂中逃脱的生命，再也无法平静地走进我们的视野了。

大多数时候，野马群远逸在人类的视野之外，那些荒无人烟的原野上，才是野马们的家园。只是，种群的迁徙，部落的征战，或者因为路边的水洼里，存放着野马们赖以维持生命的水吧，野马们总要冒险涉过人类为他们设置的这些通道，横穿马路，从飞驰的车轮和人类复杂的情感注视中走过。

野马的驯养和放归实验，在这片亘古的荒原上已经持续了多年。今天，我们有幸或者不幸地与一些散失的野马不期而遇，在烈日和阳光的注视下，似乎谁都没有了去路。仔细想想，荒原才是我们共同的家园。从我们茫然无知的命运中出发，到我们内心里一生都无法退却的荒原，在生命的背景上，我们人类的圈舍，远不比一匹野马来得更加壮阔和辽远。先不说那些被我们丢失殆尽的野性和自由，我们自私、狭隘以及物质化时代欲望的膨胀，在多么迅捷地消弭着我们生命中的鲜活体验。盲目的幸福，在现代化和人类文明进程的双重夹击下，我们的眼睛里，已经丧失了对一片荒原过于长久的注视。

216 国道，卡拉麦里。这一条从昼夜的荒原里穿梭来往的“通衢大道”，见证了多少人间的奇迹。似乎，只有这些荒原上不断跃动的生命的奇迹，才是我们需要穿越的风景。

那两匹野马，依然在荒原上伫立着。它们安静得让我疑惑，也让我愈加感到莫名的恐慌和不安。两匹野马气定神闲，它们相互注视着对方的眼睛，似乎在传递着某种特殊的感情，或者讯息。终于有等不到奇迹的人，重又开车上路了。它们的惊奇和新鲜感在一阵慌乱的拍照和录影之后，变得无情趣了。最后也没有办法让两匹意志坚定的野马，有过任何表情上的变化。他们上路的时候，不知道是满意而去，还是失望而归。

依然有不断到来的好奇者停下车子，在这片毫无风景的荒原上，锁定两匹孤单的野马。车子竟排起了长队。摄影者的队伍里，有专业的“炮手”，亦有随身的“卡片”，更多的人，端着宽屏幕的手机向着野马所在的方向，急切地扫描着。可惜，我的眼睛在强阳光的作用下几乎一无所获。我在放弃了所有的尝试之后，只有远远地注视着这两匹安静的野马。

当我们也终于踏上了行程的时候，两匹烈日下的野马，依然没有要挪动一下的迹象。我摇下车窗，看那两匹野马的脊背上，驼动着刺眼的阳光，无垠又广阔。很快，我们的车子进入到了飞驰的状态，我感到了身后的荒原，也在一起飞驰起来。而野马呢，你没有随着被拖动的荒原一起飞驰，你只是安静地伫立在一片愈加遥远的荒原上，神色安宁。

荒原上的行驶，有时候看似漫不经心，但每时每刻，又都会让人惊心动魄。我无奈地摇上了车窗，眼睛里全是一片赤色的荒原，像这个季节里一团巨大的火焰，燃烧着，奔驰着。

小镇恰库尔图的前世今生

就像所有在旅途中陷入绝望的人一样，漫长的荒野上，沙漠、戈壁，黄尘掩映，长风猎猎，你满眼的荒芜里，别无他物。这时候，在你视野的前方模模糊糊，一小片绿洲的幻影，若海市蜃楼，水中倒影，继而渐次清晰，绿树红瓦，饭馆酒肆，吵嚷的人群和拥挤的脸庞，一下子，你又一次回到了繁杂的人间。

我说的这个小镇叫恰库尔图。在乌鲁木齐通往阿勒泰的216国道上，恰库尔图像一枚绿色的纽扣，贴伏在准噶尔盆地和古尔班通古特沙漠的东北边缘。这个地名连同她的地理方位一样，洋溢着一种异域般的味道。或许，再也没有这样一个遥远的小镇，被远途的干渴和饥饿召唤着了。

想想，作为一个小镇，恰库尔图这么多年来，她既没有长大也没有走远。她是我们搁在路上的一位穷亲戚，出远门了会想起来，回家过日子的时候，会把她忘得一干二净。也真是可怕，有多少年了，从小镇上来来往往地路过了多少次，却从来没有用心地打量她一下。

说起来也真是奇怪，就连恰库尔图这个名字，我把她完整地记忆下来，竟然也费了一番周折。起初，我听见开车的师傅说，我们在“恰尔库图”吃饭吧，就跟着“恰尔库图”叫了一路，后来我发现不对，路边的指示牌上，明明写着的是“恰库尔图”嘛，我忙着纠正，也赶紧在自己的记忆库存里清理一遍。谁知，不纠正不要紧，反而越来越混乱，有一阵子，我自己也搞糊涂了，不知道到底是“恰尔库图”还是“恰库尔图”。动手敲打这篇短文的时候，我不得不到网上重新检索了一遍，才敢确认了“恰库尔图”的真实身份。

如果不嫌弃那些时光里的陈旧，那些光阴和记忆的荒芜，恰库尔图这样的小镇，我想一定还会是我的前世今生吧。那么，第一次呢？我想了想，竟然无从记忆。从时间上推算，我想，我第一次在这个小镇上经过的时候，应该是二十世纪的八十年代末或者九十年代初吧。

那是怎样的一个时刻，黄昏了吗？一车人昏昏欲睡，夕阳的晖光染红了天边，没有一个人从昏睡中被惊醒。我抬起头来，无精打采地望了一眼车窗外面。我一眼就看到了成片的杨树，或者柳树什么的，在一些人家的院子和围墙外边环绕着。似乎是一片洼地上的河滩，荒漠尽头的绿树人家。我瞪大了眼睛在车窗外边梭巡着，希图找到更多的惊奇。那个时候，我在新疆的漂游生活才刚刚开始，还没有太多的长途和远足的经验。我的眼睛里，满是这个世界的荒芜。

当时，我们的车子在恰库尔图一晃而过，没有停下来吃一顿饭，或者小憩。不知道是什么原因，在那样漫长的黄昏里，一个小镇上的绿树人影，竟是如此短暂。

后来的许多次，早晨从乌鲁木齐出发，大概在两三点钟的时候到达这个沙漠边上的小镇恰库尔图，几乎无一例外地会在这里吃午饭。而午饭，也几乎是清一色的“拉条子”，我们叫“拌面”。最近的这一次，我陪着北京的两位女士和一位小伙子上喀纳斯，到达这里的时候，已经快三点了，在一家回民饭馆，我们每人要了一盘子“拌面”。

虽然饥肠辘辘，我还是在心里面犯嘀咕，小伙子不用说，从来没有来过新疆的女士们，能吃得惯这粗碟子大碗的新疆拌面吗？吃饭前，我征求了一下大家的意见，要不要吃大蒜？因为我知道，吃拌面不就着大蒜，那感觉也就差得远了。但我在征求意见的时候，却是从卫生和安全方面考虑的。看着北京来的小伙子和女士们就着蒜瓣那拌面吃得嗞嗞啦啦地响，我心里的石头，也慢慢地落了下来。

吃拌面的当儿,我看见了老板的吧台上摆着几块石头,上前搭话,老板说石头是一位朋友放在这里玩的,不卖。我试着和他讨论了一块石头的品相和成色。他笑着说,你是行家呀。我说,我喜欢石头。并坦诚地跟老板说,说实话,你朋友的这几块石头都一般般,自已玩玩可以,卖不出好价钱来的。老板便显得有些窘,不好意思地说,我们也只是玩玩而已。

这家回民饭馆的生意不错,虽然已经过了中午就餐的高峰期,但馆子里依然座无虚席。从熙熙攘攘的座位间穿过,我出门站在饭馆的台阶上,往恰库尔图的大街上打量了一下,见沿街的饭馆门前停满了车辆,人们从长途的奔波中,从旷远的虚无和幻景中,来到这个沙漠的小镇上寻找一顿人世间真实的味觉和肠胃的安慰。

而整个恰库尔图,也似乎都沉浸在这样一场即时的盛宴和狂欢之中。各家餐馆和饭店的灶头上,是拌面的摔打和铁锅里滚沸的面汤。成群结队的食客,也就是这么一阵子。等到夕阳西斜的时候,过路的客人就像一阵风一样,从恰库尔图的街道上消失了。接下来,是漫长的沉寂和等待,等待着第二天的客人们再一次蜂拥而至。没有人想到,这看上去热闹非凡的嘈杂和喧哗,却是如此的短暂。因为你注定只是一个远方的驿站,而不是终点。

是的,恰库尔图是微小的,在庞大的地理方位和时间坐标里,恰库尔图注定将会一次次被抵达,然后一次次被彻底的遗忘。

布尔津河的火焰

此刻，我站在布尔津河谷的台地上，看见了一条如此安静的蓝色绸带。她和我一生所要到达的梦想如此接近，那些蜿蜒的蓝色——深蓝、浅蓝，涂抹了早晨霞光的火焰般的蓝色里，一条河流如此安静地迎来了黎明。

而整个布尔津河宽阔的河谷里，似乎也只有这寂静的声音，陪伴着一条河流的缓慢苏醒。是的，整个布尔津河谷里，遍布着白桦、柳树和新疆银灰杨的幼年、成年和老年时代的群落和部族。这些千百年来不曾消失的古老植物们，与一条缓慢的河流相生相伴，仿佛这才是时间和光阴的节奏，没有大江大河般的奔泻而去，只有千年不变的光阴里，生命的繁衍。我们看不见一棵树，哪怕是一株野草的消亡，那些生命消失得如此隐秘，就像我们从没有看见过一粒种子，在暗无天日的黑洞里缓慢地生长、发芽。

我知道布尔津河，是新疆另外一条更加著名的河流——额尔其斯河的支流。只是在布尔津境内的这一段，被称作布尔津河。不知道为什么，从第一眼遇见她的时候开始，我就毫无缘由地喜欢上了她。或许，是这个黎明我醒来的过早，从她幽深的灌木、林涛和田畴间，漫漶在堤岸上的寂静里，一条河流的秘密被我撞见了吧。那么，大河滔滔，不息的奔流中这些远徙而至的水，又是怎样变得如此安静的呢？一个夜晚，是否足以承载所有的黑暗？而晨光里的这一分安宁，如此广袤，我甚至没有办法把她们中最微小的那一部分，带上自己的旅途。

我还不能过多地贪恋这个早晨的寂静和安宁，我必须离开河岸，向着更广阔的滩涂和荒芜走去。这几乎是我一生的宿命。在路上的时候，我每每被这些陌生的境遇和神秘的土地弄得精疲力竭。我没有办法让自己安静地待在一个地方，我必须不停地上路，然后，为自己躁动的灵魂，寻找片刻的安宁。

当我这样满怀伤感地踏上行程的时候，我看见了河谷里茂盛的灌木和高低错落的次生林，愈加清晰了。而那一抹静止的蓝色河流，就要漫上了河岸，她同时也凝固在我们奔跑中的车窗里，一幅幅缓慢、忧伤，不可遏制的断裂，忽远忽近。

贴近于河谷的另一侧，是一面几近于荒芜的山坡，遥看近却无的斑斑草色，真的就显得微不足道了。巨大的山梁上吹刮下来的一股股寒气，不知是来自高处的寒冷，还是来自这些河谷里的阵阵清凉？陡峭的山谷里，总又有一些平缓和开阔的地带，植物和庄稼们，没有辜负这个短暂的季节，她们以各自静止的姿态，与布尔津河谷迎来了同一个黎明。我想象着那些即将到来的中午，那些雀跃着的植物和庄稼的头顶上，热烈的拥吻还没有到来，蜜蜂和水鸟们煽动着微小的翅膀，在灌木和植物间奔忙的身影，已经若隐若现了。

只是这个早上的晨晖里，还会有几分凉意夹带其中。车子弯过了几条山路之后，隐匿于林涛和灌木之中的布尔津河，始终没有离开我的视线。那一抹冰凉的蓝色水面，也始终牵引着我的目光。我不敢在这样的时刻，使我的眼睛稍微地离开河面，有时候我的目光游走到另外的地方去了，稍稍有点儿远，当我担心真的一下子回不来了时，便用眼睛的余光，偷偷地瞄上一眼河面，见她依然在谷地的林涛间穿行着，就又贪心地把目光伸向了别处。

葵花，大片大片的葵花，就是在这个时候进入了我的视野。那些几十亩上百亩地的万千朵金黄色葵花，在河岸边的山地上竞相怒放，也似乎只有这些早晨，这些阳光的粉尘，在旷野的清辉和空寂中弥漫。我无法细数着这些金黄色的花瓣上，火焰般燃放的寂静的呼喊，那些远和近处的灌木与植物，也全都悄无声息地降低了自己的声调，躲避到一些隐蔽的低洼处去了。葵花们蜿蜒着几十公里的山路，隔着一片灌木和植物的距离，她们与那条寂静的蓝色布尔津河遥相呼应，秩序井然。

这些色彩的火焰，看上去并不浓烈，在高远的天空和一些低矮的山峰衬托下，整个河谷里，显得热烈又安静。

我总在想，远在路上的人们，该怎样去安慰一片遥远的风景？似乎永无止境的远方，也总有你停歇下来的时候，这些路上的停歇，挽留，一次次感动和心灵的叹息，不才是你真正需要珍惜的吗？你窥见了一条河流的秘密，她的斑斓和简洁，她的安宁和怒放，有如布尔津河谷里的简单和繁杂，她宽阔的谷地，茂盛的植物，蜿蜒而去的葵花地，荒芜的山冈上冷风习习，蜜蜂们微小的翅膀上，携带着多少尘世间的寂静和明亮。

而所有这些神谕般的遭遇，你都无法将她们哪怕是最微小的一部分带上旅途，也许，你能够实现的，只是这一掠而过的惊羡而已。就像此时此刻的布尔津河，她的蓝色火焰和金黄色花瓣，正在一条遥远的河谷里，独自绽放。

冲乎尔平原上的一个小站

十月的喀纳斯湖，已经被秋霜染了，远远近近的山坡上，是油彩涂抹的一幅幅油画，那一条悬崖下面的河流，在喧响中更多了一分色彩的宁静。有时候，你又不得不相信这是一幅水彩的画卷，只是你穿行其中，无法被这巨大的山水从缤纷的色彩中分离出来。

淅淅沥沥的一场秋雨，多少还是延缓了下山的路程。一辆大巴载着一支三十多人的队伍，在一场不期而遇的秋雨中飘然而下，冲乎尔乡似乎是一个理想的停车场。

在经历了山路的百转千回之后，冲乎尔平原上的这一个小站，终于有了让人着陆的感觉。更多的人冲向了厕所，总归是水火无情，况且还有更长的旅途和颠簸。其实在停车的间隙，大家更愿意在这个不大的水泥台地上作一些停留，或者说采购，因为精明的商贩们，早已把这个不大的停车场，变成了一个小小的市场。

我看见人们走向一个个摊点，那里琳琅满目的挂饰和山里的皮货，讨价还价的市声喧哗，使得我在一时间陷入了恍惚之中，仿佛刚才顺着一场小雨在山路上的颠簸，竟成了一场飘然而去的梦了。

而归途总是让人显得急切和充满了购买的欲望。我们总是忘记了自己曾经寄情山水，那些缥缈的幻境，也总是短暂的。所谓人生的许多次抵达，我们也都错失在路上了。你看那些总是要在路上漂泊的人们，他们的行囊里全是路上的风景。只有一条回家的路，让人缠绕着悲喜人生的万般牵挂，也只有家，让一个人在疲惫不堪的时候，想起了归途。

我希望有更多的时候停留在路上，也是多年的漂泊生涯，使我望断了故乡的一抹云彩。我曾经在阿尔泰深山中的一个夜晚里，享受过一场思乡的豪雨。那时，我一个人躺在一间木屋的小床上，真的听见了雨水的嚎叫，那些山林被整体折断的声音。我甚至怀疑，会不会有一场更大规模的山洪，掀翻了这间山林中的小木屋。我怀疑自己已经到达了生命的边疆，漆黑的山雨中裹挟着更大的黑暗，一个人的夜晚，多么坚硬的心，也早已被这雨水给浇透了。

现在，我置身的这个叫冲乎尔的盆地上的平原，正是秋色远眺，牧草低垂的时节。加上这场持续的秋雨，我看到了远山的湿润，和马路对面的房舍上，在雨水中哭泣的泥墙。那些早已经空下来的房子里，是一些早年的流浪者，或者说垦荒者留下的记忆。那些曾经远离故乡的漂泊者们，是已经回归了故里，还是重新又踏上了漂泊的旅程，像那些真正的游牧者一样，在这大山的万千沟壑里，寻找到了自己生命中的另一片草场。

我知道雨水并不会赶走这个停车场上的叫卖声。雨水赶走的是这些石头的主人。卖石头的人，或许是受不了旅客的冷落，也或许是这些露天的卖场上，石头的缄默，使它的主人们放弃了在最后一刻坚守的决心。当我来到这些被胡乱丢弃在地上的石头跟前的时候，它们一定是显得多余了，或者品相不够好，被它的主人们丢弃在雨水和脚步混合的泥水里。

我还是忍不住在这些泥水里寻找，虽然心里面不免担心，这些石头的主人正在不远处的某一间屋子里，注视着这些蜷缩在泥水里的石头。有人被石头绊了一脚，有些不耐烦地用脚狠狠地踢得一块石头在泥水里打旋，仿佛委屈的不是那一只无辜的脚，是这一块沾满了泥水的石头。

我看到了这块石头在泥水里旋转，然后，漫不经心地停在了我的脚下。我随手捡起来，用手轻轻地擦拭着上面的泥水，只一下，或者说，只有一个瞬间，便让我的眼睛亮了起来。不仅是因为这块石头的光滑，它温润的手感让我爱不释手，还因为这块石头上那乳白的锈色，青石上的包浆，竟然如此神妙。

正如每一条山路上都布满了荆棘，对我来说，每一块石头上都充满了曲折。我把这块石头紧紧地攥在手里的时候，眼睛里并不敢往四下里张望，这时候，我希望这块石头是一个无人认领的孤儿。但是，在我装作若无其事地往车上走的时候，心里还是少不了担心，直到回到自己的座位上，我才有机会仔细地端详这块在泥水里捡来的石头。

有人说，这块石头上是两只向上跳跃的青蛙，作蛙鸣状；也有人说，这是一束白色的火焰，照亮着寂寞的夜晚。我并不能够确定这块石头上的图案，也不想过早地给它命名，因为有无数的可能，才会有更多幻想的空间。

但在这个早上，我突然想到了阿尔泰山地间的一朵云彩，一朵乳白色的祥云，在冲乎尔盆地的一场秋雨中，脱颖而出，它也和我早年间的一场梦一样，一同醒来了。

第七卷　高坡上的油菜花

昭苏夜行记

我是到过昭苏的？我不止一次地问过自己，也怀疑过自己。那一个懵懂的黄昏，黄昏里长长的倒影，还未及罩着小城伊宁的林荫小路，我们去往昭苏的车队就要出发了。说一句心里话，早晨从乌鲁木齐出来的时候，一路穿州走府，山河呼应的旅途上，我并没有意识到今天的目的地昭苏，竟然注定了会是一个夜晚的约会。

那么，满怀新奇又不无依恋的小城伊宁，就这样在黄昏的笼罩下，作了一回悄然的告别。我没有等得到这个城市的华灯初上，我只是坐在缓慢摇下的车窗前，急切地望着窗外，那么陌生，又如此熟识的城市街景。匆匆的人影，惶然的心情，多少次这样的路途上的风景，你毫无缘由的到来，又一次急急切切地离去。

伊犁之境，漫漶了那么多美丽的传说。倾心了这么多年，也只是一个匆匆的过客，总是被那惊魂一现的美景掠夺了心智。往昭苏的路上，天色昏然，渐趋开阔的大地上，我只拥有车窗打开的这一小片领土。是的，我不是一个旅途上的饕餮者，我的眼睛里，也总是被这些若明若暗的事物阻挡着，不辨东西，也看不清一条驶向前方的路。漫长的漂游中，我们总是把自己的悲欢命运，交由了一个无从相识的驾驶者，他的习性、面目，驾驶技术的娴熟与否，是否在一路的颠簸中，已经疲惫至极，所有这一切，你都是一个无从过问的人。这一刻，你会忘记了自己的疲惫和惶然，慢慢地进入到旅途的遐想之中去了呢。

而天色里的黑暗,还是如期到来了。我想回过头去问一下,这一路到昭苏,需要多长的时间,竟听见了长短不一的一片鼾声。我想,长途不易,旅人的梦,是决然不可以轻易打扰的。我缩回了脖子,伸了伸腰,打了个哈欠,也作假寐状,却总是进入不了状况。索性睁开眼睛,紧盯着窗外,逼视着车窗外一闪而过的黑暗里,不曾被移动的树木和风声的呼号。仿佛,大地一下子沉静下来,那声音也是微弱的了。我总是想着,在漫野的黑暗降临之前,总会是有一些轰然降临的声音吧?可是没有,我竖起了耳朵等待了那么久,一点真实的声音都没有发出来。

这夜晚的寂静和黑暗似乎是一同降临的。那么多的黑暗在寂静中连成了广大的一片,弥漫在山野和无垠的旷野之上。此刻,只剩这疾驶的车轮,在这些寂静和黑暗里无声的碾过。大地上的声音如此微弱,她的伤痛,也从这无声里,被掠夺一空。有谁在这黑夜的旅途上,听得见一丝大地的哀嚎?就像那么多舍弃了故乡的人,奔波在异乡的长途上,多少孤单的眼神在四野里张望,终没有一条归途可以带走,这黑夜里尘埃般泛起的乡愁。

我愿意理解山风中的呼啸,高原上的黑暗终于又厚了一层。透过车窗的缝隙,我闻到了昭苏草原上山花和野草的气息啦。那些无以计数、低垂在大地上的花朵和植物们,你能猜想得到它们会在无垠的黑暗里,一层层展开梦想的翅膀吗?那些飞天的梦想,并不只属于昆虫和鸟儿们独享。或许,这漆黑中,来自旷野里的一阵轻风,就会把那些低矮的花朵和植物们的梦,吹向了不可预知的远方。有了这些来自黑夜的、大地上的搬运工,昆虫们微小的翅膀,也只是她旅途中的轻音乐,是她在无数的过往中,能够被记忆和描述的一部分。

此时,影影绰绰的村镇街舍,星星点点的灯火又隐约可见了。远方的灯火,明灭的人家,却总是等不来回家的人。我想到了自己更遥远的家,那个记忆里被一盏油灯温暖和照亮的草屋和小院。荒芜了多久的思乡之梦,我已经无从捧回的故乡的夜晚,一盏昏暗的灯光里,那么多次饥肠辘辘中遥远的呼唤，那一头青丝白发里，那暗哑的声音如此绵长。如今，就着这些远在天边的灯火，我需要望见父母坟头上的荒草，在黑风中摇曳吗？

哪一处远方，都可以盛载无限的故乡。我愿意行驶在这些远方和无垠的夜晚里，抵偿永久的失乡之痛。此刻，面对无垠的旷野上零星的灯火，我愿意说，只剩下了时间里的这一副良药，那么漫长的苦，却需要你一个人，慢慢地吞咽。我也愿意相信，这无垠里，普遍的哀伤，是那么多在外省的旷野里行走的人，不可疗救的终生的疾病。

正当我埋首于自己的思乡和哀伤之中时，有人在我的座位后面，小声而又不无兴奋地议论着昭苏到了。我知道他们说的是眼前灯火通明的昭苏县城。其实，昭苏又在哪里呢？并没有多少人真正的清楚。接下来。我们要去的那一片草原，离开昭苏县城，还有一百多公里的夜路。

高坡上的油菜花

在没有遇见昭苏高原的油菜花之前,我回想起自己十几年前,在奇台县半截沟的一座山坡上,第一次遭遇油菜花时的情景——真实的感觉,就是没敢相信自己的眼睛。

忘记了自己是怎样爬到山顶上去的。所以登高望远,我望见的是松涛起伏的沟壑峡谷间,那个季节里天山的繁茂和葱郁。我没有办法让自己的眼睛看得更远,那时,我全部的新疆游离和知识少得可怜。甚至,我没有办法知道,是不是自己眼睛里出现的幻觉。终于挨不住内心巨大的冲撞和好奇,我还是忍不住问了一句身边的老黄,指着对面山坡上,那一抹青绿中鲜亮的鹅黄色,问那是什么花呀?“油菜!”没精打采的老黄回了我一句。我羞愧得不行,也不好意思再问下去了。因为,我怕在新疆活了大半辈子的老黄,笑话我在新疆待了这些年,连山坡上的油菜都不知道是什么东西。

那时,我从部队上到报社工作不久,虽然在新疆已生活了十几年,但确实也没有去过更多的地方,所以孤陋寡闻也就在所难免了。这虽不是我个人的耻辱,但我深深地记下了半截沟对面的山坡上,那些层层累累的油菜花了。那一个瞬间的惊艳和仓皇,深深地刻在了我的记忆里。

那是一些什么花呢?其实,我站在高高的山顶上,遥遥地望过去,连一朵花的模样也没有看清楚。那只是一片,或者只是一道道色彩堆积的山梁上,被一些盛夏的庄稼诸如玉米小麦等分割开来的,一小块又一小块金黄色的油菜花地。而我相信，那些金黄色的花朵上，恰又是被一个正午的阳光涂抹了的。那么一大片阳光涂抹了的山梁子上，油菜花张开了一张张笑脸。多少张笑脸呢？金黄的颜色里，早已经盛不下这么多的阳光。她们漫漶在遥远而辽阔的山坡上，使我想起了大师们的油画和粉彩，怎样天才的皴染，也无法抵了这个季节里，油菜开花的一面山坡。

我还在想呢，是什么人爬上了那么高的山梁子，翻晒和耕种了如此细碎而又广大的土地，在春天里撒下了油菜的种子？那么高拔陡峭的山坡上，大规模的机械作业是不可能的。那么，这些在春天里，背着种子撒向高山的人，现在在哪里呢？当这个季节里美艳的色彩耀人眼目的时候，那些躬身于土地上的人，是否有机会抬起头来，欣赏或者面对过这些开花的山冈？

对面的那一座山坡，隔着多远的距离我并清楚，或许它早已经超出了奇台县境，属于另一个行政区划里的“风景名胜”。但这些无意中闯入我眼帘里的花朵，惹了那么多阳光和金黄的颜色，已经使我少有地冒犯了一次上帝，作了一回欺天的赏花客。我顺着自己站着的路基，一个斤斗翻下了山坡，在齐腰深的草丛里，深深地呼吸了几口山野的空气。

而这一次昭苏之行，我只是奔着她的高山草原来的。深夜里的抵达，多数人抵不过长途的疲惫，草草地进入了高原的睡眠。早饭的时候，有几个裤腿子湿了半截的人，脖子上挂着相机，风尘仆仆地赶到饭桌子上来。我有些纳闷，这大清早的，你们干什么去了？有人回答说，去拍油菜花了！

油菜花，哪里的油菜花呀？那几位湿了半截裤腿子，脸上却难掩兴奋之色的摄影家们，不无自豪地说，就在这房子的后面，这么大片的油菜地，你们竟没有看见！另一位说，早晨的霞光里，高原上的油菜花，着了露水的金黄色花瓣上，像一片片出水鹅黄，在接天连地的油菜花间，所有的摄影技术都是多余的了。听完了几位摄影艺术家的话，我惭愧不已。我的惭愧并不是因为贪恋自己的高原美梦，一觉睡到了天光大亮，而是我压根儿不懂得摄影，自然也无缘这个早晨与油菜花地里的霞光和眺望。

随后几天的高原行程中，虽然得以一次又一次从大片的油菜花地边飞驰而过。但总是隔着车窗，远远地眺望着，没有机会走近一朵盛开着的油菜花。

终有一日，好像是昭苏行程的最后一天了吧，我们的车子，往格登碑所在的边境上驶去。荒远的高坡上，那些一望无际的油菜花开得正盛。而高原的行程却是旷远的，有时会遇见整面山坡的油菜花，倒是没有了初见时的兴奋了。美的陶醉，也容易让人的视觉和感官麻木。我想到了远处的高坡上，心里面也不免充满了疑问：这些大机器时代的耕作里，油菜花是怎么样撒满了漫山遍野？在这些高高低低的山坡上，金黄色的油菜花，甚至就要染黄了天边的云彩。

看那日头，在边地的上空孤悬着呢。似乎，光芒四射的是这缓慢的高坡上遍野的油菜花，与这一轮高高的日头无染了。借着停车休息的机会，我试图跳过路边的沟渠，去那油菜花地里，来一次亲密的接触。可是，我试了几次，终无法越过这看上去并不宽的沟渠。其实，这些平时用来排水或者灌溉的沟渠，并不是用来防人的，只是它成为了我今天现实里的障碍，望着陆陆续续上车的背影，我也不得不放弃了跳跃的努力，悻悻地回到座位上去。

也许如斯大美，岂能是我等凡世俗人随意接近的呢？换了另一种角度，再来看那漫山遍野的油菜花时，心里面也就释然多了。闭上眼睛，空旷的天野间，黄花铺满了高原的边边角角。微风吹过的柏油路上，驶向边境的国防公路，路两旁的杨树上也缀满了油菜的花香。路边的野草和荒漠里，正在张望着的一头牛，也加入了油菜花渲染着的，这个季节的沉醉里来。

我想，再也没有一条路，能够越过昭苏高原漫漶的草场和低缓的山坡，以及油菜花连天接地的金黄里，被这边的风，一次次唤醒了。

草上夕光

那些黄昏，是怎样来临的呢？仿佛我们从来不曾经历过。一个黄昏的背影，横亘在日光和黑夜的高处，连同我们曾经有过的一些遥望，慢慢地，变得遥不可及了。此刻，在高天远地的另一些远方，我知道这些迟暮的光芒，正在将这些高处的草地，镀上了一层夕光里的绚烂。

如是，人影呢？在这里我没有办法找到，或者在我的视野之内，一个谦卑的人的身影，如此孤立和单薄。如同这浩茫的天色一样，形若草芥的人，在真正的草色面前，全都自惭形秽，销声遁迹了吗？

草在高处是安静的。即使像科克图拜这样一片名不见经传的高山草原，她的安宁和过于辽阔的寂静，确曾是在那一刻，让我忘记了身处何方。这是伊犁，昭苏高原上的边境之地，荒远和荒凉着的，是空旷无边的时间里，无人涉足的秀美河山。我想到了自己，在此时刻的宽广福祉，竟是如此奢侈地将这无边无际的寂静和山地风光尽入胸怀。我忘记了这个季节里，世界上还有哪一片肆意的山野，斑斓着的草场上，大地的边际这样清晰可见。

爬上了一座缓坡的山顶，我不得不离开狂欢乱叫的人群，向着一片寂静中的草地走去。或许，这萋萋芳草里，也正在经历着一些不为人知的争吵呢？我的脚步，就是在这样的时刻，踏入了一片慌乱中的草场。没有一条现成的路径，我的脚步在松软的草地上，找不到方向。其实，我又是一个何曾有过方向的人？我只是看见这些草，繁花拥抱着的一片草场，便毫无缘由地踏入进来。

不知道我走出去了多远，突然我一下子害怕起来。我回头向山头上那一群依然在欢呼雀跃的人们张望过去，那一群人影在黄昏的夕光里，不知道是因为距离的原因还是我的眼睛出了问题，全都变得模糊和渺小了许多。那一处山坡上的欢声笑语，我只是听得影影绰绰。不由得怀疑自己，为什么我总是没有办法分享，来自另一个世界的欢乐。

而接下来，我独自脱离大部队的代价就来了。随着脚底下越来越松软的泥土，我的恐惧感，就像一条草棵里的虫子一样，顺着裤管，簌簌地爬进心窝里去了。我真的担心会在这野天荒地里遇上一条蛇，或者这草地深处的另一些生命。因为此时此地，我是一个堂而皇之的侵犯者呀，我将束手无策，茫然四顾里，连一声惊叫都无人理睬。

我停下来，耐着性子让自己平静了一小会儿。我的心跳还没有平息，就听见了草丛里的嘈杂之声，像一股潮水一样袭来了。我不会明白，这是一些草棵里的虫鸣还是那些微小的，在草丛里飞来飞去的翅膀。那些汇聚而来的嘈杂和声响，是那样势不可挡。仿佛，整个山坡上飞扬着的草的原野，正在缓慢地，席卷着不可遏制的力量，向着我，一起涌来了。

夕光微茫，天色高远，我的孤身草原里，危机四伏。我真的是一个冒险者吗？我的生命和遥远的记忆，并不属于这一片远在天边的草原。置身此处，我恍惚中看到的是那一片少年的村庄外面，在黄昏里摇曳着的庄稼地。大豆，高粱，密不透风的田野，齐腰深的麦地里，我的故乡如此渺茫。那些黄昏的背景里，行色匆匆的人们，他们肩上的锄头和黑亮的脊背上，可曾有过一次异乡的漂泊？

我总是羡慕那些，眷恋并厮守着故乡的人。多么遥远的荒漠，他们都能守候在故乡的身旁，年迈的房屋和迟暮的老人，是这些土地上永远也不用迁徙的旧物。只要黄昏里的树梢上，有过一声燕子的啼鸣，那些倦了的飞鸟，便会毫不费事地回到自家的屋檐下面。燕雀归来，瓦舍上的炊烟也就淡了。低低的院墙里，熟悉的灯光开始编织一个夜晚的梦，或者另一些房檐下的窃窃私语。

我的撤退是慌不择路的，间或有一些狼狈的奔逃也未可知。当我重新回到山顶上的时候，人们早已经陆续散去，他们的欢聚结束了，三三两两地往山下走去。我重新站在一个人的山顶上，举目遥望，远处和更远处的草色里，一片温暖的起伏和跌宕。我看不见除了大片的草场之外的任何景物。那些蜿蜒而去的山，被这个黄昏里无垠的草场覆盖了。

遥看近却无吗？是的，我看不见一条河流和山谷的走向，我的眼睛里是一片又一片昏黄和绚烂的，草的原野。那夕光沿着巨大的山岭，所到之处，金黄和橘红里的绿色草原，全都是迷醉了的。大尺幅的美景，铺展在天地的一角。似乎，也只有天地的吻合，才能配得上这连天接地的一场恋爱。

谁说黄昏里没有明亮？那晚霞里的夕光，是何等的恢弘。一瞬间，只消了这一瞬间的遥望，大地山川，起伏的草原，黑暗扯去的这天边的一角，是万物的颂辞，众生的祈祷！

微小的蜻蜓

对于一个早晨来说，最好的礼物莫过于阳光了。伊吾县城的这个早晨，虽然显得有些清冷，但迎着扑面而来的阳光，草地上便有了一些明亮。甚至整条伊吾河谷，你都能听得到阳光晃动的声响，在草叶、树枝和远处山顶的云霞里。

昨天进入伊吾县城的时候，一路上的雨水，并没有影响人们欣赏窗外美景的心情。东天山在雨水的作用下，显得温情而湿润。开阔的山前平原上，油菜花开到天边去了。草地、绿坡，近在咫尺的山岭上的云杉、毡房和并不急于回家的羊群，悠闲的马，雨水的珠帘下面，隔着移动的车窗，一幅又一幅画面完成了自然的拼接和组合。就这样，在汽车的颠簸和缓慢移动中，在一场雨水的胶片里，深藏在山洼里的伊吾县城，完成了一次立体的放映。

我常常想，在我们一生的游历中，需要多么遥远的跋涉，你才可能，抵达一座心灵的边疆。有一些地方你满怀了期待，却无法靠近；有一些边疆，远在天边，却在你的一场梦游中悄然抵达。小城伊吾，已经恍惚在我的记忆里多少年，竟然就这样在一场雨水的夜色里到来了。她像我患过的一场疾病，疼痛、恍惚，致命的氧，还有失重状态里的那一种晕眩等等，全都有了。

我说自己是一个患病的人，是因为贪恋了哈密甜瓜和奶茶、羊肉等美食的混合，多年来清汤寡水的肠胃提出了强烈的抗议。一到宾馆里住下，就没有办法走下来了，连晚上的宴会也不得不缺席。我躺在床上温习着这一天的路途和雨水，却不得不忍受着肠胃里的万水千山。其实，我多么渴望着这夜色和雨水下面的伊吾小城，却只能任由窗外沙沙的雨声，搅乱了一夜好梦。

早晨醒来的时候，已是七点多了。折腾了一晚上，腹中空空，大脑懵懵，喝下了一杯水之后，头脑清醒了许多，两腿依然发软。犹豫再三，我还是决定下楼去。我已经错过了一个夜晚，希望不要再与这个早晨的阳光擦肩而过。

我忘记了自己是一个病人，也忘记了身处"山里"的小城。穿着一件短袖就下楼了，有一点儿冷。猛地打了个寒战之后，我已经没有再次上到三楼的力气了。迎着太阳升起的方向，我希望找到自己需要的热量。好在这个早晨的阳光如此迷人，我早已经忽略了关于温暖的记忆，径直地走下去，迎着山顶上一泻而下的阳光。有过一个瞬间，我闭上了眼睛，那些光霞里的五彩和斑斓，裹挟了我身体，在云端漂游着呢。此番，正是所谓的飘飘欲仙。

伊吾，应该是新疆最小的县城之一吧。街道上除了几家路边的宾馆，税务和工商局等几乎所有的办公大楼，也都只有两三层高。甚至在居民楼的窗户上，你看不到钢筋防护栏，玻璃上没有浮尘，路面上少有垃圾，走在路边大多没有经过修剪的树丛里，仿佛置身于山间的花园。阳光明媚，心情也不错。正在这样走着的时候，突然被房角一声犬吠惊了一跳。原来是边防支队的院子里，一条拴着锁链的犬，趴在铁栅栏里向着我狂吠。我连忙后退了几步，见那吼声不止的警犬，没有真正要冲出来的意思，才渐渐恢复了平静。是的，突然而至的犬声，是我在这个早晨听到的最为辽阔的声响了。犬声传出去好远，几乎听不到回音，微风吹来的时候，已经沿着天山巨大的山谷，把这些惊恐声音，消弭在悠长的峡谷了。

用不了几分钟就走出了"县城"。河谷的湿地上，几乎是疯狂地长满野草和一些高大的植物。植物们摇曳着身姿，在阳光下的晨风里交头接耳,没有谁愿意在这里大声喧哗,只剩下了这些絮语般的低声交谈。这是一个早晨的呢喃,也是一座山谷里的小城,最为动人的脸庞。

而我要面对的是一只蜻蜓的表情。在路边的草丛里,一只幼小的蜻蜓,像一架悬停在草叶上的微型直升机,羽翼上沾满了透明的阳光。我并没有太多的留意,继续往前走着,又看到了另一只幼小的蜻蜓在草叶间飞旋。一只,又一只同样幼小的蜻蜓,挥动着风中的翅膀。原来它们是一个“幼小”的家族,或者是另一个品种的蜻蜓家族。我缺少相关的植物和昆虫学上的知识,只是感到了一种发现的欣喜。我蹲下身子,在草丛中发现了更多同样微小的蜻蜓。它们的身体呈青褐色,身体只有我故乡的蜻蜓三分之一到四分之一那么长。我遥远的故乡鲁南平原上,每年的夏天,蜻蜓的翅膀遮天蔽日。蜻蜓的翅膀上,几乎缀满了我的整个幼年和童年时代。

在这片草地上,我以为见到的都是些没有长大蜻蜓的幼年,却看到草地上几乎所有的蜻蜓,都是保持着这种精巧的体型。这让我惊讶,也让我兴奋不已。

微小的蜻蜓是不是一个新物种的发现或许并不重要,我看重的是这个早晨的微风轻抚,阳光渐渐浓烈地扑洒过来,和这个早晨过于缓慢的苏醒。是的,一只微小的蜻蜓,见证了一次我在路上的苏醒。而此刻,我多么像是一个思乡的病人。一条异乡的归途,在无时无刻的想念里,等着你的到来。回不去的故乡和遥远的时光里,这些微小的蜻蜓,仿佛是在一场梦境里穿行。

阳光竟有一些刺眼了。

透过远处的山垭口,可以看到更遥远的山峦,油菜花的山野上一片金黄。

吾守尔的果园和他的午宴

吾守尔一只手捂着胸脯,另一只手不停地向每一个在他面前经过的人挥手致意,嘴里不停地重复着:来啦,来啦!吾守尔看上去五六十岁的样子,一件汗津津的白衬衣上,已经看不出它原来的颜色了。他的手上,不知道是沾满了炭灰还是地上的泥巴。他就是这样以主人的身份,热情而谨慎地招呼着进入到果园里的人。

吾守尔说的是类似于河南方言的普通话。不仅是方言,还包括他的神态,都像极了一个站在自己家院子里的中原农民。他黑红的脸膛绽放着温和的微笑,谦逊、憨直,略微的木讷,都恰如其分地表达了主人的礼数和必要的热情。

接下来,我看见几个年轻人忙忙碌碌地在厨房间里走来走去。而吾守尔只是肩膀上搭了一条擦汗的毛巾,坐在一棵树底下的朽木上,东瞅西看,看上去很着急的样子,不知道他到底要忙活什么?

不知道吾守尔是不是这家果园的主人,但我可以说,这一片果园肯定是一个被废弃了果园。果园里杂草丛生不说,许多梨树上,除了哗哗作响的树叶子,一枚梨子也没有看到。只是近处的几棵李子树上,垂挂着一些泛着红光的李子。有人伸手摘下,放进嘴里,立马伸长了舌头,可是又忍不住咬了第二口。我也尝试着摘了一枚,小心地咬了一口,味道还真不错,酸中带涩,淡淡的甜味里有一种久违了的味觉刺激。

两棵老桑树上,还能够看见零星的桑葚。紫色的桑葚果,在正午的阳光下，泛着黝黑的光。有人说这可能最后一茬桑葚了，甜度降低了不少，口感也不怎么好了。可是，还有人跳起来抓住一条桑枝，满怀欣喜地邀请大家采摘桑葚，堪称一场采葚大赛。这些晚熟在高枝上的桑葚，几分钟的工夫，在一阵嬉笑声中被掠夺一空。那个抓着桑枝的人一松手，丧失了果实的桑树枝子迅速地弹了回去，旋即来回摇摆了几下，似乎是无奈地摇了摇头。

紫色的桑葚染了众人的嘴巴，也掉落了一地。连带了那些无辜的桑叶，沦为落叶和泥土的一部分了。风不曾穿越了果园的密林，在这里有过片刻的停留。因而闷热的空气里弥漫着一股子甜腻腻的桑葚的味道。

往果园的深处走，已见不到挂果的梨树，只是茂密的梨树林而已。有人循着果林的深处，解决自己的问题去了。也有人要试图走出果园低矮的土围墙，去戈壁滩上晒一晒“太阳”。围墙内的一片空地上，是一些就要干枯的苜蓿草，没有收割，一任戈壁上的风吹日晒，似乎太阳的烈焰，就要点燃了一片熊熊燃烧的荒原。

我站在苜蓿地里，眺望着远处的荒原，地平线上一片迷茫。这里是下马崖乡的一片荒原，远处的烽燧、城堡，赤裸的红壤上，到处都滚动着高温炙烤的热浪。闻着眼前这些干草的味道，我还是不由地从心底里感叹，即便是一座荒废的果园，也足以抵偿这万古的荒原了。

一小片阴凉是我们所需要的。而荒原上亘古不变的荒凉，正是时间留下的杰作。我们需要在这些可怜的阴凉里，躲避一个夏天的炎热，也许，还要忍受更漫长的严冬。吾守尔的果园是一个农家乐吗？如果不是，吾守尔和他的一家子人，在这个果园里的夏天，可真是逍遥呀！

当我们在果园里东游西逛的时候，吾守尔一直坐在树底下的那一截木头上，无所事事，不会与从自己身边经过的人说一句话。他只是那样茫然地坐着，像一个无精打采的人，守着一座空空的果园。

终于等来了每人一盘子羊肉抓饭，外加三个凉拌菜：皮辣红（皮芽子、辣椒、西红柿）、豆腐皮、红油粉丝。还好，我努力吃下了满满一盘子香喷喷的抓饭。

我不能不说,鲜美无比的羊肉抓饭,味道好极了。

就要离开了。不知道什么时候吾守尔站在了果园的出口处,依然重复着我们进来时的那一种姿势。只是他这次说的是:走啦,走啦!

尾音里带着一种委婉的拖腔。

荒原牛栏

车子停在了淖毛湖的一片碱滩上，赤野里的高温，竟要使每一片碱壳子都要燃烧了。高温难耐，停车是因为有人发现了高天上奇幻的云彩，拍着车窗要下来拍照。无遮无拦的戈壁滩上，望一眼出去，眼睛都会被蜇得生疼。而终是有人要炼一番自己的“火眼金睛”，他们举着自己的“大炮筒子”，对着一片云彩按动着快门。

我坐在车子的最后一排，也没有他们那样精良的装备，当然就羞于展示自己的“拍技”了。可是，我也在他们忙着拍照的时候，忍不住地用自己的小“卡片”，偷偷地按了几下。天高云低，深蓝色的天空下，白云卷起的千堆浪，硬是让这些旅途上的幻想家们，拿来作了自己任意发挥的图画板。有人仰着脖子去追一片云彩，有的人，干脆一条腿跪在地上，用那长长的镜头，取那白云里的一次拥吻。

我的目光无法长时间地跟着一片云彩在天空里漫游。慢慢地，我的眼神，还是停留在了大地的酷烈和荒寂里。莽苍苍的一片荒原，在淖毛湖才是刚刚开始。有谁能比一场干旱来得更加彻底，荒原上的褐土里一片焦渴。

突然，有人用手指着一片围栏惊呼。我扭头望去，看见了一个完全用枯死的胡杨木围拢而成的巨大的牛栏，或者牛圈。在满目的荒凉里，这一片呼啦啦的胡杨木围成的牛栏有些突兀，在莫大的空旷里，你似乎找不到与其对应的任何微小的依据。

我见过太多死去的胡杨。那些死去后“千年不倒”的胡杨，那些倒下后“千年不朽”胡杨，它们站立、横卧林地上的姿势，无论是烈日当空，还是斜阳夕照，那一番景象总是让人揪心。可是我从来没有见过这么多枯死的胡杨，以集体的方式，站立成巍峨不屈的牛栏。围栏高低不一，有些胡杨甚至还张牙舞爪着。这些胡杨的残肢断臂，曾经散落在万古的荒原上，在时间的注视下，枯朽，是它们唯一的命运了。那么多死去的胡杨树，曾经一棵棵倒下去，或者顽强地站立着，分担着这个世界提前到来的末日景象。

让我们想象一下这些古老的树木生长的年代。一如黑暗中降临的水草，陌生的猛犸，或者大象，打着响亮的喷嚏，用他们宽厚的脚掌，拍击着大地的鼓面。该会有怎样的风云际会？四野里的风，也挥动着每一片树叶和茂密的植物们一起，加入到夜晚的合唱中来。那些在白天里，被大风鼓动着的翅膀，在这一刻也停止了飞翔。野猪们忙着躲避被追踪的命运，它们哼哼唧唧地喘着粗气，没有一片荆棘是安全的避难所。一群蝙蝠，坠落在森林编织的丝网了。

那些挣扎、奔突，或者安宁里的张望，此刻正矗立在一片焦渴的荒原上。

胡杨围成的牛栏，在烈日的强光照射下，反而倒显出了簇新的光泽。这些死而复生的胡杨，再一次找到了相互簇拥的感觉。那些幼小的生长，阔大的怀抱，多么漫长的孤单里，只剩下了这些残缺的依存，成为一头牛或者羊群躲避黑夜的另一道屏障。无法获知这些胡杨生长的真实年代，也无从获知，一棵枯死的胡杨树，经历过怎样的坍塌和轰然倒地。它们无声的殉职，最终成就了一片荒原的寥落。

再往远处看时，隐约可见的牛羊，正在一些虚无缥缈的干渴里悠闲地散步。我无从看见那些深埋在泥土里的草，想必这些牛羊是可以嗅得到的，它们漫不经心地游荡在远处的荒原上。我真的非常怀疑，这些牛羊的真实性，还有眼前的牛栏。谁能保证这不是一次荒原上的“海市蜃楼”？

可是接下来的场景，却让我看得目瞪口呆。在离开牛栏不远的地方，我看见了一对母子，正俯身于一口井一样的土堆子上，在酷热和暴晒中，没有任何遮挡和庇护。小男孩有一两岁的样子吧，年轻的母亲两只手倒着从井里边提上一桶桶泥沙，重重地倒在了脚下的空地上。如此往复，车上的人大都看傻了眼。终于有人说，这是在清理一种叫“坎儿井”的地下水。似乎也并不可信，因为同样让人疑惑的是，“坎儿井”的地下工程会非常浩大，而一个年轻的母亲带着年幼的孩子，加上井底下那位年轻的父亲，他们的淘井工程，要做到多久呢？

来不及看清楚这一对母子是哈萨克族人，还是维吾尔族人，抑或是蒙古族人？车子在晃动着前行的时候，有一位同样年轻的母亲，飞快地跑下车去，将一瓶矿泉水塞到了孩子的手里。说是“塞”，是因为这个孩子过于专注于井底下的父亲吧，面对一瓶突如其来的矿泉水，显得手足无措，甚至还有几分害羞。

车子缓缓启动的时候，那个手里抱着一瓶矿泉水的孩子，终于抬起头来，一脸无辜地看着从自己身边驶过的庞然大物，不知道他的小嘴里，是否说了点什么。而他埋身于提桶淘井的母亲，对于刚刚发生的这一切，竟浑然不觉。

坎儿井。胡杨朽木搭建的牛栏。远处游荡着的牛羊。万古荒原上的这一家人，才让我从这一场虚幻的游历中抽出身来。

烈日当头，晴空高远。当我用手抹了一把脸颊上的汗水时，车子已经加足了马力，向着荒原的更深处驶去了。

我知道，我们是在去往淖毛湖原始胡杨林的路上。

深夜，开往哈密的火车

将近夜里十二点的时候，从乌鲁木齐开往哈密的火车，缓缓启动了。开往哈密的这一趟火车，是一趟典型的夜行车，七八个小时的旅程，全都是在黑夜的旷野上呼啸而过的。我不明白像哈密这样的“短途”列车，为什么总是没有白天的行程？而对于喜欢坐在火车上看风景的人来说，这黑夜的无眠和铿锵声里，哈密真的就像是一幕无声的电影，一截默片时代的长镜头。

已经好多年没有坐火车了。准确地说，已经好多年没有坐开往哈密的火车了。早年间，隔上几年总要有一次探家之旅，莽莽苍苍的夜色里，哈密总是在我的车窗外一闪而过。那时，哈密对于一个遥远的、总是返乡心切的人来说，她还不是一个心灵的驿站。她只是贴在车窗外面的，那些望乡的夜晚里，灯光下面憔悴的站台，寥落的行人们远去的背影。而此时，哈密还停留在一场睡梦的边缘，她那样轻，那样舒缓，在她还没有彻底地醒来的时候，迎来了那么多急切的到达，然后，又被匆匆地抛在身后。

因为一过了哈密，火车就驶出新疆了。故乡的路，遥遥迢迢，你只有离开了哈密，才算是真正的踏上了返乡之旅。而路途上的那些满含着苦辛的期待与迷茫，才算是刚刚开始。哈密，也总是在这样的恍惚中一闪而过了。记不清有多少次，坐在返乡的列车上，总是以一个异乡人的身份打量着哈密夜色中的站台上，影影绰绰的灯光和陌生的人群。在那些被思念拉长的年代，漫长的旅途上，哈密这样的“小站”，她比“快”更慢，比一个夜晚的飞翔，更早地越过了新疆的辽阔与旷达，驶向了一个又一个密集的故乡。

古往今来，哈密的风吹在新疆的门楣上，哈密的雪，降落在东天上的万千松涛和阔大的山坳间。那些密使、驿站，漫长的驼道，汉唐的风花，长安的雪月，全都弥散在沙洲以西的这一条通途上。由镇西而西域，望长风鼓荡，黄沙漫漫，只剩下了这一条路，向西，向南，或者折返。哈密之境，南北盘桓，东西相望，纵是无望的乡土上，也全都是故乡的杂话，错乱的乡音。一代又一代回不去的故人，或遣使，兵役，官垦，犯屯；或封侯晋爵，离散迷乱，官衙州府和草莽间的英雄故地，朝代兴替时人的命运轻若草芥，又厚若黄土。哈密聚合了这些各自珍惜着自己和家国性命的人，他们一代又一代人，完成了这些荒寒之地上无望中的坚守。

所以哈密的气息和味道是独一无二的，她有别于新疆的任何一个地区。相对于那些在历史的迷雾中打转的人，我更倾心和倾向于哈密的自然风貌，她的山川、草地，河谷和沟壑间心口相传的历史关怀似乎才更为可靠。那些总是以专家、学者的面貌出现，却总是以更大的谬误去曲解历史真相的人，从来没有、也不可能真正触摸到大地上人民的心跳，自然的表情。

而今夜的火车上，哈密的方向清晰可见，我的睡眠却如此轻薄。随着父母的离世，故乡之路于我已经断绝了，空揣着一个“回不去的故乡”，往哈密，这永夜的火车上，再也没有了那种归心似箭的焦虑和等待。我剩下来的睡眠里，只有遥望，从疾驰而去的车窗外的黑暗中，辨析哈密越来越清晰的脸庞。

车厢里的灯光早已经熄了。上铺的鼾声时断时续，我尝试着让自己也能够进入一场哪怕是短暂的睡眠。我睡着了吗？似乎总是醒着。想来，也应该有过一些睡眠的，要不然，当我睁开了眼睛，车窗外面的黑暗怎么减少了许多？嗓子有点干涩，喝了一口水，再也没有睡意了。我不知道这趟开往哈密的火车上，有没有彻夜未眠的人，我想，我至少应该是在这趟夜火车里第一个醒来的人吧。我裹紧了被子，掀开窗帘的一角，就这样目不转睛地盯着窗外。我想真切地看清楚，这个去往哈密的夜晚，是怎样一点点醒来的。我想用自己不眨眼的工夫，来换取一个黎明的拥抱。

可是，在与黑夜的对视中，我是一个彻底的失败者。我眼睛望着窗外，黑暗中的大脑里，却开启了另一列奔驰的火车，她拉着我跑到了哪个方向去了呢，我竟然一无所知。我身体和灵魂被撕裂了，它们成为互不隶属和毫不相干的两件事物或者两个人，全然进入到一种浑然不觉的无意识状态。等到我的灵魂再一次回到我的身体里来的时候，这一趟去往哈密的列车上，巨大的黑暗已经退却了不少。山丘和大地的轮廓，村庄和河流的身影，已经依稀可见。我想，她们一定像我在这个黑夜里出走的灵魂一样，她们也把自己的精魂，在这些黑夜里掩藏了，只留下了僵硬的躯壳在大地上漂浮着。

我坐在车窗前，向窗外张望着。昏暗中，明明灭灭的大地上，沙丘起伏，绿洲隐现。我就着这昏暗的光亮，在日记本上写道，大地是苦的，她没有一丝生机。列车继续向东方驶去，正是我故乡的方向。多少年来，我脆弱的神经每每被这荒寒的铁轨牵引着，驶向魂牵梦绕的故乡之境。

而只有这一次，哈密是我唯一的目的地。

此时，我想哈密尚远，就着这昏暗中的光亮，我有过一刻短暂的假寐。

草色

总有人喜欢说碧水连天，我相信那些浩渺的水波，是曾经穷尽了人们的眼目的。而此刻，我遇见的赛里木湖，只是一湖碧蓝，是远天高地里的一汪明镜，是大山耸峙、云影飘忽着的一抹夏日里的凉爽而已。

我无法在这样的时刻，回忆起赛里木湖的湖光往事。这么多年来，或路过，或专程来到她的湖边驻足，我已经记不起有多少次了。但我从来没有设想过，会有一天，能够有充裕的时间，来一次“环湖”周游。因为这不是比赛，没有时间的追赶，也因为不是急匆匆的路过，所以时间就变得奢侈，一些湖边的随意行走，便有了一些奢华的味道。

所谓人生际会，总是有不确定的“风景”在前边等着你的。我从乌鲁木齐出发的时候，就不经意间弄丢了自己的相机，所以我索性变成了一个“读风景”的人。长途短道，这一路上，我都像是一个“事不关己”的游侠，大声小呼地跟在一帮子美女帅哥的后边，一次次看那些拿了路上的“美景”做铺垫的人，欢呼、雀跃，摆弄出无限的风姿，仿佛江山穷尽，只有美人了。几乎所有的旅途，你都无法摆脱这样的命运。

而赛里木湖是一个例外。我坐在车子的另一侧，远远地看着幽蓝的湖水在远处停泊着，多么高远的天空下面，才能造就出如此尊贵的孤独。我想，我是不忍心看那湖水的，那水，蓝得凄美而忧伤，也干净得几乎让人绝望，有着一个世纪的冰凉。

顺着太阳的方向，我的目光，慢慢地转向了这些湖岸边漫无边际的草。几乎，我要用了“寻找”这样的方式，来辨认车窗外面一闪而过的“草”和“花”的颜色。从高处的云朵，山顶的积雪，山坡上凝冻如墨的塔松林，到远处的湖水，这些显山显水的大风景，任是哪一处，都比一棵草，或者一朵野花来得壮观和奇绝。它们有名有姓，经得起时间和光阴的拷打，也承载着赛里木湖千古不绝的美名和赞誉。但是所有这一切，在赛里木湖如此短暂的盛夏季节里，却没有谁，能够比得上一棵草，或者一朵野花的魅力。

是的，仔细想来，我们不就是沿着一棵草，一朵野花的方向奔驰而来的吗？在赛里木湖漫长的湖岸上，展开着舒缓或者急切的山前平原，是这些漫无边际的草，繁星般点缀着的花朵，延缓了天空、高山对湖水的挤压，也减少了我们面对湖水时，那一丝冰凉的疼痛。

其实，在草和花之间，你的每一次涉足，都充满了惊心动魄的杀戮和碾轧。就像生命的血，那些新鲜的草汁，染绿了你的一双脚板。一棵草，挽着另一棵草，一朵花，托举着另一朵花，你几乎无法分辨这大地上的颜色，竟是如此的缤纷。

多么微小的事物，都能见证自己的绚烂。那些伏在地上的草棵，那些低矮的花朵，正在向一个季节，展示着生命的蓬勃和昂扬的姿态。

多少年来，我早已经习惯了那些裸露的山崖，断臂的河床，所以远远地看见这些细碎的草尖和花朵的时候，在那些稀疏的山坡上，我没有感到丝毫的惊讶。我最先遇见了这些蓝色的“勿忘我”，她们似乎要从整个山坡的草丛中爬出来，蓝色中泛着些许灰白。那花朵，是需要你俯身下去，认真地面对，才可以认得清楚，那蓝色里的悠远，却不孤单。及至，你回过神来，一大片又一大片蓝色的“勿忘我”，已经将你团团围住，而花香呢，早已在你的四周，在一片蓝色原野上，漫漶、飘散开来。

想一想，我是多么匆忙地置身于一片蓝色的晕眩之中。举目四望，这广阔的蓝色里，我已经找不到一星点儿旧年的思念，那些往事里的霜，此刻，铺满了赛里木湖微风中摇荡着的蓝，或紫色的花朵——“勿忘我”。

有谁比我更愿意面对那些紫，或者红——那一片名叫“迎春花”的草原。我有些疑惑：迎春花，怎么开在了夏季里？见惯不怪的当地人说，这是哪里呀？这是海拔两千多米的塞外高原！西天山的另一端，盛夏和春天，就是这样结伴而来的。而“迎春花”的娇艳，也使得一片山色，显出了几分妩媚来。

仿佛是为了对应这季节里的柔美，山顶上的云朵，不一会儿就幻化出一团雾气来，雨水就这样乘着一团水雾飘然而下。没有人要急着去躲雨，事实上，当雨水到来的时候，这广袤的草原上你也无处躲藏。有人说，不要紧，这湖边的雨说来就来，说走就走。而刚才还躺在草地上的美女们，此刻也没有被淋湿的感觉，笑声爽朗地撑起一把伞，在雨水里散步，听得见草和花朵的拥挤与推搡。那些滋滋生长的叶脉，在草棵里，支棱着耳朵，听着这些踏访者的脚步，犹如一阵山风掠过。

接下来，不管你愿意与否，你都必须面对这一片比一片辽阔的黄色的花朵。依然是细碎的黄，却又要连成一片，就连那些蜜蜂和昆虫的翅膀上，也都涂满了金黄的蜜汁。黄花遍地，我却遍寻不见，一朵花的名字如此珍贵。我听见有人说这是矢车菊，有人说是黄芪。我与花，与这广袤的植物和花朵里，像一个盲人，找不到自己可以被诉说的理由。

我知道这个季节里，黄花连绵，环绕着赛里木湖的草原、山地上，遍地都是黄色的伞盖，就连忽远忽近的山顶上的积雪，也不时被涂上一层均匀的黄色。黄，是天地的颜色吗？我们正在经历着的这些黄色伞盖，已然越过了湖水和山梁上的伟岸，深刻地铭记在这个午后的晴朗里来了。

蓝色，紫色，黄色的花朵，我唯独没有说出草的颜色。草，就是无法被我说出的那些颜色吗？

哈日图热格

一般而言，大多数险峻的峡谷里，都会有一条湍急的河流。哈日图热格也不例外。而我们言说中的西天山，差不多就是天山逶迤西出，在博尔塔拉境内这样千山万壑的纵横之中，从其庞大的山脉中析出的阿拉套山了吧。固然，巍峨的天山还将继续西行，万千险途和美景，也一并让我这样望一眼断壁悬崖便"腾云驾雾"的行走者，望谷兴叹了。

相对于凶险莫测的悬崖峭壁，我当然更倾慕于哈日图热格这样舒缓的谷底里的行走。哈日图热格，当然是蒙古语，旁边的人给我说，就是"黑雕出没的地方"。我在这里却没有看见黑雕的翅膀，连它的一根羽毛也没有看见。我遇见的是一条喧嚣的河流——哈日图热格河。据说，哈日图热格河还是一条跨境的河流，它是从哈萨克斯坦穿境而来的河。

河水喧嚣的声音，是一点点传递过来的。我随着散开在河滩上的人群，迎着河水的咆哮逆流而上，在河水里捡起一些石头，又随手扔掉了。我没有遇见一块属于自己的石头，就像这一路上，总是被丢弃在路上的风景，虽然心怀着憧憬，终究没有了那一种销魂般的感动。我想，石头也是一样的吧，她还没有准备好与你的会面，只是在暗处，在河水的喧哗和山谷的风声里，静静地等待着。一块石头的沉默，就像我们丢弃在时光里的遗忘，慢慢地，她会在哪一次意外的重逢中，给我们带来一份内心的喜悦和安慰？

桦树，杉树，西伯利亚杨树，高低错落着，铺满了一条山谷。无限的延展，我不知道山谷的尽头又会是一番怎样的风景？我总是在这样的时刻产生莫名的错觉，仿佛置身世外，与这恍如隔世的山谷、森林、河流毫无关联。我的大脑里堆满了尘世的杂物，没有一间空闲的房子，可以供我存放这稀世的美景。我是晕眩着，踏行在河水和石头的山谷里，深一脚浅一脚地梭巡着，眼睛里忽一会儿是漩涡瀑布，忽一会儿是流泉山谷，是山花烂漫，是树影摇动的整个夏天，是石头叠压着的石头的河滩，一河滩的石头光洁如玉，而我却一无所获。这时，我听见有人在远处用两只手卷成一个喇叭状，大声地呼喊着我的名字。

后来我知道，他们漫步在平缓的河谷平地上，远远地看见我不时埋下身去，从河水里捞起一块石头，又“艰难”地移动到另一处裸露的河滩上，担心我一不小心，被这湍急的河水给冲跑了，便大呼小叫地喊叫起来。其实，河水咆哮，松涛如风，任是他们多么壮观的“呼喊”，传到我的耳朵里，也都被这涛声和水声给淹没了。我起身朝着大伙的方向走去的时候，只能远远地循着他们的背影了。

不知道什么时候，我的手里拄着一根枯干的树枝，支撑着，在一堆又一堆干净的石头上走过。我真是没有运气呢，我不忍心就这样走下去，可是我又怕这样耽误了下面的行程，便只有像一个不知道珍惜财富的暴发户一样，在这些裸露在河滩上的石头间走过。

就在这时，我抬头看见了几棵树，蓬松着一座河水里的孤岛，便几步上前，正午的太阳下面，这是一种下意识的动作吧。我拄着一根树枝往前，或者往上攀爬着。忽然，一只黑色的“狗”正站在我不远处的一块石头上，面无表情地凝视着。我心头一惊。但从“狗”的个头上看，应该是一只“狗崽子”吧。看样子，它要朝着我的方向冲过来，也或许，这正是它要回家必须经过的一条路，我给挡着了。它略显犹豫，但还是起身往我这边来。这一下，我本就脆弱的防线崩溃了，便猛地从脚下的石头堆里抓起石头，不顾一切地扔将过去。那“狗”并不示弱，或者，它从来没有见过这等虚弱的进攻，犹犹豫豫着，且退且回头看着我。我搬起更大的石头，两只手一起用力，更加疯狂地朝着它扔去。那“狗”却并不慌张，绵软而温柔地叫了几声，落荒而去了。

我回过神来，捡起地上的树枝，喘息着，望着那一只姗姗而去的“狗”，心想，这峡谷松涛中，哪来的一只“小狗”呢？转而一想，就觉得可怕了，那么，那么如果不是一只落单的“小狗”，它应该是什么？是狼，还是游荡的小黑熊？这样的联想使我不由得后怕起来。更让我悚然的是，我这样毫无顾忌地赶跑了这个小家伙，它会不会招来它的家长们前来报复？

这样想着的时候，我的脚步便在不知不觉中加快起来。我赶紧爬到“岸上”，追赶大部队的影子去了。峡谷深处影影绰绰，我恍惚中只是看见了前行者的身影，山谷，水声，密不透风的树林里，立时全是恐怖的声音。我只有壮着胆子往前走，这山谷里唯一的一条路上，美景里只剩下了一个人孤单的恐惧。

我拄着一根树枝往峡谷里走着，不一会儿，走到前面的人返回来了。他们已经抵达了哈日图热格峡谷最为著名的景点“一线天”，而我还在赶往它的路上呢。不知道是恐惧还是自己说服了自己，我随着这一行凯旋的人群，悻悻地踏上了返回的路。

此时，太阳西斜，峡谷里的水声和涛声不知都去了哪里，我只是听见自己的脚步声，还有咚咚咚的心跳。不远处的一片树林里，阳光斜斜地照在一截陈旧的木桩上，一只小鸟，轻轻地翻动了一下翅膀，往另一棵树上飞去。我看见了一些树叶，去年的，或者更远的一些年代的树叶，在树影和阳光的照射下，沉静而斑斓。

悬崖上的桦树林

下雨了。坐在云雾山庄宽敞的大毡房里，人们目睹了一场“突然”降临的雨水，不禁欣喜若狂。雨势森然，声激若鼓。而在这清澈的雨水里，俨然还有阳光的明亮，炎热间隙的一丝清凉。我坐着的位置，正对着毡房的门口，那一道道“顺流直下”的雨瀑，隔着远处青葱的山峦，绿树掩映，雨声如注。欣喜之余，我也不禁纳闷，刚才在走进毡房里的时候，山谷里还是阳光明媚，怎么这一转身的工夫，雨水就这样织成了一道天幕。

而此时毡房里正在进行中的午餐，也因为一场雨水的到来，真正的演变成了一场声势浩大的“酒会”。在主人的安排下，蒙古族女歌手激情放歌，除了洁白的哈达，金盏银碗里更是盛满了“酒”的祝福。

我不是为了要躲避这几碗酒，而是毡房外面急切而清脆的雨声太让我着迷了。我在一片欢笑和嬉闹的嘈杂声里，一个人悄悄地穿上鞋子走出毡房，迎着这铺天盖地的明亮的雨水，深深地吸了一口山野里的芬芳和清凉。

这也是几天来，哈日图热格峡谷带给我的一份别样的感动吧。就在我举首遥望的当儿，雨声也慢慢地小了下来。我踏着河谷里干净的石头，试着穿过浮桥，走到河对面的山谷里去。不知道是这一阵急切的雨水，还是本来就湍急的河流，突然觉得脚下，有了一种咆哮的感觉。我晃晃悠悠地在浮桥上走过去，有过一阵短暂的晕眩，一溜小跑着，逃离了脚底下那些怒吼着的“波涛”，庆幸，还是侥幸地躲过了“这一劫”。岑寂的山野里，只剩下了雨水和我咚咚的心跳。

天空里，似乎还有零星的雨点飘落下来。往前走，我更喜欢这些满山满坡的桦树林，挺拔的，高耸的，洁身自好的桦树林呀，似乎，只有在哈日图热格这样安静，而又被一场雨水洗濯过了的山谷，这些永远都不曾弯曲着的桦树林，才是合适的。而那些掺杂其中的西伯利亚杨树、桉树、冷杉、塔松等等参差不齐的树木们，它们弯腰驼背的经年历史，却总是要使人看到时间的沧桑，世界的浑浊和混乱不堪。

但像哈日图热格这样安静的山谷，远离尘世的烦扰总是好的。就连阳光、雨水，咆哮着从谷底里流过的河水，也都被时光涂抹了一层寂静的沉着。生活的面目日新月异，而山河总是旧的好。哪一条沉寂的山谷里，都埋藏着千年万年的古老时光，而我们却一无所知，就让这些树木、河流，永不移动的山石驻守着，经历着繁盛的生长和悄无声息的死亡与轮回。我想，这世界的万物生长中，我们的脚步总是匆忙的，也是鲁莽的。

看山谷里树林密布，山石狰狞，仿佛它们突然结束于一场匆忙的奔跑，或者静止于一场措手不及的大混乱。我们有时候无法理解这大自然的安排，混乱、浑浊，而又安然有序。俨然我们命运中的一些惊喜和彷徨，蜿蜒在一生的路途之中，你无法确知人生的下一场盛宴，会在你的孤单中悄然开场。

雨停下来的时候，太阳便开始暴热。我一时还无法从刚才的那一场清凉的雨水中抽身而出，但我不得不面对扑面而来的阳光的暴晒。所以我会选择一些山谷里的荫凉处，或者一棵树下的石头，安然小坐。这个时候，我的目光，开始漫无目的地在河谷里梭巡。我看到了在蓝天的缝隙里，山石嶙峋的绝壁峡谷，看到一只鹰或者雕的翅膀，在我头顶上的天空里，有过一次短暂的驻留，那一双静止的翅膀，曾经在某个时刻让我怀疑起自己的眼睛。

远山如黛。而近处的山坡上，除了零星的树木，我看到的是一块块巨大的、裸露着的山石。我的目光，在一块坚硬的石头上无意间停留的时候，这棵倾斜着的桦树，一下子让我全神贯注起来。这是一块裸露着的岩山，青色的棱角上，显示着一次遥远年代的断裂。而这一棵桦树，是怎样在这块高耸的岩石上落地、生根、发芽，继而生长成这样一棵“参天大树”的呢？它的周围，是岩石上光洁的斜抛面，没有一棵哪怕是草来陪衬一棵桦树的傲然挺立。距离这块岩石很远的地方，是一些斜刺里伸出来的树冠和树木般的肩膀，它们似乎在观赏着一个孤独者的杂技表演。

我久久地凝视着一棵悬崖上的桦树，想着它有一万种的可能和不幸。一粒种子的飘落，一场风，阳光、雨水，还是岩石上一道微不足道的缝隙，恰有足够一粒种子生根发芽所必需的土壤。即便是这一切谁都已经备齐了，它缓慢的生长里，还必须预留下足够的灾难和被摧折的命运。

一块裸露在山崖上的岩石是幸运的，而对于一棵桦树而言，却是灾难性的。孤立无援的一棵树，紧紧地抓住了一块巨大的岩石，总是少得可怜的雨水和土壤，你必须紧紧地植根于一块石头上的荒芜，让坚硬的岩石，听得见一片树叶幼小的呼喊。那些风雨长夜，一棵幼小的、孤独的桦树带领着一块巨大的岩石，一次次托举起生命的梦想。它不被摧折，没有倒下，是不是它的枝干里，早已经注满了岩石的汁液？

我相信这一棵无法被摧毁的桦树，它早已经忘记自己与一块岩石的区别。它是这峡谷和大山的一部分，是另一些生动的面孔上，所无法书写的一曲命运的绝唱。山摇树动，风起谷底，而岩石上的桦树只是轻轻地挥了挥手，它倾斜的身姿，在努力地保持着一棵树的平衡和生长的姿态，而无语的大山，只剩下了沉默。

乌拉斯台散记

秋天更适合一次远行，何况深秋。久居新疆，身心里都被那些阔大的物事充塞着，在城里待得久了，便有一种被圈禁的感觉，所以任何一次野外的出行，都会使我兴奋异常。去乌拉斯台亦然。距离乌鲁木齐四百多公里之外的乌拉斯台，在奇台县境内，地处中蒙边境，除了口岸下面的北塔山牧场，大部分区域属于边境禁区，人迹罕至，广袤的草场和深山沟壑间，自然多了些野旷和冷寂的味道。

昌吉回族自治州《回族文学》和州外事部门组织的这次作家采风团，规模小，也十分低调，像一只潜伏游走在边境地带的小分队。三天时间，“小分队”深居简出，牧秋风而登高，眺望山河绵延，一览众山小；入深谷浅滩，涉清溪浊流，越深秋密林。有道是：边关秋深处，浑然已世外。

北塔山夜话

乌拉斯台是遥远的。多少年来，像北塔山和乌拉斯台，在我的心里一直是一个巨大的谜团。寄居新疆三十多年，去过许多偏僻和遥远的地方，偏偏乌拉斯台和她所依傍的北塔山，一直没有机会来过。同行之光老，在新疆生活了50多年，闲谈间他也说自己没有到过北塔山和乌拉斯台。此一行，竟也是为了却一桩多年的心愿。从“中国第三大城市——奇台县城”（据说，这是自豪的奇台人对自己这座“古老城市”的“准确”定位。有人问，那剩下的两座大城市是哪里？我得到的答案分别是北京和上海！这也是我们在奇台县城午饭的时候，一位老奇台人给我们讲的一个小笑话。）出发，去往乌拉斯台的路，其实没有我们想象的那样艰难，一路上柏油马路，车上放着时断时续的草原歌曲，歌曲自然是如泣如诉，而我的心思却全在车窗外边，那些一掠而过的荒凉和枯败，风沙弥漫的秋阳深处，这些流落的风景，俨然我失散的乡愁，在混沌和茫然的心绪间，我知道自己是适宜在这些荒凉和辽阔间生长的另一些植物。

穿过蜿蜒的北塔山牧场，乌拉斯台陈旧如上一个世纪的面貌，落寞地在那里等着我们了。的确也是如此，乌拉斯台口岸的这一溜平房，大抵是建于二十世纪的七八十年代的老旧建筑，房顶和院子里的荒草，展示了最为原始和自然的生存景象。只是房顶的门楣上，“乌拉斯台口岸”下面的那一枚国徽，不曾退却的颜色里，刻印着一个国家和民族的尊严。多么荒远的国土上，总有一些坚守着荒凉和孤寂的人们。据说，乌拉斯台方圆好几百公里的土地上，加上下面牧场的哈萨克族牧民，常驻居民不会超过一千人。而口岸这边，更是人烟稀少，加上正在施工的甘肃民工，总人口也不会超过三十个人吧。有一条街，其实只是一条通关的马路，马路两边是一些破败和荒弃的房子。我们心生疑虑，外事办的沙主任解释说，口岸最繁盛的时期，大概在二十世纪九十年代，那个时候，中蒙两国的边贸生意做得红火，都是一些最原始的易货贸易。那边的羊绒，这边的生活日用品，每天都有上千人的聚集和交易，以致形成了“浙江一条街”。那边的一斤羊绒要两、三万元，而我们这边的一瓶啤酒也要一百块，所以内地的很多商贩云集，也带动了附近的牧民们支起毡房，做起住宿和接待的生意。马路两边的山坡上到处都可以看到牧民们的毡房，而现在马路两边这些废弃的房子，就是那个时候建起来的。果不其然，在口岸斜对面的马路边上，有一栋很气派的房子，门头上的称谓是“北塔山贸易公司”。而现在里面住着的正是那些来自甘肃天水的建筑工人，他们正在为另一座新的口岸大楼忙活着。

想来，那个时候的盛况，早已经不复存在了。问其原因，答案是两国政策的调整和经济形势的变化。这样的问题过于宏观，也不便于深究。我关心的是还有没有留在口岸上的人呢？有，有一家开商店的！这使一行人不禁喜出望外。想一想，荒凉至极的地方，人就变得重要和珍贵了。晚饭后，我们沿着马路往回返，先是拜访那一家“贸易公司”。有人出门没有带洗漱用品，没有想到这里的集体宿舍里，什么都没有，想买一只牙刷。可是“贸易公司的女老总”只顾埋首于一只红色的洗衣盆里，仿佛没有听懂众人的问候。往其身后望去，屋子里凌乱的床铺上，满是起床后没有收拾的棉被和衣物。原来，这位埋首洗衣的“女老总”，早已经不知道门头上的贸易为何物，她只是施工队从甘肃带来做饭的一位村妇。

再往前走，有一片开阔的河谷，秋草枯黄，几道似有若无的铁丝网，看来也是当年繁盛时期留下的“遗物”，走到近前，一块牌子上写着“索尔巴斯陶”，问何意？同行作家刘河山答曰：碱水沟的意思。有人提出质疑，但理由不甚了了。我宁愿相信河山的解释，因为，作为《昌吉日报》的“名记”，刘河山不止一次地来过这里，他比此行的任何一位作家都更有发言权。我们在草滩上漫无目的走着，山地的夕阳也变得绚烂起来。越过一道铁丝网，有一间人字形的小木屋吸引了众人的目光。看样子木屋早已经废弃，几只野鸽子在屋顶上盘旋，忍不住好奇心，大家都想知道这间破败的小木屋里到底住着怎样的一家人呢？转来转去，竟然找不到小屋的门，原来，这是一间仿照古树建筑的房子，一扇小门完全保持了几棵大树的样子，斑驳的树皮，深深地嵌在整栋房子的纹理间，不走近细瞧，根本看不见机关所在。还是光老经验丰富，他老人家一眼就看出来破绽，高声一呼，众人接应，大家犹如探宝找到了洞口，兴奋异常。谁知光老一脚探门而入，却是接连后退了好几步远。紧接着，一股子浓烈的霉变气息喷涌而出，紧随其后的是一群鸽子惊恐而愤怒地扑扇着幽暗的翅膀，冲向了远处的山头。待鸽子飞走以后，大家稍定气息，一个个小心翼翼地走进了这间低矮的小木屋，里面却是别有洞天——吧台，沙发，茶几，铁皮炉子一应俱全，只是东倒西歪，厚厚的灰尘，一张餐桌上还堆着一层鸽子粪。有几只没有来得及飞出去的鸽子，正慌忙地往墙缝里钻。想一想小木屋的主人撤退的时候，该有多么匆忙，甚至连那些最便于携带的餐具都没有带走。还有，这荒山野岭的边境地带，哪里来的这些野鸽子呢，是不是主人临走的时候，没有来得及带走的一只或者一群呢？繁华如浮云散去，往事也已经尘埃落定，只剩下了这一群独自繁衍生息的鸽子们，为它们匆忙离去的主人照看着这一间孤独的小木屋。

这时，有人依然惦记着找商店的事。返回途中，大家仔细查看着每一间房子，因为大多数路边的房子里都是空着的，连一个问寻的人都找不到，到哪里去找一间商店呢。有人在墙上发现了两个子——“高店”下面还有一个拐弯的箭头，有点晕。按说应该是“商店”，可是人家硬是省去了下面的那两个笔画，真真切切地两个字：“高店”。大家忍俊不禁，还是按照箭头所指的方向寻将过去，在一排废弃房屋的中间，果然一个门洞里有些光亮，隔着玻璃往里看，一排货架上倒是“琳琅满目”，只是门窗紧闭，不见人影。

回去就餐，免不了又要喝一些酒的。我有些为难，说自己血糖太高，喝不成了，光老就一脸生气的样子，训斥着说，这荒天野地的，好不容易出来一回，这么长的夜，不喝一点，你这是要做些啥子？紧接着，惠老也跟着开骂，出都出来了，还在这里装什么铅笔，难道你是铅笔盒不成？哦，我忘记交代了，光老和惠老，都是我们这一行德高望重的前辈作家，乌鲁木齐来了三个人，除去这两个老人家，就是我了，我也就跟着他们沾了点光，遂自称“乌市三老”之一，光、惠二老虽不屑一顾，但也碍于情面，以三老称之，倒也其乐融融。本来我也是有点酒瘾的，只是医生和家人都叮嘱过，少喝或者不喝为好，我也谨慎着呢，但是，经这“二老”一蹶一骂的，我也就没有了再坚持的理由，心里想着，还不如顺坡下驴，送个顺水人情，喝上两杯小酒，自己心里倒也是舒坦着的。遂开喝。三老带头，兼有河山兄弟助阵，女作家秀娟也不怯场招呼大家。前来的王勇主编本是要总量控制，怎奈何酒已开喝，箭已离弦，君子出口，驷马难追了。倒是酒桌上掉了队的青年作家王旭，先是看望了一位朋友，在那里小喝了几杯，赶过来时，大家嚷嚷着叫他补酒，结果这家伙，一杯酒下去，就趴在桌子上了。

王旭趴在酒桌上睡觉的时候，大家的酒也差不多了。收拾残局，回屋睡觉。有幸和光、惠二老同居一室。这两个老哥们是当年知青插队时的老同学，一见这三个人一间的“样板间”，登时兴奋地不得了，说是又回到了知青下乡的那个年代。他们两个靠近窗户隔着一张桌子两张床，我在门后的一张床上安排妥当，往炉子里加了些大块的无烟煤，就等着生床旧梦，安歇起来。不料我的这一张靠近门口的床铺凹凸不平，稍一翻身，就听见床底下稀里哗啦，我下床翻看，床底下的床挡，竟然都是断了好几截的，底下用两个方凳子勉强撑着床板，床板竟也是零散的木片，甚至还有一块压扁的纸箱子。幸好两位老人家的床板都是好样的，二位很快就酣然入梦了。我这边床不老实，也不敢大动作翻身，身体里就有了一些“憋屈”，虽然总是小心翼翼，稍一翻身，身子底下就会响声一串，加上路途劳累和酒精的缘故，一夜雷动，响声不绝。半夜，光老终于忍不住了，连声抗议，说这是搞什么人身迫害，我不停地陪着不是，解释说这也是“天灾人祸”，不可抗拒的自然灾害啊。光老无奈，唉声叹气了一夜。

我还在庆幸，惠老耳背，没有被我这不良的声音所打扰了好梦。谁知，第二天早晨起床，惠老对着赵老就是一通抱怨，说什么一夜就听见你放屁了，你老婆怎么受得了你！闻听此言，光老立时傻了眼，无以辩驳，只是看着我无奈地笑着说，这么个聋子，竟将这等罪名安插在我的身上，殊不知我这一夜受得“熏陶”之苦，“雷震”之灾！我听闻了二老的对话，心里面暗自幸灾乐祸了好一阵子，又不好当着光老的面，把这一份“荣光”和“功劳”全都抢了过来，便只好安慰着光老说，“天灾人祸”“天灾人祸”呀。

再说我的床铺之灾。第二天晚上，善良的光老和惠老张罗着要请人给我换一张床。实际上我知道，他们是想自己夜里也好睡个安稳觉。我连忙谢过，说，就这两晚上，这么简陋的地方哪里让人家去弄一张床来呢？

我小时在乡下睡草窝子都行，这么点困难我能克服。两位前辈见我这等隐忍，又有如此吃苦耐劳的精神，就也不再坚持了。只是这等荒寒之地，我这硕大肥壮的身躯，在几片碎床板和两个方凳子的支撑下，定然是要受一些苦的。我的身体虽然是不够轻盈，可是那破碎的床板也是真的不争气，终于在我一次睡梦中翻身动作里，稀里哗啦地碎了一地，我只当是悬崖坠落，棉被加身，来了云梦中的一次软着陆而已。可怜睡梦中的两个前辈，被这惊天霹雷喊哩喀嚓地给吓了半死不说，黑暗中，竟依然听到那熟悉的声音。我只是翻身睡去了。后来，两位老人家见我把一张床睡成了这般模样，也甚是无奈。大抵是他们听信了我那句“天灾人祸”的胡话，任是由他去吧。

两棵树，一群马

登上乌拉斯台口岸对面的黑山头，沿着碎裂的焦土和山石而上，便可以依次见到一些废弃的坑道和防御阵地。有人说，这里曾经是蒙元时期的军事要塞，我不以为然，至少从眼前的这些军事设施上判断，虽然荒废经年，但从其瞭望洞或者“枪口”处，我看到了水泥灌注的痕迹。回来查了一下资料，1947 年，北塔山地区爆发过一次小规模的边界战争，北塔山成为军事防线，而乌拉斯台作为北塔山的防御前线，这些沉睡在中蒙边境地带的防御工事，应该是那个时代留下的遗迹吧。想一想人们要靠肩扛马驮的那个时代，水，粮食，纷繁的战事和孤绝的守望，似乎一切都还没有走远。时光流散，这些坚硬的痕迹还在，苍茫和辽远的山谷还在，漫无边际的荒芜，依然在这个秋日的午后，弥散开来。

我首先看到的是两棵在山谷里，顶着金黄树冠的杨树，或者，我不能确定这两棵树到底是杨树还是榆树。因为在蒙古语里，乌拉斯台就是白杨生长的地方，我们姑且叫它们杨树吧。是的，此时此刻，我是多么欣喜地发现了这两棵和谷地的荒草几乎是同一个颜色的树呢？这几天来，我们去过界碑,爬过哨所,站在高坡上眺望,连同对面的蒙古国境内,山丘低伏,秋草枯黄,视野里却很难发现一棵树的影子。正如人类的生存如此艰难一样,一棵树,要在这样酷寒和风沙的高原上存活下来,同样显得不可思议。

我匆忙放弃了继续往另一座更高的山顶上去寻找, 防御工事的努力,径直地走下山来,义无反顾。我向着谷底的那两棵树走去,那两棵金黄的树冠上闪烁着这个下午秋阳的魅惑, 它们像极了两顶黄金的桂冠,任这世界的喧嚣和繁杂,时间过去了多久,两棵树,以一种寂静和秘密的方式,照亮了整个秋天的山谷。

秋草枯黄的季节,任是疯长着的,无人收割。那些齐腰深的茅草,在两棵树冠的照耀下,也都弥漫着这个午后的饱满和温暖。阳光,是从哪一个方向照过来的呢?我已经无从判断。我举着手机,从不同的角度拍下这两棵孤独而倔犟的树。等我走到跟前,发现这两棵树并不高,树冠刚好超过了我的头顶,主干最粗处也不会超过 15 厘米,之所以这么显眼,大概是因为两边的荒山和这一片开阔的谷地上,除了胡乱生长的荒草,再也没有比它更"高大"的身躯和更为俊美的生命了。

是的,山谷里的这两棵树是如此俊美。在秋天即将远去的季节,在中蒙边境人迹罕至的这一条无名峡谷里, 两棵树站在彼此可以遥望的距离,它们相互鼓励着对方,缓慢而又寂寞地等待着一些时光的消散。

如果时间只是一些流云,大多数时候,我们不知道它们都去了哪里。当我站在两棵树下,静静地遥望着山谷的时候,忽然,奇迹出现了。我用力地揉了一下眼睛,以确定我眼睛里的这一群马,不是来自于一片虚幻的天空。天空是湛蓝的,风轻云淡。似乎是从山谷的尽头,一群数量不详的马,缓慢地向我站立的方向移动过来了。那些时而埋头吃草,时而举首遥望或者发呆的马群,正在一点点地向我走来。说不清是惊喜还是恐惧,我回头看了看身后山坡上那些攀登军事碉堡的同伴,可是此刻,他们的身影一个都找不见了。

我陷身于一片阔大的山谷，即将与一群毫无缘由的马遭遇了。我的后背有些发凉，谷地的荒草上，山风吹过，竟也有一些诡异的波浪起伏。而马群移动过来的速度，远远超过了我的预估。它们像是一小股迅猛而至的潮水，或许只是一个瞬间吧，一下子就要来到我的眼前了，我还在发愣的时候，先头的几匹马，就已经在距我和这两棵树几米远的地方停下来，我也连忙拿出手机准备拍照，后面的马群已经拥到了跟前，齐整整的一队马群，立时和这个莫名其妙的人展开了对视。可能是我手机拍照的声音抑或是我鲁莽的动作，惊扰了这一队游走在山谷里的马群，它们只是稍作停留，一匹头马，扭头便返回去了。我有一些后悔，也有些着急，连忙追着拍了几张照片，马群已经冲上了另一面山坡。

想来这是一支规模不小的家族。头马健硕，行动敏捷，幼马被错落地围在马群的中间，一些成年的马，警惕地不时回头张望着。我只是怀着巨大的惊喜，小心地尾随并目送着这个庞大家族的离去。此时的秋阳已经开始西斜，我只能远远地望着马群顺着山坡上的一道垭口缓缓地消失。我想，本来这支马群是要从我眼前的山谷里经过的，只是由于我的出现使得它们受到了惊扰，不得不返回了。可是他们又没有原路返回，只是斜刺里进了另一道垭口，而我真的不知道他们要到哪里去呢？

我悻悻地往回走，拄着一根手杖，在山谷外面的一块石头上坐定喘息。再一次的惊喜发现，是在不经意间的一回头看见的。我只是无意间地回头看了一眼山谷外面的天空，却看见了那一群马，正从山谷外面的垭口里鱼贯而出。经验告诉我，这一次不要轻举妄动了。我只是坐在石头上，静静地看着马群从我远处的山石间走过，我甚至屏住了呼吸，看着这一大家子马的家族，到底要去哪里？我设想，这可能是山下牧民家的马群，晚上要回家了吧。我看着马群在乱石间穿行，也没有吃草的心思了，是不是我刚才的干扰和惊吓的缘故呢？

我一直这样目送着马群，看它们到底要到哪里去。马群没有理会，或者压根就没有发现我的存在，它们径直去了山谷外面不远处的草滩上，那一汪看上去面积并不大的水塘，然后便一下子乱了阵脚，有的埋头喝水，有的甩头摇尾，水花四溅，有的马儿也不顾这晚秋的寒凉，竟然整个身子扑到水里，打滚嘶鸣起来，一身泥水在夕光的照射下，泥水淋淋。而更大的光影在一片水塘和马群间散落着，那些金黄中有些泛红的巨大光晕，铺展在一片深秋的草滩上，马群的嬉戏和欢腾时光里，高挂云天的夕阳，无遮无拦，作了这个瞬间最好的铺垫。

我等待着马群回家。可是，马群从水塘里嬉戏饮水后，并没有往山下走，而是和从山垭口出来基本一致，“原路返回”了。由于光线的原因，也许我坐在一堆乱石间，和山石并无大的区别吧，这一回马儿们从我身边经过的时候，脚步轻盈，从容不迫。它们向着我身后那片更加开阔的谷地走去。我还是忍不住这一刻的好奇心，不由自主站起身来，紧追着马群走向开阔地。机警的马群立马加快了脚步，随即小跑起来，我便也学着小马的样子小跑着追在后面，一只马回过头来，朝我冷冷地看了一眼。它这一眼瞪得我没有了底气，我害怕再跟下去，这匹断后的老马，会向我采取行动了。

我站在一面山坡的岩石上，目送着马群越过了一道山梁，在一片开阔地上放慢了脚步，低头吃草，交头接耳了。我到底也没有弄清楚这些马的家在哪里，有没有放牧的它们的人，是漫无目的地游走，也或许，这是一群无所归属的马群，它们游牧在天地间，行走在深谷里，这野天阔地，才是他们自己的家。

“哈军”将领和张继保将军

去哈萨克人家里作客，也是一次愉快的行程。我们先是去了北塔山牧场三连连部，与几位哈萨克族“巡边员”民兵座谈。几位老民兵，土生土长的北塔山牧民，大多数都有过当兵的历史，在边境线上放牧、护边，有时会协同边防部队和武警官兵在边境地带巡逻。他们属于兵团牧工，也属于边境线上永不退役的“边防战士”。谈及这些年来“巡边”“护边”的经历，每个人都是一部传奇，可是时间久了，平淡的时光里，这些边境线上的“老民兵”们早已经习以为常了。

谈话间，几位哈萨克族民兵身着迷彩军服，兵味十足。不光是几位值班的护边民兵，我们在北塔山牧场三连的这个小居民区里，看到的不少人，包括老人和孩子身上，都是一身迷彩服，除了传统的哈萨克族服饰，使你感觉到这里的“迷彩服”，是一种通用的语言。去哈萨克族人家里做客，酥油、奶茶、馓子等摆满了一桌子，提着茶壶添茶的小伙子也是一身的迷彩服，一问也是连队的值班民兵。兵团、武警、边防，海关、口岸——在北塔山，在乌拉斯台的天空下面，这些生活在关卡和边境地带的人们，似乎早已经形成了一种天然的默契，在辽阔的背景上被标识的疆域，这些内心的尺度，对于世代生活在这里的哈萨克牧民来说，是不是已经习以为常了呢?

从牧民家里出来，在马路上等车的时候，悠闲的哈萨克族人也三三两两地聚拢过来。大家趁着这个机会相互留影，山风在阳光的照耀下，粗粝而坚硬，乌拉斯台的秋天，没有山果和红叶遍地，也看不见所谓的“丰收景象”，坚硬的山脊绵延起伏，生冷、疏远。此刻，或许那些温暖的气息，会停留在转场的马背上，停留在那些从夏牧场迁徙在冬窝子的路上呢。外面所在的三连是一个定居的哈萨克族兵团连队，所以，在这个时节，大部分人已经能够习惯了这样的悠闲生活。

大家在马路边上，合影留念的时候，一位“老兵”模样的哈萨克族老人摇摇晃晃地走了过来。重要的是这位“老兵”，身材魁梧，一身迷彩服，迷彩帽下花白的鬓角和脸膛上如我一般杂乱的胡须也是一层霜白。我转身看见这位“老兵”的时候，不禁心生欢喜，主动上前握住了“老兵”的手，示意大家留一张合影。“老兵”听不懂我的话，但也许被我的热情和真诚感动着，不仅大方地与我合影，猛然间，还用他双粗壮有力的大手重重地砸在了我的肩膀上。

我和这位“老兵”的互动，引来了现场和路过的哈萨克族牧民的围观。有牧民通过翻译告诉我说，这个人脑袋受过伤，现在“勺”的呢，意思是说，他脑子不好使了，有点儿神经，提醒我离他远一点。我来不及理会那么多，只顾着和这个兴趣盎然的“老兵”合影留念了。众人见状，也都纷纷过来和“老兵”合影。

在一旁目睹了我和“老兵”互动合影的光老，终于忍不住了，坏笑着说，两个“胡子将军”长得倒是挺像。过后，光老在自己的微信上发了一张我和这个哈萨克族“老兵”的合影，题目就是《哈军将领和张继保将军》，哦，对了，张继保是我曾经的名字。光老在这里不仅开了一个荒凉的玩笑，也将这深秋的山谷里发生的一幕戏剧性画面，存储进我五十岁的生命瞬间。其实，我们每一天的生命里，都会发生这样的偶然相遇。有的时候，是我们过于匆忙，没有停下自己的脚步，有的时候，却是由于我们过于清醒，就像那位好心的哈萨克牧民提醒的那样，遇到“脑子坏掉的人”，总要躲得远一点。可是，我们因此而错过了多少生命的精彩呢？

我真是太喜欢这位从斜刺里杀出来的“哈军将领”了。我至今也不知道这位“将军”是从哪里来到我们中间的，像一个真正的将军那样，他满面笑容地与大家合影，并一一握手后，一个人，又摇摇晃晃地穿过马路，走到山坡下面的居民点上去了。

我至今也不知道，这位据说长得和我差不多、脑子也许还有点儿乱的“将军”的名字。直到“将军”走下马路，在我的视线里消失的时候，我才意识到，应该问一下他的名字。我只是沉浸在兴奋和大家的恶搞之中，忘乎所以了吧。更不知道众人们将我的“美貌”和这位来自山野的“哈军将领”作类比，到底是出于赞美还是嘲讽，与我而言，我宁愿以我“非凡的相貌”，配合这位哈萨克“将军”的客串，也算是成全了大家的美意。

后　　记

这是一部在匆忙中完成的关于北部新疆的旅行笔记。

回首几年前那个短暂的夏天，在新疆高山密林和浩瀚的戈壁湿地间行走时的情景，我至今还无法让自己真正地走出来。

是的，短暂的夏季，多么匆忙的行走，仿佛我已经完成了一次自己的穿越。

关于天山以北，我想还会有更多的记忆在以后的岁月里慢慢地发酵。

尽管我的行走如此匆忙，那些异域般的风光和隐现于森林、大山深处的人群，我知道他们是多么深入地刻印在我的灵魂里去了。

可是，我不得不说，我所能够呈现在这部书里的，仅仅是我目力所及的这一小部分而已。在广袤的北疆，广阔而艰难的土地上，那些先于我们亿万年而存在的高山与河流，它们寂静的生长和衰亡，千年万年，是谁也无法移动的风景啊。

因而在更多的时候，它们自由和真实的存在，填补了由于我的行走而留给这部书里的遗憾和缺失。

所以，我愿意对所有有意于来新疆行走的朋友们说，任何文字的阅读和触摸，都无法取代我们自己的这一双脚。

假如我的这些散漫的文字，能够给您计划中的行走带来一点点有益的启示或者帮助，我将从心底里感到欣慰。

郁笛

修订于乌鲁木齐陋石斋